文明互鉴与现代中国丛书

诗歌翻译论

王东风 著

商务印书馆
创于1897 The Commercial Press

图书在版编目（CIP）数据

诗歌翻译论 / 王东风著. —北京：商务印书馆，2022
（文明互鉴与现代中国丛书）
ISBN 978-7-100-20668-6

Ⅰ. ①诗… Ⅱ. ①王… Ⅲ. ①诗歌—文学翻译—研究
Ⅳ. ① I106.2

中国版本图书馆 CIP 数据核字（2022）第 019456 号

文明互鉴与现代中国丛书
诗歌翻译论
王东风 著

商 务 印 书 馆 出 版
（北京王府井大街36号　邮政编码100710）
商 务 印 书 馆 发 行
北京虎彩文化传播有限公司印刷
ISBN 978-7-100-20668-6

2022 年 5 月第 1 版　　　开本 710×1000　1/16
2022 年 5 月北京第 1 次印刷　印张 20

定价：95.00 元

文明互鉴与现代中国丛书

编 委 会

总　序

王东风

文明互鉴是人类发展的一大动力，人类文明发展到今天得益于不同文明圈之间的互动与互鉴。中华文明之所以能生生不息、勇往直前，也正与这一文明善于学习、兼收并蓄、有容乃大的民族精神有着密切的关系。国学大师季羡林先生曾经这样说：

> 中华文化这一条长河，有水满的时候，也有水少的时候，但却从未枯竭。原因就是有新水注入。……最大的有两次，一次是从印度来的水，一次是从西方来的水。[①]

季羡林先生所说的"新水注入"，就是历史上中华文明对外国文明的两次重大借鉴。中国能有今天的文明与富强，在很大程度上就得益于这两次的"新水注入"：第一次是对印度文明的借鉴，即汉唐时期的佛经翻译运动，第二次是对西方文明的借鉴，即从明末开始的西学东渐。

始于东汉的佛经翻译，表面上看只是一场宗教活动，但实际上则是古代中国向印度文明学习的一次刻骨铭心的经历。印度文明投射在佛教中的哲学、逻辑学、文学、绘画、音乐等等通过表层的宗教交流

[①] 季羡林，《中国翻译词典》序，林煌天（编）《中国翻译词典》，武汉：湖北教育出版社，1997。

而悄然对中国社会的方方面面产生了深远的影响，有力地推动了中国文明的发展。

自明末开始，中国开始接触西方知识。由明末清初耶稣会士主导的文化交流最初为我们引入了大量的自然科学知识，对推动中国的科技发展做出了很大的贡献。亲身参与那场文化交流的徐光启，在目睹了西方先进的知识体系后，发出了"欲求超胜，必先会通；会通之前，先须翻译"的呼吁。从中不难看出，徐光启已经清楚地看到了中国的落后和西方的强大。但在当时那种"普天之下，莫非王土"的集体无意识之中，他的高瞻远瞩又有几人能识？

清末时期，两位福建才子严复与林纾横空出世，为中国引入了大量的西方人文思想和文学作品，引发了中国的启蒙运动，开新文化运动之先声，中国开始告别闭关锁国，铲除封建社会，加入世界的现代文明进程。而由陈独秀、胡适等开启的新文化运动，从某种意义上讲，就是一场引进与借鉴西方知识的运动。中国正是在新的知识的启蒙之下，将西方的思想与中华民族的智慧相融合，开始了自己独特的社会变革。

把中国从封建社会的落后与愚昧中唤醒的是新文化运动。虽然当今社会的发展的主角已经是高科技，但一百多年前新文化运动的先声则是文学改良和语言革命。大量的西方文学被引入中国，当人们以一种惊异的眼光看到一个与中国完全不一样的世界的同时，西方的各种政治经济思潮也随即蜂拥而入，其中最引人注目的就是马克思主义。新文化运动不仅解放了中国的文字、文学，也解放了中国人的思想。中国在克服了政体更新和外寇侵略的阵痛之后，便在西方文明最为先进的思想的指导下，开始了波澜壮阔的社会主义建设，中国文明逐渐进入了高速发展的轨道。

新文化运动之所以从文学改良和语言革命开始，是因为文学是文明的播种机。欧洲文明的发展历程也证明了这一点。西方文明的起源实际上是在一个远离欧洲大陆的小岛上，即地中海的一个地处欧洲与非洲之间的希腊岛屿——克里特岛。欧洲文明进程的启动即来自于古罗马在征服古希腊之后对古希腊文明的学习，而推动欧洲文明进一步发展的文艺复兴运动则更是从文学改良和语言革命两方面双管齐下，进而将来自不同文明的知识撒播于欧洲，引领着欧洲告别愚昧，走向富强。法国学者梅肖尼克就曾说过这样一句话："欧洲就是生于翻译、存于翻译、依于翻译的。"[1] 翻译是文明互鉴的桥梁。可以说，整个世界的文明实际上都是在文明互鉴的过程中发展起来的。

本丛书的推出之际适逢中国共产党成立 100 周年。想当年，共产主义思想进入中国，就正是中国的有识之士借鉴西方先进知识的结果。中国共产党把马克思主义与中国社会的实际相结合，领导着中国人民走出了一条中国特色的社会主义道路，在这条路上战胜了一个又一个阻碍社会进步的困难和势力，最终将一个一穷二白的国家发展成了世界强国。

历史证明了一个真理：文明的进步与社会的发展离不开民族与民族之间、国家与国家之间的相互学习，取长补短。中国自上世纪初的新文化运动之后，经历了半个多世纪的战乱和摸索，终于走上了改革开放的道路，在短短的四十多年间，就将一个贫穷的国家打造成了一个跻身世界前列的富强之国。中国社会之所以能实现高速发展，其中一个重要的原因就是实行了对外开放的战略决策。在此进程之中，中国知识分子就像海绵一样，如饥似渴地吸取着国外先进的知识与经验，从而迅速地克服了一个又一个有碍社会发展的短板，实现了跨越式的发展。

对外开放的核心之一就是学习国外先进的知识与经验，因此一个必不可少的工具就是外语。中国改革开放的一个具有战略性举措就是

---

[1]　Meschonnic, Henri. *Poétique du traduire*. Paris: Verdier, 1999, p. 38.

恢复高考，而恢复高考之后的大学教育有一个极具战略眼光的举措，那就是要求所有的大学生都要学习外语。当初，很多人对这一改革措施很不理解，但四十多年过去了，历史证明，这一教育改革是何等的高瞻远瞩。一个开放的国家，必定是一个耳聪目明、胸怀远大的国家，这样的国家必定会走向富强。

不同的文明往往有不同的语言，因此文明互鉴首先就离不开语言。本丛书聚焦"文明互鉴与现代中国"这一主题，拟从语言、文学、文化、历史、哲学等方面入手，探讨中国文明对外国文明的学习、借鉴和应用，以及中国文明对外国文明所产生的影响。

入选本丛书的成果主要来自于中山大学的"百人计划"引进人才或主持过国家社科或教育部项目的学者。这一丛书将持续建设下去，每年都会推出新的研究成果。

最后，感谢商务印书馆的鼎力相助；感谢学界长期以来对我们的支持与帮助，还希望各位学者、同仁对我们的成果提出宝贵意见；感谢中山大学领导的关爱和同事们的努力，让我们一起砥砺前行，再创辉煌。

谨以本丛书的编纂出版，向中国共产党建党 100 周年献礼！

2020 年 9 月 8 日

序

我不是诗人，也不是诗歌翻译家。翻译诗的目的有两个：一是体验翻译转换的审美快感，二是检验理论研究的效度。

我不是诗人，也没有写过诗，因此不知道诗歌创作的语言感受，但从诗歌翻译的角度看，我个人的体验是：那是一种创造语言美的过程，就像是德莱顿所说的"戴着脚镣跳舞"。很多人都将此语理解成不自由、受约束，但我却在诗歌翻译的过程中悟出此语之妙：戴着脚镣还能够跳舞。能称为"跳舞"的，必定是具有审美冲击力的；虽有约束，却因为这样的约束，而使这样的舞蹈别具魅力；虽有约束，却还得要舞出优美、舞出精彩、舞出惊艳。中国大概没有戴着脚镣跳舞的文化记忆，但却有与此相类似的一种武术套路——武松脱铐。据说该套路的灵感来自于武松在被押解过程中遭暗算，戴着枷锁奋起反抗的事迹。武者在整个套路过程中，双手紧合，以模拟双手戴铐，但却能做出各种复杂、高难和优美的动作，辗转腾挪、上下翻飞，完全不受双手被缚的约束。可见，对武林高手来说，区区手铐岂能束缚其手脚。对于诗歌创作和诗歌翻译而言，其实道理也是一样。闻一多就说过：

> ……恐怕越有魄力的作家，越是要戴着脚镣跳舞才跳得痛快，跳得好。只有不会跳舞的才怪脚镣碍事，只有不会做诗的才感觉得格律的缚束。对于不会作诗的，格律是表现的障碍物；对于一个作家，格律便成了表现的利器。

（闻一多，1993a：139）

我不是诗歌翻译家，但诗歌翻译却做得不少。早在本科学习期间，就在《青海湖》杂志发表过美国诗人兰斯顿·休斯的诗歌译文。记得当时看到译文发表，心里无比高兴，但高兴之余，却又感觉有点诚惶诚恐，自问：我懂诗吗？我懂西诗吗？答案自知——一窍不通。虽然后来又翻译了大量的英美诗人的作品，但却再也没有那个胆气拿出去发表，只是作为一种英语学习的手段和感受诗歌翻译的体验，希望通过实践能弄懂诗歌理论，但这条路最后还是没有走通，也就是并没有通过诗歌翻译而系统掌握英语诗歌的理论。看来摸着石头过个小沟小溪还可以，过河，尤其是宽广的大河，还真不行。最后还是在攻博的时候接触到了西方诗学，继而是西方诗歌理论，才有了一种顿悟的感觉；之所以会顿悟，早先的诗歌翻译实践所建立的感性认识还是很有帮助。可见，实践还是需要与理论相结合。如今，早年的那些译作都遗失了，但并不觉得很可惜，因为那时对诗学和诗歌理论可以说是一窍不通。不懂诗，尤其是不懂西诗，顶多只是用自以为优美的辞藻把原文的意思译出来了，难以反映出原诗真正的诗意／艺。

回想起来，当时翻译英美诗歌，基本操作就是用分行散文体，无论是哪个诗人，翻译时都是一个套路、一种文风，管他十四行诗、八行诗、六行诗、四行诗、自由体，统统译成分行散文体，如此显然是无法把不同诗人的诗学风格体现出来，难免千人一面、千人一腔，无法把原诗作者的个性和特定诗歌的诗体彰显出来。当时，之所以会采用这样的方法去翻译，也是受了五四以来诗歌翻译主流的影响。这个主流就是把西方诗歌译成分行散文体。

1989 年，我参加了"中国英汉比译学会"（今中国英汉语比较研究会）的第一次会议，会议期间结识了刘重德先生、楚至大先生、郭著章先生和黄新渠先生；几年后又有幸结识了黄杲炘先生。他们要么是诗歌翻译家，要么是诗歌翻译研究者。听他们在谈论诗歌时才知道，当时的诗歌翻译界正在热议卞之琳先生的"以顿代步"的翻译方法。这算是我在诗歌翻译理论方面的第一次扫盲。仔细研究了这一方法，感觉不是很难，相比较过去自己用分行散文体所作的诗歌翻译，"以顿代步"只要求一行之中的顿数与原诗的音步数相同就可以了。但初步的感觉是，"以顿代步"所生成的译文还是散文体，而且怎么读也还是读不出明显的节奏来，怎么读都还像是自由诗。问题出在哪里？当时想不明白。此事一放就放了好多年，直到再次回到象牙塔读书的时候，才慢慢找到了这一问题的答案。

原来，英美诗歌，乃至西方诗歌，也有严格的格律，并非像五四以来的诗歌翻译那样自由散漫。西方格律诗跟中国格律诗一样，也有押韵和节奏，这是二者的共性。二者的差异也很突出，但从卡特福德对不可译性的界定（见 Catford，1965：94）来看，这些差异并非是不可译的元素。于是，暗暗拿定主意，未来一定要对诗歌翻译问题展开更加深入的研究。

又过了很多年，2008 年，我获得了中美富布赖特研究学者项目的资助，赴加州大学圣巴巴拉分校访学。我的接待教授是黄运特先生，他是一位才华横溢的英汉两栖诗人和学者。他的书斋里，还有学校的图书馆里，有大量的诗集和诗歌理论著作，其中不乏中国诗歌翻译家的译著。于是，从那时起，我开始逐步将研究重心从前一阶段对连贯与翻译的研究转到诗歌翻译研究。

进入系统研究之后，不难看出，自新文化运动起出现的白话诗歌译文存在着明显的格律不对应的问题。一言以蔽之，具有现代意义的西诗汉译没把原诗的节奏保留下来，押韵的问题随着时间的推移和认识的加深，很快得到了较好的处理。但就格律诗而言，节奏的重要性至少是不亚于押韵，节奏没有体现出来，原诗的音乐性就会受到直接的伤害。

卞之琳先生提出来的"以顿代步"的翻译方法，目的是为了解决诗歌翻译的节奏对应问题，但由于"顿"不是等长的节奏单位，实际上跟西方格律诗等长的节奏单位并不能形成默契的对应。但节奏等长的问题并不难解决——只要用"二字顿"来对应原诗的抑扬格就可以了。我将这一方法命名为"以逗代步":原则上以二字逗代双音节音步,因为双音节音步是英美格律诗的基本节奏。我用这种方法重译了两首著名的长诗:《希腊群岛》(即《哀希腊》)和《西风颂》。两首译诗发表之后,心中不免有点小小得意。相比较而言,这样的译文在节奏上比散文体或"以顿代步"体要更接近原文。但稍加思考,这个得意便随风而去了,因为"以逗代步"只是"以顿代步"的微调版,二者只是把注意力放在了原诗的拍子上,并没有译出原诗的调子,因为节奏是由拍子和调子合成的,翻译时如果顾此而失彼,原诗的音乐性还是没有得到充分的展现。于是,新一轮的研究开始琢磨调子(即声律)的翻译问题,最后提出了"以平仄代抑扬"的理论模型和设想,并撰文论证了这一方法的理据,但却始终不敢用这一方法去尝试实际的翻译,理由很简单——太难。

但再难也需要勇敢地去面对,因为如果不能把这一方法成功地应用于实际的翻译,那么这一方法也就成空谈了。下定决心之后,我在2018年,花了差不多有半年的时间,在繁忙的工作之余,用"以平仄代抑扬"的方法再次重译了《西风颂》。该诗由5首十四行诗组成,从长度上看,用作检验可以说是足以证明这一方法的可行性了。

虽然,表面上看,诗歌翻译从最初的自由化到"以顿代步",再到"以逗代步",最后再到"以平仄代抑扬",只是诗歌翻译方法的改进。但实际上这一改进意味着一种扬弃,一种对先前的理论意识和翻译实践不足之处的否定,对可取之处的肯定:肯定的是前人对节奏的重视,否定的是前人对节奏翻译的方法。而这一否定的意义就远远不在诗歌翻译本身了。

因为,自新文化运动以来的这一百年里,诗歌翻译的主流方法就是把格律诗译成分行散文体,抑或是译成自由诗。一般认为,白话新诗是受了西方诗歌的影响，但这一广泛而深远的影响显然不是直接来自于西方诗歌，因为那个时候没有那么多人能够直接阅读西方诗歌，广大诗人和诗歌读者是通过诗歌的译文来了解并接受西方诗歌的影响的。然而，那时的翻译却是把原来的格律诗改造成了去节奏的自由诗，如此看来中国白话新诗受西方诗歌影响一说的合法性就成问题了。因此，如果能用节奏等值的方法来翻译西方格律诗，其意义就不仅仅局限于诗歌翻译的方法了，它直接关系到对中国白话新诗起源的再认识、再评价和再定位的问题。

一直以来，人们都认为，西方诗歌的格律（尤其是节奏）是不可译的，因此只能用分行散文体、用解释性的语言，译成自由诗。中国百年新诗和中国百年西诗汉译所产生的一系列理论都是建立在这个想当然的认识基础之上的。但如果西诗格律不可译这个假定不成立，那么这一百年来围绕中国白话新诗的起源以及围绕诗歌翻译方法的讨论就面临了巨大的挑战；而实际上，这并非是异想天开的事，一些表面的现象已经在暗示，中国白话新诗受西方诗歌影响的认识是经不住推敲的——果真是这样，为什么林林总总的西方诗歌诗体，我们只接受了一个自由体？这与诗歌翻译界把林林总总的西方诗歌的诗体统统都译成自由体存在着明显的因果关系。此外，新文化运动时期翻译的诗歌主要是英美格律诗，英美格律诗的节奏是抑扬双音节节奏，但从节奏结构的角度看，可以说这一百年来至今没有一首诗歌的译文体现了这种一步一抑扬的节奏。虽说汉语诗歌传统上只讲平平仄仄，没有所谓的抑扬格，但汉语的成语"抑扬顿挫"却恰恰可以用来描写平仄合调的诗歌，这说明平仄合调的诗歌完全可以彰显抑扬顿挫的效果。实际上，明代后七子之一谢榛在他的《四溟诗话》中就指出，"诗法，妙在平仄四声而有清浊抑扬之分"（1961：77），平仄之外，还有"抑扬之妙"（同上：79）。尽管谢榛所论之抑扬跟英美诗歌的抑扬不是一回事，但利用字音声调的异同有规律地制造重复即可形成抑扬顿挫的诗学效果，则是中国诗歌和西方诗歌的一个共同特征。共同特征的存在就为翻译的等值转换提供了先决条件。由此可见，解决诗歌格律的等值转换不仅可以解决诗歌格律翻译难的问题，还可以为中国新诗的缘起和存在的问题开拓反思的空间。

于是，2013年我申报了一个国家社科项目，项目名称为"五四时期西诗汉译的诗学与文化批评研究"，在《外语教学与研究》《外国文学评论》《外国文学研究》《中国翻译》《外国语》《外语教学》《外语学刊》等重要刊物上发表了一系列研究成果，本书内容主要就是这一项目的结项成果。做完这一项目之后，感觉意犹未尽，很多问题仍待深入研究，因此在这一项目的基础之上，2017年又申报并立项了一个教育部哲学社会科学重大课题攻关项目，项目名称是"中国百年诗歌翻译的诗学谱系研究"。本书正是前一个项目的阶段性成果和后一个项目的早期阶段性成果交叉融合的结果。

本书的核心方法论是诗学，从诗学的角度反观中国现当代诗歌文化的发展；整个研究的思路是：从诗学看诗歌翻译，从诗歌翻译看中国白话新诗的形成。诗学源自于亚里士多德。按封丹（Fontaine，1993）的说法，亚里士多德的《诗学》引发了诗学的第一个阶段——模仿诗学；他的《修辞学》引发了诗学的第二个阶段——接受诗学；而诗学的巅峰阶段则是客观诗学。虽然现当代诗学认为，诗学是文学研究，甚至是"文学的科学"（Todorov，1977：236；1981：69），因此涵盖所有的文学门类，诗歌只是其中之一而已，但毕竟在亚里士多德的时代，文学的主要表现形态就是诗歌，那时还没有小说。从这个角度看，诗学对于诗歌的研究自然是最有亲和力的。当代诗学的方法论是用语言学的手段来分析文学语言，这一传统从亚里士多德即已开启，到俄国形式主义和布拉格学派时走向了巅峰，后续的解构主义则进一步弥补了结构主义诗学的一些漏洞，使诗学变得更加具有理论的力度、厚度和强度。因此，本研究的一个基本方法论就是对诗歌的原文和译文展开语言学分析，以比较二者之间的诗学等值关系。诗学研究的一个基本理念是从文学作品的形式入手，分析其诗学功能、价值和效果。这一方法论对于中国的诗歌翻译研究有着重大的反思意义，因为传统的诗歌翻译和研究过于注重意义或内容的翻译转换，严重忽略诗歌形式的审美内涵，由此而造成的危害不仅影响了诗歌翻译和研究本身，更影响了中国诗歌文化的健康发展。

　　本书分三个部分，第一部分是"文史篇"，聚焦具有现代意义的诗歌翻译的发生、发展和影响，虽然这个课题已经有了不少研究，但从翻译和诗学的角度来看这个问题，会揭示一些以往的研究所忽略、忽视，乃至误解的方面。第二部分是"诗学篇"，聚焦诗歌翻译的本体，诗歌翻译研究虽然一直都有不少学者和翻译家在做，但从诗学的角度来研究诗歌翻译问题的成果则十分罕见，因此一些在诗学看来有明显问题的翻译现象和方法就一直没有被揭示出来，而诗学方法论的介入则有助于我们看清一些原本很基本但却被无视的问题。第三部分是"译者篇"，聚焦了四位著名的诗歌翻译家，希望能以点带面地展示在大致相同的诗歌文化背景下个体译者的翻译理念和实践。

　　诗歌是中华文化的瑰宝，但中国的诗歌文化在新文化运动期间发生了重大变化，这一变化是让这一瑰宝更加灿烂了，还是让她变得暗淡了，可以说是仁者见仁，智者见智。由于诗歌翻译是这一重大变化的重要推手，因此理性地分析诗歌翻译的得失，至少可以为我们对这一重大变化的利弊提供一个新的视角，引起一种新的反思。

王东风

2020 年 6 月 19 日星期五

于广州番禺南村

目　　录

第一部分　文史篇

第二部分　诗学篇

第三部分　译者篇

第一部分

文　史　篇

第一章　中国百年西诗汉译反思

轰轰烈烈的五四运动过去一百多年了。五四运动启动了中国文化的现代性模式，它最大的功绩莫过于文化的启蒙。这并不是说没有五四运动，中国就没有自己的文化，而是说因为五四运动，我们得以睁眼看世界的文化，并让民族的文化逐步融入世界文化。从此，中华民族的心胸就逐渐有了一个世界文化的格局。于是，随着五四运动，我们的文化逐步开始了全面的升级换代：语言，从文言走向白话；小说，从古典走向现代；戏剧，从说唱走向话剧；诗歌，从格律走向自由；女人不再裹小脚了，男人不再梳长辫了；等等，等等，不一而足。

具有现代意义的西方诗歌汉译活动始于 1918 年，至今已有一百余年。将起始时间定格在 1918 年，原因主要是那年 2 月的《新青年》四卷二号上发表了第一首用白话自由体翻译的西方诗歌，即周作人翻译的古希腊诗人谛阿克列多思（Theokritus）的《牧歌》。一改该刊一直用中国古体诗文体翻译西方诗歌的惯例，此后《新青年》上发表的诗歌译文就迅速转用白话自由体。很快，这一新型的诗歌翻译文体席卷中国文坛，中国的新诗运动应运而生。虽然在 1918 年之前，已有零星的西诗汉译发生，但从现代性的意义上讲，1918 年是一个无可非议的起始点。作为五四新文化运动的一个重要组成部分，新诗的产生是一个重要的文化事件，而这一事件的发生与翻译密不可分。五四运动已经一百又二年了，回顾西诗汉译的百年历程，会让我们可以更冷静、更客观地来分析这段历史。

　　传统的史学研究多是简单地按线性时间顺序研究特定时段历史人物的所作所为，但自从西方学者在史学的研究中引入谱系学的方法论之后，当代史学研究就越来越多地从谱系的角度来展开。哲学意义上的谱系学研究具有鲜明的解构主义特征，其传统主要始于尼采。尼采的谱系研究最突出的特点是颠覆，常用历史事实的偶然性和复杂性来颠覆人们当下的某种共识。福柯进一步发展了尼采的谱系学，在谱系研究之中加入了知识考古的理念；晚年又以"权力——知识——身体"的三角关系来展开谱系学分析，取代了早年的"知识考古"的方法。福柯的谱系学是一种相对温和的历史研究方法论，更多的是问题导向，以"权力——知识——身体"的三角关系来对知识体系展开研究，注重对康德所说的"可能性条件"（conditions of possibility）（Kant，1998：234）的发掘、分析和思考，进而在历史的发展轨迹中寻找形成这一可能性所需的条件。于是，在知识考古式的史料发掘中，这样的谱系研究就会聚焦一些与某种可能性相关联的一些偶然的和复杂的因素，并对这样的因素展开哲学高度的分析。

　　把福柯的谱系学应用于诗歌翻译史的研究，"权力——知识——身体"的三角关系中的"身体"就具体化为了译者的身体体验。也就是说，用谱系的方法考察诗歌翻译史，就是梳理"权力——知识——译者"之间的三角关系，而在对译者的研究中，译者的身体体验是一个极为重要的方面：译者在翻译过程中的所思、所想、所悟、所译将成为译者的身体体验的重要参照，因而也将成为揭示译者在特定文化语境下的翻译认知过程。

　　福柯所说的权力并不是指一般意义上的国家统治工具，抑或一部分人或组织影响、控制、支配其他人或组织、集团的能力和力量，而是一种关系，一种以网络形式运作的内在关系，这种关系在社会中无所不在，因此权力具有生产性。人在社会中都具有不同的生产性，具有不同生产性的共同体就形成了权力关系。以诗歌翻译而言，诗歌译者的生产性就在于他的诗歌翻译。在诗歌翻译的共同体内，人们因为他们的诗歌翻译的生产性而形成社会关系，只不过有的关系是直接的，有的关系是间接的，而且这种关系也牵连到所译作品的作者，因为诗歌译者的生产性与所译原文密切关联。利用谱系学研究诗歌翻译史，就是要从这个角度观察、分析、描绘这个关系，以便于我们考察特定时期的翻译特点和翻译思想的取向。在这一研究过程中，我们就很有可能在对"身体"的诗学扫描中，发现新的权力关系、新的知识体系，从而颠覆或者更新我们现有的相关认识。

发生在史学领域的这种谱系研究，堪称一种革命；从谱系学的角度看，尼采颠覆了众多的历史共识，而福柯则对众多的历史共识提出了新的问题。尼采与福柯所指的谱系学都是一种历史叙事，二者的共同点是对历史话语的一致性、单一性与主导性采取怀疑的态度，具有明显的去中心的解构主义特征。

发生在中国的西诗汉译，至今已经完成了百年历史的征程。国内有关这段历史的研究却一直没有一个完整的成果，一些相关的研究都散见于专题论文和文学翻译史的章节中，这些研究大多都很好地完成了各自的学术目标，大致勾勒出了百年中国翻译史的脉络，但问题也很明显，首先是缺乏对百年中国诗歌翻译史的系统梳理，其次是诗学和谱系学的缺席现象十分明显。这表明：诗歌翻译的诗学问题在以往的诗歌史的研究中没有受到应有的关注，这会导致很多诗学问题被掩盖；谱系学的缺席会导致很多内在的关系没有被揭示，很多历史的问题被忽略。目前有关诗歌翻译史的研究沿用的仍是传统的史学路线，这些不足在所难免。把传统史学的研究方法搬到诗歌翻译史的研究中来，势必只会对相关的历史事实进行罗列和描述，而无法从诗学的角度做细致的技术分析；而传统史学的另一个弊端，是对历史问题缺乏一个哲学高度的观察和批判，传统的思维定式会让这样的研究很容易把一些历史名人偶像化，从而在研究心理上首先就失去了一个学者应有的客观与冷静。而如果我们把这百年西诗汉译的历史定格在当下的定论之中，然后采用谱系学的怀疑态度、诗学的分析方法，以一种问题化的眼光来重新审视这些定论，重新梳理这百年历史轨迹中被历史尘埃掩盖的史实，我们就有可能对这些定论的形成所需要的可能性条件产生特别的敏感，因为这些定论的形成有可能是由于意识形态的原因而追求一种同一性或一致性，从而忽略了或有选择性地屏蔽了一些可能性条件。因此在这样的敏感之中，在"权力——知识——译者"的框架之内，就必定会对现有的定论设置一个问题化的环节。这也正是谱系研究的经典套路，即无论当下的现实如何，这样的研究都会以问题化的眼光来看待当下特定结论所赖以形成的那些历史条件；也就是说，在用福柯的谱系学展开研究之前，任何当下的定论都是可以被问题化（problematization）的。

一、当历史被问题化

百年西诗汉译的历史征程走到今天已然出现了一系列的定论，如：

诗歌翻译方法，定格在了"以顿代步"；

中国新诗的影响源定格在了西方诗歌；

五四运动时期涌现出了一批著名的诗歌翻译家，他们的翻译在当下的定论中被定格成了偶像；

......

与这段历史有关的定论还有一些，就不一一列举了。在这些定论的形成过程中，一系列的历史人物和历史事件都是按照走向这个定论的轨迹建构的，因此仅看这些论证和定论，似乎一切都是那么连贯、流畅、符合逻辑、理所当然。这也就是所谓的"历史话语的一致性、单一性与主导性"。

但这一切在谱系学的史学研究中，都是值得怀疑的；现有的一切结论以及这些结论所留在人们视野中的那些历史轨迹都是可以被问题化的：别太相信你的眼睛，因为你看到的，很可能是被选择和加工之后刻意让你看到的。那么，在这一切背后，还有没有我们没有看到的东西呢？

福柯谱系学的一大特点就是追问这背后被掩盖、被忽略、被忘却的史实。谱系学的史学研究并不仅仅关注大写的历史，它似乎更青睐于小写的历史：历史的小人物、小事件；其研究结果很可能会为当下业已形成的历史定论提供一个足以解构其合理性的反例。在这一研究方法中，研究者会暂时搁置当下的定论，一切从头来，对历史断裂处的特定诗歌翻译家的知识结构和诗歌译文进行全面的诗学扫描，在完成个体译者研究之后，再把当时的译者群体联系起来研究，用权力关系和知识考古的方式对历史事实进行学理高度的分析和哲学高度的研判，从而有可能发现历史所不为人知的另一面。我们都知道，历史是人写的，也就是人为建构的，因此多多少少会有点主观性，而这种主观性就必定会有历史局限，这正是哲学谱系学对传统史学提出质疑的逻辑预设之所在。那么，用谱系的方法来研究这段百年诗歌翻译史会不会少一点主观性，多一点客观性和批评性呢？

首先，针对以上提到的几个定论，我们试着提出以下几个问题：

从诗学的角度看，"以顿代步"本来的目的是要解决格律诗翻译时的节奏对应问题，但问题是：真的解决了吗？

其实只要稍加思考便可得出否定的结论。新文化运动初期翻译的西方诗歌主要是英语格律诗。英诗的节奏单位是音步，音步是音节整齐的、有规律的、可预见的节奏单位，而汉语的顿则不是；顿的特点甚至与音步背道而驰：顿并不要求顿内的音节数要整齐，因此顿与顿的组合往往长短不一。但西方格律诗的音步的基本模型是双音节式，音节组合和音步组合都是整齐划一的，虽然也有"节奏变体"（metrical variations）（见 McAuley，1966：15-18；陈春燕，2019：

125-128），但基本体式是有律可循的。其次，英诗的"音步"是有声律的，基本声律是抑扬格，即一个轻音节加一个重音节；虽有变体，但也是有规则的，而顿却没有声律的限定；但汉语并不是没有在诗歌节奏中使用声律的传统，如"平仄"律；事实是，汉语诗歌创作中传统的声律特征也是在白话新诗和西诗的白话汉译发生之后才迅速消失的。可见，以顿代步并没有实现节奏上的同步转换，反倒是压制了译文对原文格律的表现。那么，由此便产生了一系列传统史学所没有提出的问题：

1. 现有的研究表明，"以顿代步"并没有真正解决诗歌节奏的翻译转换问题，但为什么这一百年来始终没有得到解决？

2. 中国新诗真的是受西方诗歌的影响而产生的吗？既然如此，为什么西方诗歌的一些典型诗体在新诗中找不到踪迹？

3. 新文化运动期间的西诗汉译未译出原诗的节奏是译者的语言和诗学能力问题，还仅仅是出于文化或政治的需要？

4. 为什么当时的诗歌翻译要遮蔽原诗的格律，尤其是节奏？

5. 如果出于"文学改良"的需要而要建构一种去节奏的诗体，那何必在新诗运动萌芽期选择翻译节奏鲜明的格律诗？

6. 对文学即便是一知半解的人都知道，写诗是需要极高的语言天赋的；对翻译即便是一知半解的人都知道，翻译诗歌更是需要极高的两种语言天赋的，因为两种语言的天赋都是诗歌翻译的必须。那么，以胡适为代表的新诗运动中的那一批海归青年们，首先具有极高的写诗的语言天赋吗？其次，具有翻译诗歌所需的极高的两种语言的天赋吗？在诗学的观照下，他们的诗歌翻译是否合格？

问题还可以提不少，但毫无疑问，这不是传统史学研究所采用的视角，但这种以问题为先导的研究方法却是福柯式的谱系研究的典型套路。以上这些问题，在当下史学结论中显然是找不到答案的。如果需要找到这些问题的答案，方法只有一个，即把那一堆堆尘封的历史史料当作一个个的考古目标，扒开封土，挖出掩埋于其中的知识，带着问题重新研读这些文物。当一个个这样的史料重新研读完毕之后，再把这不同个体的史料相互串联起来，找出其中的"家族相似性"，建立起一个个相互关联的"家族关系"或"血统关系"，以上这些问题就很有可能在这个过程中找到答案。

传统的史学研究没有关注到这些问题，但如果我们对于当下定论所赖以形成的历史条件采用一种问题化的态度，那么对待同样的历史结论，我们的态度可能就会有哲学上的不同了。

在历史的临界点上，可能一个偶然的原因，就有可能改变历史的轨迹：假如，在新诗运动的临界点上，我们的诗歌翻译家在翻译西方格律诗时，如实地传达了原诗的格律信息，那么后来史学家所说的深受西方诗歌影响的中国新诗又会走上一条什么样的道路呢？

现以当时被翻译最多，因而也影响最大的拜伦的"The Isles of Greece"为例，来说明这一问题。以下是该诗的第一节：

> The isles of Greece, the isles of Greece!
>> Where burning Sappho loved and sung,
> Where grew the arts of war and peace,
>> Where Delos rose, and Phoebus sprung!
> Eternal summer gilds them yet,
> But all, except their sun, is set.
>
> （Lord Byron, 1967/1973: 117）

该诗的格律特征如下：

节律：十六节，各节以空行间隔，没有编号；

行律：每节六行，二四行缩行；

步律：每行四音步；

声律：一步一抑扬；

拍律：一步两拍；

韵律：ababcc。

但这么多年来，没有一首该诗的译文真正体现了原诗的节奏：梁启超将该诗译成了曲牌体，马君武译成了七言古歌行，苏曼殊译成五言体，胡适译成了骚体，柳无忌译成了无韵自由体，闻一多译成了有韵自由体，卞之琳译成了以顿代步体，最后就定型在以顿代步体上了。于是，没有一首译文用译文本身来告诉读者，这首诗的原型每行有八个音节，每两个音节构成一个节奏单位，而这两个音节之间还有声律的设计。这个目标实现起来不容易，但似乎也不是不可能，试译如下：

希腊群岛，希腊群岛！

　萨福如火歌美情浓

文治卓越兵法精妙，

　提洛昂立飞布神勇！

长夏无尽群岛灼亮，

天下倾毁，唯有残阳。

对诗有一点敏感的读者一定读得出来，以上译文也是每行八个音节，每两个音节构成一个节奏单位，而且这两个音节之间还有声调的变化：译文基本上是用一平一仄的节奏单位来代替原诗的抑扬格。也就是说，拙译实际上提供了一个可能性条件，但这个条件在中国新诗形成时并没有出现，因此只能是一个"可能性条件"。但假如，五四时期所翻译的西方格律诗，都是如拙译这般尽可能地贴近原诗的格律，那么有心想向西方诗人学习写诗的中国诗人们，又该怎么去走他们的新诗之路呢？众所周知，当时所出现的是另一种情况，即所有译诗都屏蔽原诗的诗体。从这个角度看，上面所提到的那个当下的定论，即中国新诗是在西方诗歌影响下产生的，就经不住推敲了：因为新诗萌芽期所译的西方诗歌并不是自由诗，而是格律诗。现实的情况也证明这个定论是有问题的，因为所谓受西方诗歌影响的中国新诗中，除了自由诗之外，基本上看不到西方诗歌的其他诗体。事实与结论之间的矛盾表明二者之间的逻辑链存在一个缺环（missing link）。

西方格律诗和中国格律诗一样，向来是重视抑扬声律的。如果当时的诗歌翻译家们在译文中功能性地体现了原诗的拍律和声律特征，那么中国当代诗歌还会那么毅然决然地抛弃与我们相伴千年的平仄律吗？抛弃我们的诗歌传统，全体诗人都去写自由诗，真的就是我们的诗学理想吗？果真如此的话，为什么现在的家长们要孩子读诗背诗的时候不选择自由诗呢？

还有一个史实不容忽视，就在胡适号召用白话文写诗时，他同时也在呼吁向西方文学学习。他说：

> 西洋的文学方法，比我们的文学，实在完备得多，高明得多，不可不取例。……我们如果真要研究文学的方法，不可不赶紧翻译西洋的文学名著，做我们的模范。
>
> （胡适，1918a：304）

这话说得一部分在理，一部分有欠考虑。在理的部分是通过翻译引进西方的文学，有欠考虑的部分有两点：其一，笼统地说西方文学比我们的文学"完备得多，高明得多"，话说得太绝对了点，当时西方的小说比我们的发达，这点没有太大的争议，但诗歌和戏剧就不尽然了。以诗歌论，中国传统诗歌的格律远比西方诗歌丰富，而且要求更高，艺术性更强；中国传统诗歌与西方相比，最明显的体裁缺项是史诗和自由诗，但反过来中国也有很多西方诗歌所没有的诗体，而史诗我们的少数民族是有的，自由诗中国也不是没有，像骚体就是古代版的自由诗，林纾用白话做的《闽中新乐府》就是现代版的自由诗，只是中国没有西方那种分行散文体的自由诗而已，但这是不是诗至今还有争议，所以胡适这种全盘否定的态度似乎太轻率了点。其二，用"翻译西洋的文学名著"的方法来"研究文学"，明显是片面了，只引进形而下的文学作品，而不引进形而上的文学理论，最终必定只能落得个见树不见林的结果。从新诗运动的结果来看，也确实如此：最终只引进了西方的自由诗，其他诗体一概没有在中国落地生根，而被西方视为文学理论的诗学至今都没有成为大学文学专业的基础课。

胡适虽然在口头上说要用翻译来引进西洋高明的文学名著，但他自己在翻译时却又对其所翻译的原诗的格律一概不予理会，以至于一大批追随者也像他那样翻译。这无疑就给广大不能直接阅读西方诗歌的读者传递了一个错误的信息，即：西方诗歌没有格律，既不用押韵，也没有节奏。这在一个当时急于向西方学习的文化之中，会产生什么样的后果，应该不难想象。实际上也不需要去想象了，看看自由诗独霸天下的当下中国诗坛，就知道那个后果了。

此外，在针对其他问题的知识考古式的历史研究中，我们同样会发现很多偶然和复杂的因素，从而可以对一系列相关的历史条件做出批判性的解读，并对以结果状呈现的当下定论和现状做出哲学高度的批判。虽然这样的研究不一定能改变现状，但从谱系学角度研究历史，则会让人们对于当下乃至整个历史进程会有一个新的看法，而在此过程中，毫无疑问就留下了反思和批判的哲学印迹。这正是谱系学的历史哲学所要达到的目的，它回应的更深层次的问题是历史对真实的呼唤，它采用的更高层次的方法是从哲学的角度对历史的俯视与反思。

二、当断代被问题化

西诗汉译在中国已有一百多年的历史了。用福柯的谱系学来研究历史，凡事都会从问题化的角度入手，因此对历史断代也不例外。自然，不同的谱系研究者从各自不同的角度看问题，那些问题不可能一模一样。从笔者的角度看，百年西诗汉译史就可以分为三个相互关联交错的谱系阶段，即旧诗化翻译时期、自由化翻译时期和顿代化翻译时期；其中"旧诗化""自由化"和"顿代化"并不仅仅是三个时期的名称，而且还是三个不同的"问题化"概念。为何这么说呢？

"旧诗化"并非只是对一类翻译的描写，实际上是对那一类翻译的历史加以问题化之后提出的一个概念。其时间区间主要是新文化运动之前，之后也有持续的出现，但却呈急剧萎缩的态势。这个概念所隐含的问题是：

1. 为什么新文化运动之前的西诗汉译的翻译策略会选择旧诗化？
2. 随着时间的推进，西诗汉译的旧诗化水平是逐步提升，还是下降？
3. 为什么新文化运动之后的西诗汉译会逐渐抛弃这种归化式的翻译？

回答这三个问题，毫无疑问，可以让我们对那一段旧诗化诗歌翻译的历史存有一个更加清晰的认识。其中，突出的问题是：旧诗化的诗歌翻译，就诗歌的学理和翻译的伦理而言，是否合理？

同样，"自由化"这个概念也并非是对新文化运动期间的诗歌翻译的一个简单描写，它所隐含的问题是：

1. 新文化运动初期所翻译的西方诗歌大多是格律诗，将其译成去格律的自由诗是否合理？

2. 为什么当时的译者译不出原诗的格律？是出于文化和政治上的故意，还是出于能力上的无奈？还是二者兼有之？

3. 为什么到了顿代化时期，自由化时期的那种完全不顾原诗的格律的现象就被边缘化了？

要把这三个问题都研究透，毫无疑问，得找出当时很多的文献，而且要对代表性译者进行逐个梳理。完成对这些问题的研究，不仅对整个百年西诗汉译的历史有重大贡献，更重要的是，可以让我们更加清楚地看出诗歌翻译在中国新诗的发生与发展过程中所起到的真实作用。

最后，"顿代化"是诗歌翻译界熟知的"以顿代步"的翻译方法的简化说法，主要是指 1949 年至当下。它同样也隐含着问题：

1. "以顿代步"的目的是要体现原诗的节奏，但这一方法真的实现了这一目的吗？

2. 汉语真的没有能力实现与原诗在节奏上的同步吗？

学术界一般认为，福柯的谱系学重在提出问题，并用知识考古的方式寻求问题的答案。因为有强烈的问题意识，因此这样的研究注定会把哲学的批判带入历史问题的研究。

福柯说，谱系学是对血统（descent）的检验（Foucault，1977：146）。就诗歌翻译而言，译文理应有原文的血统：语义的和诗体的；同时，从翻译的角度看，同一时期的诗歌翻译也会有相同的翻译范式血统，反映着译语语言文化的诉求。当我们把百年中国西诗汉译史按问题化的方法分成三个时段的同时，也把诗歌翻译的译者分成了三个共同体。这是三个相互关联的共同体，还是各不相干的共同体，谱系的研究会给我们一个清晰的研究路径：血统检验。翻译是两种语言和文化的杂交，因此涉及两方面的血缘关系：一是与原诗的继承关系；一是与译语语言文化的继承关系。翻译犹如一场跨国婚姻，译文就像这场婚姻的结晶，因此我们姑且称译文与原文的相似性关系为母系血统关系，译文与译语文化的关联为父系血统关系。

那么，三个不同时期的译文对原诗的诗学基因在多大的程度上做到了有效继承？既然新诗运动是一场与"诗体"有关的运动，那么，我们就可以特别关注：原文的也就是母系的诗体血统在翻译中是否得到了有效继承？此外，三个不同时期的译文对于译语的也就是父系的语言文化又存在着怎样的继承关系？

带着这个特别的关注点，当我们在探寻新文化运动之前的旧诗化翻译时，就会发现，从诗体的角度看，这一时期的译文并没有继承母系的诗体基因，只遗传下了母系的语义 DNA。既然诗体上的母系基因不是很强大，那必定是父系的诗体血统比较明显：此期的诗歌翻译在外形上就酷似中国的旧体诗，这显然是父系基因强大而留下的遗传特征；与此相关，此期的诗歌翻译在翻译方法上也有明显父系的遗传特征——归化，即把西方诗歌归化成我国的传统诗歌；往上搜寻具有这一遗传特征的诗歌翻译，我们发现这种把外国诗译成中国古诗诗体的血统最早可追溯到一千多年前的佛经翻译。这表明，旧诗化的诗歌翻译的诗体基因源自于父系，即目标语的诗学传统，而其中的翻译方法的基因则源于佛经翻译。

进一步的问题由此而生，我们翻译西方诗歌的目的何在？旧诗化翻译本身所呈现出来的表面目的似乎主要是：1. 继承和发扬汉语诗歌的诗学传统；2. 用中国人习惯的诗歌审美方式来体现西方诗歌的内容。在这两个隐含的主要目的之下，指望这种翻译方法来引进西方诗歌的诗体显然是不可能的：父系的诗体基因太强大，压制了母系的诗体基因的传承。

以旧诗化时期的西诗汉译而论，最经典的案例莫过于董恂和威妥玛合译的朗费罗的《人生颂》（1865年）。该诗先有母语为英语又粗通汉语的威妥玛译成质量粗糙的汉语，再由母语为汉语、进士出身、官至户部尚书的士大夫董恂译成汉诗。该译诗全诗 36 行，每四行一节，按七言绝句体式译出。该诗第一节是：

> 莫将烦恼著诗篇，
> 百岁原如一觉眠。
> 梦短梦长同是梦，
> 独留真气满坤乾。
>
> （转引自钱锺书，1984：244）

原诗是：

> Tell me not, in mournful numbers,
> 　　Life is but an empty dream!
> For the soul is dead that slumbers,
> 　　And things are not what they seem.
>
> （同上）

原诗诗体是抑扬格四音步，第二行有一个"掐头式"（headless）的"节奏变体"，略去了诗行的第一个音节，分析的时候仍然按四音步计；韵式是 abab。

译文用的是汉语七言绝句体，平仄粘对比较严谨，运用了一三五不论、二四六分明的诗体规则；一、二、四行押韵是七言绝句的常态。"篇""眠"和"乾"属"平水韵"的"一先"部。这首译诗算是旧诗化时期西诗汉译中格律化水平最高的一首译诗了，连钱锺书也认为该译诗"文理通，平仄调"（1984：247）。其诗体特征是［＋中国传统诗体］［－原诗格律］：父系诗体特征为阳性，用符号"＋"表示；母系诗体特征为阴性，用符号"－"表示。

但再往下看到新文化运动前夕的马君武用七言译的"The Isles of Greece"的第一节：

希腊岛，希腊岛，
诗人沙孚安在哉？
爱国之诗传最早。
战争平和万千术，
其术皆自希腊出。
德娄飞布两英雄，
渊源皆是希腊族。
吁嗟乎！
漫说年年夏日长，
万般消歇剩斜阳。

（马君武，1986：229-230）

以下是苏曼殊用五言译的同一首诗的第一节：

巍巍希腊都，
生长奢浮好。
情文何斐亹，
荼辐思灵保。
征伐和亲策，
陵夷不自葆。

長夏尚滔滔，

頹陽照空島。

（苏曼殊，1986：233-234）

与董恂的译文相比，马、苏的诗文水平已完全不在一个档次了。从古诗文的角度看，译文至此已基本上沦为顺口溜了，但体还是古风：父系的诗体特征犹存。何以沦落至此呢？以往的诗歌翻译史并没有讨论这一问题。其实，问题并不难回答：能以旧诗化的形式来译诗者，必得一方面要像威妥玛那样精通源语的诗歌，另一方面又要有士大夫董恂那样的古诗文功底，但对于在当时接受新式教育而且主要是日式教育的马君武和苏曼殊而言，这两方面都与前者存在不小的差距。而这种双语诗学能力问题实际上是当时中国诗歌翻译界普遍存在的问题：能看懂外文的人极少，能真正看懂外国诗歌的人则更少，而对外文已经懂到了可以读外文诗的人，则汉语古诗文的教育又往往极其有限。于是，一个明摆着的问题就出来了：1900 年至新文化运动之前用汉语古诗体译出来的诗，从古诗的角度看，显得都有点别扭，诗文水平完全无法跟唐诗宋词相媲美。按这种诗文水平来翻译西方诗歌，只能让中国的知识分子瞧不起西方诗人。更何况，旧诗化翻译完全没有体现出原诗的格律，完全起不到引进新诗体的作用，反倒因为旧诗化在规则上的需求，迫使译者在翻译中丢失了不少原文的情思。从遗传学的角度看，此时体现在诗歌翻译中的父系基因已经不再强大，出现了衰弱的迹象和趋势。

与此相关联的是，当时知识界倒文言的呼声越来越大，整个社会又以在海外学成回国的留学生为尊，于是一批以胡适为首的海归青年们，顺势推翻了旧诗化的诗歌翻译体制，矫枉过正地用不讲任何格律的自由化的方式来翻译西方格律诗，并在短时间内迅速成为风尚。

于是，从新文化运动开始之后，我们就会发现具有明显父系遗传特征的诗歌译文变得越来越少，不久即出现了断崖式的骤减，于是我们便会追问其中隐含的问题是什么。

1918年2月的《新青年》四卷二号上发表的周作人的译文《牧歌》，是中国第一首用白话自由体翻译的西方诗歌。周作人为这首译诗写了一个序。序中称：

> 口语作诗，不能用五七言，也不必定要押韵；止要照呼吸的长短作句便好。现在所译的歌，就用此法，且来试试；这就是我所谓的"自由诗。"

（周作人，1918：124）

这个序的意义非凡，因为此后的西诗汉译基本上都是按照这个原则翻译的。一直致力于翻译引进西方诗歌的《新青年》，从此一改过去用旧诗体翻译西方诗歌的传统，转而采用白话自由体来做翻译，这一举措也有力地配合和推动了白话新诗的发展。

1918年4月，胡适在《新青年》第四卷第四号上发表了一首译诗《老洛伯》。此译也一改胡适本人过去用旧诗体翻译诗歌的方法，采用了白话自由体来翻译。以下是该诗的第一节及胡适的译文：

When the sheep are in the fauld, and 　羊儿在栏，牛儿在家，
　　the kye at hame,

An a' the world to rest are gane, 　静悄悄地黑夜，

The waes o' my heart fa' in showers frae 我的好人儿早在我身边睡了，
　　my e'e,

While my gudeman lies sound by me. 　我的心头冤苦，都进作泪如雨下。

（胡适，1918b：324）

原文格律是一三行抑扬格六音步，二四行抑扬格四音步，韵式是 aabb。胡适的译文有韵，但与原文不同，是 abba，也没有像原文那样有整齐而规则的节奏；语言上采用了口语体，即白话。

同期的《新青年》上还发表了胡适的一篇重要论文《建设的文学革命论》，在《文学改良刍议》的基础之上，明确地提出了文学革命的"八不主义"，进一步阐述了他诗歌创作的原则：

一、不做"言之无物"的文字。

二、不做"无病呻吟"的文字。

三、不用典。

四、不用套语烂调。

五、不重对偶：——文须废骈，诗须废律。

六、不做不合文法的文字。

七、不摹仿古人。

八、不避俗话俗字。

（胡适，1918a：289-290）

将他上面的那首译诗与原诗互勘，不难看出，胡适所提出的"诗须废律"这一原本是诗歌创作的原则已经悄然运用于翻译了；译文废了原诗的格律，自创了一个新的诗体：有韵的分行散文体。

但胡适自己认为，他于 1919 年 2 月在《新青年》六卷三号上发表的《关不住了》才是他"新诗的纪元"，但从翻译方法和译者对原诗格律的态度看，《关不住了》与《老洛伯》之间的诗体差别并不大。以下是《关不住了》的原文和译文的第一节：

I said, "I have shut my heart,	我说"我把心收起,
As one shuts an open door,	像人家把门关了,
That Love may starve therein	叫'爱情'生生的饿死,
And trouble me no more."	也许不再和我为难了。"

（胡适，1919：280）

对照原文，我们不难发现，译诗完全没有体现原诗的格律。原诗的韵式是 abcb，节奏是一、二行抑扬格四音步，三、四行抑扬格三音步，但一、二行均是七个音节，作者在此用了"掐头式"的"节奏变体"。再看胡适的译文：首先没有像原诗一样有工整的节奏，其次译文的韵式（abab）与原诗不同，但值得特别注意的是：b 位是"了"字的重复，这既不是原诗的韵式，也犯了中国诗歌押韵传统的禁忌。其实，是胡适把自己特别偏爱却又让诗歌界特别受不了的"了"字韵硬塞给了一首英语的诗歌。由此不难看出，胡适对于原诗的诗体的翻译态度：不予理睬。

从胡适对该译诗的重视程度也可看出：中国的新诗的起点原来是一首译诗。这很有可能是造成日后人们以为中国新诗是受西方诗歌影响的一个重要原因。

在白话新诗运动的激励下，在胡适的示范作用下，再来看看上面所引的马君武和苏曼殊译的那首诗 "The Isles of Greece" 在 1924 年的柳无忌笔下变成了什么样子：

> 希腊的群岛，希腊的群岛！
> 那里热情的莎妩爱着歌着，
> 那里扬起战争与和平的艺术，——
> 那里涌现了迪罗，生长着飞勃！
> 永恒的盛夏仍旧照耀群岛，

但是，除了太阳外，万般都已销歇。

（柳无忌，1986：247）

一种由胡适倡导的新的诗歌译法开始成为主流：诗歌翻译的自由化时期渐入佳境。

这一表面现象之下的深层原因既有人们对旧诗和旧诗化译诗的不满，又有这种自由化译法所带来的"诗体大解放"（胡适，2000f：147）的那种不羁的痛快，让人们看到了西方诗歌那种"不讲规矩"的所谓"现代诗性"，更反衬出旧体诗阴影下被平仄切韵裹脚的别扭和郁闷。人们对于"诗体大解放"的追求已迫不及待，为此旧的一切都要打破，不破不立，大势所趋。西诗的自由化翻译仿佛让人们看到了西方自由世界的一个缩影，于是一时间追随者众。新诗运动似乎是应运而生。文言文仿佛一夜之间被抛进了历史的垃圾箱，随之抛弃的当然少不了旧体诗词的做法。至于被译文屏蔽的原诗格律，对于广大读者和诗人来说，他们或者茫然不知，或者睁一只眼闭一只眼乐见其成。

从这个角度看，这诗歌译法表面上的改朝换代，实际上隐含着翻译界的一次范式革命。新的范式，即胡适的范式，亦即［－中国传统诗体］［－原诗格律］，成了新的翻译方法，新的翻译血统，至今仍能从西诗汉译乃至中国新诗中找到当年由胡适种下的这个遗传特征：长短句的外形，去格律的诗体。用胡适自己的关门弟子、美国著名历史学家唐德刚的话来说，那是一种"无格，无律，无声，无韵，无长，无短，也可长，可短，既可分节（stanza），也毋须分节，既无音步，更无音尺"（2001：554）的诗体。在这一新的范式中，［－原诗格律］表明，译文仍然没有原诗诗体的母系遗传。但旧诗化时期的一个父系遗传基因却发生了突变：由［＋中国传统诗体］变成了［－中国传统诗体］。这俨然是一次基因突变。这一突变产生了一种新的基因表达（gene expression）：［－中国传统诗体］［－原诗格律］。这就是自由化的诗歌翻译：既不受原诗诗体的约束，也不受译语传统诗体的约束，诗体上可谓是自由得无拘无束。虽然这一新的诗体基因在当时西方的诗歌中已经出现，但在新文化运动时期出现的自由诗化的诗歌翻译时，却还没有证据表明，西方的自由诗已经被以自由诗的形式翻译入中国。在胡适看来，这一新的诗体是他自己经过"尝试"而"实验"出来的（见胡适，2000e：183）。

但是，新的问题很快浮出水面。把西方格律诗译成自由得无拘无束的那种造型，让稍微有点翻译良心和诗学意识的人总觉得如芒在背。于是，围绕着西诗汉译的自由度问题，诗歌翻译界不久就开始了低调的反思。于是，仍在"自由化时期"，西诗汉译的诗体特征很快就呈现出了新的变体：[－中国传统诗体][±原诗韵式][－原诗节奏]。这表明，一直受到父系基因压制的母系诗体遗传特征开始增强，这从一个侧面反映了当时的中国知识界对西方态度的转变：由最初的不屑到后来的仰慕。

这些新的变化体现出诗歌翻译共同体内部对于[原诗格律]问题开始出现意见分歧。这就意味着，译者们对于一开始胡适那种的翻译方法有了不同的意见。如果不是后来发生战乱，有关诗歌翻译中的格律问题应该还会有更深入的讨论和诗歌翻译实验。但因为战乱，理论上的探讨就悬置在那里了。直到战乱平息，新中国成立，以何其芳、孙大雨和卞之琳为首的一批学者立即重提诗歌节奏之事，于是一种更符合诗学原理的、并获得广泛认同的翻译方法被提了出来：以顿代步——"顿代化时期"出现。其诗体特征是：[－中国传统诗体][＋原诗韵式][？原诗节奏]。母系的诗体的韵式 DNA 得到确立，但节奏 DNA 还没有定型，不过已受到了明确的关注，因此其基因表达是[？原诗节奏]。以下是"顿代化"的代表卞之琳所译的"The Isles of Greece"第一节，从中我们不难看出端倪：

希腊‖群岛啊‖，希腊‖群岛‖！

　从前有‖火热的‖萨福‖唱情歌‖，

从前长‖文治‖武功的‖花草‖，

　涌出过‖德罗斯‖，跳出过‖阿波罗‖！

夏天‖来镀金‖，还长久‖灿烂‖——

除了‖太阳‖，什么都‖落了山‖！

（卞之琳，1996：137）

　　诗中"‖"是笔者划出的"顿符"。卞之琳的设计是用顿来代替原诗的音步：原诗每行是四音步，译文是每行四顿。但比较可见，译文的节奏是忽二忽三式的，与原诗整齐的"二二"式节奏推进并不一样，这显然是两种不同的节奏：英诗的节奏是有规律的、可预知的，译文的节奏是没规律的、不可预知的。所以，"顿代化"译文的节奏特征只能是［？原诗节奏］。与自由化时期比较决绝的［-原诗节奏］相比，诗体特征上的［？］表明，此时的诗歌翻译共同体已开始重视原诗的节奏了，只是用"以顿代步"的方式所体现出来的节奏还并没有达到该方法的设计目的。

　　"节奏"是个诗学命题，应该从诗学的角度上来做思考。诗学的研究重点是"文学性"（Jakobson，1973：62），即"使语言信息（message）变成艺术的东西"（Jakobson，1987a：63）。诗学理论认为，文学性的生成与语言的"反常化"（defamiliarization，另译"陌生化"）运用有关，因此凡文学作品中的反常化语言表达大多是文学性的所在，因此也必是诗学关注的重点。原诗的一个突出的反常化体现就是二二式的节奏，这种节奏是自然语言或一般语言表达里说不出来的，这就是反常化。一般而言，反常化的参照系是自然语言：偏离自然语言常规的语言表达就是反常化。但上引译文并没有体现出这个特点。不少诗人和诗歌翻译家都认为这种忽二忽三式的自然音组可以成为节奏，新诗就可以用这个节奏来建构自己的格律体系，因此也可以用来对应西方格律诗的节奏。就中国的新诗而言，用这种节奏建构一种新的节奏模型，也无可厚非，毕竟是"新诗"，它可以不同于以往任何诗体，否则也就无"新"可言了。但把这种节奏直接挪用到西方格律诗的翻译中来，就值得商榷了，因为格律诗并不是新诗，而恰恰是旧诗，无论是在中国，还是在西方，在 20 世纪之初的那个时代，都是如此。那时西方格律诗的节奏跟中国传统格律诗的节奏一样，其拍律和声律都是有规律且可预知的，因而相对于自然语言，那就是反常化的。从诗学的角度看，二二式节奏与忽二忽三式的节奏有着本质上的区别。忽二忽三式的顿之所以文学性不强，是因为这种节奏与自然语言没有明显差异，因此也就失去文学性所赖以生成的反常化条件。以下是笔者写稿时随机从当天的网络新闻中摘取的一段新闻稿：

> 首艘国产航母下水、国产大型客机 C919 成功首飞、"天眼"探空、"蛟龙"入海、"墨子号"发射升空……五年间，一系列"国之重器"让世界刮目相看。[①]

我们将其分行而书，按自然的音组，标上"顿符"：

> 首艘‖国产‖航母‖下水、‖
> 国产‖大型‖客机‖C919‖
> 成功‖首飞、‖"天眼"‖探空‖、
> "蛟龙"‖入海、‖"墨子号"‖发射‖升空‖……
> 五年间‖一系列‖"国之‖重器"‖
> 让世界‖刮目‖相看‖。

---

① http://news.sina.com.cn/c/nd/2017-08-17/doc-ifyixtym6468826.shtml

不难看出，汉语自然语言的基本节奏实际上就是那种忽二忽三式的"顿"。这种节奏因为时值不一，变化没有规律，是无法读出具有音乐性的节奏来的，听起来也就同样不会有节奏感。朱光潜就曾一针见血地指出过"顿"的问题："各顿的字数相差往往很远，拉调子读起来，也很难产生有规律的节奏"（2012b：239）。因此采用时值不一、没有规律、不可预知的"顿"来翻译西方格律诗的节奏，就没有使译文获得区别于自然语言的反常化效果，因此也与原诗有规律且可预知的"音步"在诗学和音乐的层面上都不对应。从功能层面看，原诗二二式节奏的功能是诗学功能，之所以能实现这种功能正在于它的反常化，但译文没有体现这种二二式节奏，实际上也就没有体现出原文用这种节奏所建构的诗学功能。此外，英语格律诗的节奏，跟汉语格律诗的节奏一样，是既有拍子（拍律），又有调子（声律），但以顿代步顶多只考虑了拍子问题，调子问题则完全没有涉及。

翻译毕竟是翻译，有原本的参照和约束，因此用自由诗共同体对自由诗的节奏的定义和理解来应对英语格律诗的翻译，即便不从诗学的角度考虑，仅从翻译方法和音乐性的角度来看，也可以看出其中是有问题的。

不过，"顿代化时期"的诗歌翻译与前期相比，一个明显的进步在［＋原诗韵式］上，而［？原诗节奏］相比［－原诗节奏］，也是一个进步，只是在针对节奏的问题上，仍然存在方法和认识上的问题。有关这一问题并非没有过讨论，但半个多世纪过去了，并没有取得实质性的进展。这有理论和实践两方面的原因：理论上的原因是，一直没有从诗学的角度把节奏的本质和节奏可译的理据说清楚；实践上，一直没有可以超越"以顿代步"的解决方案出现。

翻开尘封的老书旧刊，我们会发现，在讨论如何翻译西诗的节奏的历史文献中，西方诗学理论基本缺席。这一点朱光潜早在 1942 年就注意到了，他在《诗论》的"抗战版序"中说：

……中国向来只有诗话而无诗学，……

诗学在中国不甚发达的原因大概不外两种。一般诗人与读诗人常存一种偏见，以为诗的精微奥妙可意会而不可言传，……其次，中国人心理偏向重综合而不喜分析，长于直觉而短于逻辑的思考，谨严的分析与逻辑的归纳恰是治诗学者所需要的方法。

诗学的忽略总是一种不幸。……

在目前中国，研究诗学似尤刻不容缓。

（朱光潜，1942：1-2）

从朱光潜的话中，我们不难看出，中国是没有诗学的；或者严格一点说，中国的诗学跟西方的诗学不一样，而中国诗人和学者对西方诗学知之甚少。细读历史和当下的文献，我们就会发现我国诗人们和诗歌翻译家们至今仍然极少关注西方诗学，尤其是以语言学为分析工具的现当代诗学。这似乎是一个偶然的因素：在诗歌翻译共同体的研究成果的参考书目中，基本上没有西方现当代诗学的踪迹。而再往前搜索，我们会进一步发现，我们的诗歌翻译界几乎从来就没有系统而深入地研究过西方的现当代诗学。这种偶然的因素也就注定了后面的诗歌翻译和诗歌翻译研究的方法论取向和译文的节奏特征，仍然是朱光潜所批评的那样：跟着"直觉"走。

翻译界一直有一个根深蒂固的观念，即理论无用论：大家都认为，很多著名的翻译家并不懂理论，但人家却译得很好。这一观念至今仍很流行。但问题恰恰出在这里，也正因为大家都不钻研理论，因此从理论的角度可以看出的问题，也就都看不出来了，都跟着感觉走了；而那些确实看出问题所在的，却又因为理论和实践支撑无力，无法找到改进的办法。因此，在实践的环节，方法上的探索就停留在了卞之琳的"以顿代步"的阶段了，这一停就是半个多世纪。

由本节的讨论不难看出，以问题为导向的断代，可以在审视历史的时候，时时刻刻都会在问题的牵引下看待所关注的历史现象，这问题本身便是断代的依据，如此便很容易地发现一些被传统史学研究所忽略的问题，而这些问题则很有可能会在历史的断层处发生四两拨千斤的作用，从而让我们对机构性的共识产生新的、批判性的认识。

三、当偶像被问题化

用谱系学的眼光看历史：似乎看什么都是问题，看什么都有问题。

这个方法论的有意思同时也很有价值的地方就在于，把当下的结论悬置，带着对当下结论似有或无的怀疑，回到历史原点，找回当时的文献，在知识考古之中，重建当时的权力关系，重构知识建构的逻辑过程，在此基础之上再回答那些若隐若现的问题，这样的研究结果往往会对当下的定论提出新的质疑，甚至否定。

西诗汉译至今已有一百多年的历史，其间涌现出了一批偶像级的翻译家。他们的辛勤努力给我们的国度引来了异域的诗歌，而我们的国度也给了他们足够多的花环和赞美。

然而，只要从谱系学的角度提一个问题，几乎每个偶像都会在这个问题的审视下感到巨大的压力。这个问题就是：

你们的诗歌翻译如实地向我们的读者传达了原诗的诗学品质吗？

这个问题，如果是个问题的话，其实是很严重的，因为诗歌译文如果没有体现原诗的诗学品质的话，那么这个声称是诗的译文毫无疑问就有了品质上的瑕疵了。读者也是消费者，跟普通商品的消费者一样，对所消费商品的关键品质还是非常重视的。这就像买奶粉，谁也不愿意去买在加工过程中损失了关键品质的产品。只是诗歌翻译的很多消费者们至今也不是很清楚，他们所看到的译文，几乎全都有在翻译过程中抹杀原诗诗学品质的现象，这个品质主要就是诗体特征，即格律。抹杀了格律诗的格律，也就抹杀了诗的诗性、音乐性，诗的品质就会大打折扣，首先这诗味或"口感"上就有问题了。毕竟被译的是诗，诗学品质的重要性无须多言。译格律诗而抹杀其格律，译文本身实际上就已经失去了格律诗的体裁身份，即便是采用归化的方式，那也是用偷梁换柱的方式将原装的格律换成了国产的格律，结果还是抹杀了原诗的格律。相信这二者都不是诗歌消费者真正需要的。

我国新文化运动以来的诗歌译文，去节奏去音乐的诗歌翻译成了主流，这与当时和当今中国的新诗现状何其一致：新诗创作和自由化的诗歌翻译之间明显存在血统关系。从谱系的角度看，新诗现状存在着突出的"自由化时期"的诗歌翻译的遗传特征，但这些遗传特征并没有多少来自于西方的"她性"。

下面这首译诗出现在中国新诗形成的关键时期，以下是该译诗的前九行：

> 假使我是一片败叶你能飘飏；
> 假使我是一片流云随你飞舞；
> 假使我是在你威力之下喘息着的波涛
> 分受你力波的灵动，
> 几乎和你一样的不羁；
> 假使我如还在童年，
> 能为你飘泊太空的风云的伴侣，
> 那时我的幻想即使超过你的神速，
> 也觉不算稀奇；

> （郭沫若，1923：22）

这是雪莱的"Ode to the West Wind"(《西风颂》)第四章的前九行。以下是原文:

> If I were a dead leaf thou mightest bear;
>
> If I were a swift cloud to fly with thee;
>
> A wave to pant beneath thy power, and share
>
> The impulse of thy strength, only less free
>
> Than thou, O uncontrollable! If even
>
> I were as in my boyhood, and could be
>
> The comrade of thy wanderings over Heaven,
>
> As then, when to outstrip thy skiey speed
>
> Scarce seem'd a vision; I would ne'er have striven
>
> …

（雪莱，2012：172）

原文是抑扬格五音步,韵式是 aba bcb cdc(ded ee).

比较与上面所举的差不多同一时期的柳无忌所翻译的"The Isles of Greece"的译文,我们能从中看得出来原诗的诗体有什么不同吗?——看不出来,因为郭沫若和柳无忌译文都是无韵自由诗。实际上,前面柳无忌译的拜伦的"The Isles of Greece"是英语典型的六行诗格律,其突出诗体特征是抑扬格四音步,即每行四个节奏单元,每两个音节一个节奏单元,韵式是 ababcc;而上面这首由郭沫若译自雪莱的"Ode to the West Wind"则是由五首十四行诗组成,节奏是抑扬格五音步,每行五个节奏单位,每两个音节构成一个节奏单位。因此,从诗体的角度看译文,看不出原诗的母系诗体基因在译文中的继承,倒是在这两首不相干的译诗之间,却表现出了明显的血统关系:[－中国传统诗体][－节奏][－韵式]。

这两首译诗把不同韵式、不同节奏的原文诗歌译成看不出节奏和韵式的分行散文，跟一大批这样的译文一起，直接影响了当时的新诗创作。对此，何其芳厌了：

> ……现在翻译的诗，许多都是把原来的格律诗的形式翻译成没有规律的节奏和韵脚的自由诗的形式，把原来的优美的诗的语言翻译成平庸的散文的语言。
>
> （何其芳，1956：46）

卞之琳晕了：

> ……在中国诗界造成了广泛而久远的错觉，误以为西方从古到今写诗都不拘形式，以此借鉴而分行写所谓"诗"。
>
> （卞之琳，2009a：283）

朱湘怒了：

> ……自从新文化运动发生以来，只有些对于西方文学一知半解的人凭借着先锋的幌子在那里提倡自由诗，说是用韵犹如裹脚，西方的诗如今都解放成自由诗了，我们也该赶紧效法，殊不知音韵是组成诗之节奏的最重要的分子，不说西方的诗如今并未承认自由体为最高的短诗体裁，就说是承认了，我们也不可一味盲从，不运用自己的独立的判断。我国的诗所以退化到这种地步，并不是为了韵的束缚，而是为了缺乏新的感兴、新的节奏——旧体诗词便是因此木乃伊化，成了一些僵硬的或轻薄的韵文。倘如我们能将西方的真诗介绍过来，使新诗人在感兴上节奏上得到鲜颖的刺激与暗示，并且可以拿来同祖国古代诗学昌明时

代的佳作参照研究，因之悟出我国旧诗中那一部分是芜蔓的，可以铲除避去，那一部分是菁华的，可以培植光大；西方的诗中又有些什么为我国的诗所不曾走过的路，值得新诗的开辟？

（朱湘，1928：456）

　　然而，随着时间的流逝，新文化运动时期凡"知名"的译者，后来似乎都成了偶像。倒是那个时期或从那个时期走过来的一些人，还能对当时的诗歌翻译乱象，表现出一点批判的精神，而当今的翻译研究却只将那时候的知名译者都偶像化了，这样的研究多了点主观的先入为主，少了点客观的理论分析，结果是溢美之词泛滥，反思之语罕见。于是，所存在的一系列的问题都被掩盖了，其中，节奏的问题就长时间没有得到解决，而节奏中的声律问题居然完全没有理论上的探索和实践上的尝试。所有这一切，通过谱系学的历史研究，再辅以诗歌研究和诗歌翻译研究所必不可少的诗学理论，都可以在这种问题化的研究方法中得到应有的分析和思考，而不是简单地做个历史汇编再加个随大流的结论就万事大吉了。这一百年来的西诗汉译的历程还有太多的问题值得我们去研究。

　　中国百年西诗汉译的历史直接影响了中国诗歌发展的进程，但对于这段历史的研究却一直乏善可陈，主要原因是微观上诗学的缺席导致对诗歌翻译和诗歌创作缺乏客观而严谨的诗学评价，而宏观上的谱系学的缺失，又导致对这段历史的研究缺乏一种哲学的洞见。一百年来人们在诗歌翻译方面所做的种种研究，或是语文式的比较，纠结于一词一意的得失，或是文化式的铺陈，大谈白话诗歌翻译的历史功绩。在诗歌研究方面，多是朱光潜所说的那种诗话式研究，也就是自说自话的经验式判断，明明是平庸的自由诗，一定要把它夸得妙不可言、美不胜收。这样的研究均没有从诗学的高度对诗歌和诗歌译文的诗学品质展开深入的研究，这是因为诗学在诗歌研究界和诗歌翻译界的缺席导致批评主体不具备诗学的知识结构，从而导致诸多诗学问题一直被忽略、被无视。胡适的关门弟子、著名历史学家唐德刚在北京大学纪念五四运动80周年国际学术研讨会上说过这样一句话："回顾过去八十年新诗的发展，我们向洋人去东施效颦，可说是一项也未学会，最后终于学会了一项，这一项便是'一项未学'。"（唐德刚，2001：554）他这里所说的"东施效颦"一语很值得我们翻译研究者关注，其言外之意，应该不言自明。

＊　本章作为本项目的后续研究，亦获教育部哲学社会科学研究重大课题攻关项目（17JZD046）资助，并以"五四以降中国百年西诗汉译的诗学谱系研究断想"为题发表于《外国语》2019年第5期。成书时略有改动。

第二章　西诗汉译的范式更迭

提到范式（paradigm），我们就会想到美国学者库恩（Thomas Kuhn）。他根据对自然科学发展史的观察，认为人文学科的研究跟自然科学一样，是在一个又一个科学革命的基础上发展起来的，每一次科学革命都会建立起一个一呼百应的范式，而这个具有一定开放性的范式又会在经历了一个相对稳定的发展时期后被新的范式取代，从而引发另一个科学革命，科学因此而进步，无论是自然科学，还是人文科学。库恩认为，自然科学界的这种革命和范式在人文学科内也同样存在，因此建议人文学科也可以从这个角度来建构自己的历史，思考自己的问题。

库恩对范式的定义是"得到普遍承认的科学成就，这些成就在某一时期内对于某一共同体提供了标志性的问题（model problems）和解决方案"（Kuhn，1962：x）。范式还有两个特点：一是新颖性，即"前所未有，足以把一批持久的追随者从同时期的其他竞争对手那里吸引过来"，二是"开放性，足以把所有的问题留待这一被重新定义的群体去解决"（同上：10）。自然科学的发展史表明：每一次科学革命都会推翻长时间存在的某科学理论，提出与该理论不相容的另一种理论；每一次科学革命都终会在科学研究的一些问题上，还有行内的某些标准上，带来某种改变；每一次科学革命都会在一些方面转变人们的科学想象，以至于最终我们需要将其描写为对世界所作出的转变。这些变化，伴随始终不断的争议，就是科学革命的特征（同上：6）。

库恩认为，既然自然科学可以用这种方式来书写自己的历史，人文科学也可以用这种方式来书写人文科学的历史。翻译，毫无疑问，属于人文科学。用库恩的理论来看翻译的历史，我们不难看出，以范式为参照，确实可以把不同领域中仍处于混沌无序的个别翻译事件串起一个清晰的历史线索。以往学界多用范式来讨论学术研究史，本章拟尝试用范式理论来建构诗歌翻译的历史；表面上看，此种研究是对翻译实践的一个观察，脱离了学术研究史的传统，似乎是对传统的一个突破，但实际上并非如此，诗歌翻译的表层译法的变化体现的是诗歌翻译的学术研究的内在发展，正是因为人们对诗歌翻译的学术研究的深入，才导致了表层的翻译方法的变化，因此在本质上，本研究并没有脱离范式研究的传统。

　　本章将运用范式理论来探讨五四以来的西诗汉译的范式更迭，以揭示这些更迭所勾勒出的一段史诗般的历史画卷。本章所论的"西诗"专指以欧美语言为载体的诗歌，以别于同样是来自地理上处于西边的古印度的佛经诗歌。

　　就西诗而言，其最早被译入中国的时间，学界虽然有一些不同的看法，但一致的看法是：发生于上个世纪之初的五四新文化运动是西诗被译入中国的第一个高潮。回顾这第一个高潮直至当今的西诗汉译的历程，我们不难发现其中就有明显的范式更迭的痕迹。取其一点而论之：如今的西诗汉译的规范起码是要体现原文的韵式，但从历史的角度看，这并不是一个恒定的传统。也就是说，今天的翻译规范是诗歌翻译的范式更迭后的产物，而这范式的改变就意味着这段历史之中必定有"革命"的发生，我们不妨循着范式的足迹来探寻一下西诗汉译的革命历程。

一、佛经的范式

　　西诗汉译在五四新文化运动之前就已经有了多个案例发生。严复在《天演论》中翻译的朴柏（Alexander Pope，今多译蒲柏）和丁尼生（Alfred Tennyson）的诗，被贺麟认为"英国诗之被译为中文者，恐要以此为最早"（贺麟，1984：158），时间是1897年。贺麟的这篇题为《严复的翻译》的文章最初发表在《东方杂志》1925年第22卷第21号。以下是《天演论》中朴柏诗的译文和原文：

All nature is but art, unknown to thee;	元宰有秘机，斯人特未悟。
All chance, direction which thou canst not see;	世事岂偶然，彼苍审措注。
All discord, harmony not understood;	乍疑乐律乖，庸知各得所。
All partial evil, universal good;	虽有偏沴灾，终则其利溥。
And spite of pride, in erring reason's spite,	寄语傲慢徒，慎勿轻毁诅。
One truth is clear: whatever is is right.	一理今分明，造化原无过。

（同上：156–157）

以下是《天演论》中丁尼生诗的译文和原文：

... Strong in will	
To strive, to seek, to find, and not to yield.	挂帆沧海，风波茫茫。
It may be that the gulfs will wash us down:	或沦无底，或达仙乡。
It may be we shall touch the Happy Isles,	二者孰择，将然未然。
...but something ere the end,	时乎时乎，吾奋吾力。
Some work of noble note, may yet be done.	不竦不戁，丈夫之必。

（同上：157–158）

后来，钱锺书指出"汉译第一首英语诗"应该是董恂和威妥玛合译的朗费罗的《人生颂》（钱锺书，1984：233；另见第一部分第一章），时间是1865年。

后又有学者指出，还有比这更早的，香港刊物《遐迩贯珍》1845
年发表了英国著名诗人米里顿（即弥尔顿，John Milton）的一首十四
行诗《论失明》，译者不详。该译诗比董恂译的《人生颂》又早了
二十多年。以下是这首诗的译文和原文：

When I consider how my light is spent	世茫茫兮，我目已盲，
Ere half my days, in this dark world and wide	静言思之，尚未半生。
And that one talent which is death to hide	天赋两目，如耗千金，
Lodged with me useless, though my Soul more bent	今我藏之，其责难任。
To serve therewith my Maker, and present	嗟我目兮，于我无用，
My true account, lest he returning chide	虽则无用，我心郑重。
"Doth God exact day-labour, light denied?"	忠以计会，虔以事主，
I fondly ask. But Patience, to prevent	恐主归时，纵刑无补。
That murmur, soon replies, God doth not need	嗟彼上帝，既闭我瞳，
Either man's work or his own gifts. Who best	愚心自忖，其责我工。
Bear His mild yoke, they serve him best. His state	忍耐之心，可生奥义，
Is kingly; thousands at his bidding speed	苍苍上帝，不教所赐。
And post over land and ocean without rest;	不教所赐，岂较作事，
They also serve who only stand and wait.	惟与我轭，负之靡暨。
	上帝惟皇，在彼苍苍，
	一呼其令，万臣锵锵。
	驶行水陆，莫敢遑适，
	彼侍立者，都为其役。
	（转引自沈弘、郭晖，
	2005：44）

其实，只要有耐心继续在故纸堆里翻，把这个"第一"的年代

再往前推，完全是有可能的事。不过，本章的主题并非去论证究竟哪一首西诗最早被译入汉语。因为，即便我们又翻出一些更为久远的案例，但从当时翻译范式来看，译文也必定是旧诗体，因而也肯定不具备范式的意义了：范式之所以能成其为范式，是因为它有让后来者长时间效仿的影响力，因此那些即便存在于历史但却默默无闻的翻译事件绝不可能成为范式。我们要找的不是最早，而是具有"足以把一批持久的追随者吸引过来"的范例。

　　如果严格从范式的角度看，以上提到的那些译诗，也都不具备范式的条件，因为能成为范式的条件之一是——前所未有。但以上几位的译诗从翻译方法上看，都谈不上是"前所未有"。这几首译诗的一个共同的特点是把西方的格律诗翻译成中国的古体诗：或五言，或四言，或七言，而这种方法是有先例可循的，而这个"先例"才是真正具有范式意义的参照。这种具有让后世作为参照的"先例"就是佛经中的诗歌翻译。早在佛经翻译时代，外来的诗歌就已经确立了固定的模式：主要是将其译成五言，其次是译成七言，继而是四言等等，如号称是中国第一部佛经译本的《四十二章经》中就有四言和五言译诗：

　　　　博闻爱道，道必难会；
　　　　守志奉道，其道甚大。

　　　　甚勿信汝意，汝意不可信。
　　　　慎勿与色会，色会即祸生。
　　　　得阿罗汉已，乃可信汝意。①

　　这首诗下载于网上，标明为"后汉摩腾、竺法兰共译"，我们本

---

① http://www.xuefo.net/nr/article25/253269.html［2020-05-11］

可以用这两位译者的姓名来作为佛经诗歌翻译范式的开创者，但问题是《四十二章经》的译者和真伪在佛教界和学术界一直有争议。所谓"后汉摩腾、竺法兰共译"之说，应该源自于南朝梁时僧人释慧皎（497—554）所著《高僧传》，该书称摩腾与法兰都参与了《四十二章经》的翻译（释慧皎，1992：1-3），但比《高僧传》更早的、由同为南朝梁时僧人释僧佑（445—518）所著的《出三藏记集》里则说，该经的译者是竺摩腾——"月支国沙门竺摩腾，译写此经还洛阳"（释僧佑，1995：23），未提竺法兰，可比这两部书更晚一点的隋《开皇三宝记》却称："是经竺法兰所译"（转引自汤用彤，2011：19），这里又未提竺摩腾，而梁启超经过考证后则说，"此经纯为晋人伪作，滋不足信"（梁启超，2001：168），又说："此经吾疑出支谦手"（同上：183）。可见，这部号称是中国第一部佛经译本，由于年代的久远，文献的混乱，别说这部经书的译者是谁无法定论，就连它是不是真的译本都是问题。汤用彤在论及此经时也叹曰："年代久远，史书缺失，难断其真相。"（汤用彤，2011：20）。但在佛学史上，这部经书在中国出现之早是毫无疑义的，而其影响力之大也是不容置疑的。《高僧传》在评价此经的影响时称："汉地见存诸经，唯此为始也。"（释慧皎，1992：3）。梁启超也认同这一说法："此语盖二千年来佛徒所公认。"（梁启超，2001：29）。既然如此，该经之中诗歌翻译的榜样毫无疑问就具有了范式的意义，但由于学术界对该经的译者乃至该经的真伪所存在的种种争议，我们无法断然以竺摩腾或竺法兰或竺摩腾与竺法兰或支谦为这一范式的领衔者，只好冠之以一个较为笼统的说法——佛经的范式。

　　范式的典型功能就是具有一呼百应的号召力。我们来看比竺摩腾来中国（东汉永平十一年，即公元68年）晚了差不多一百年的月支三藏支娄迦谶的佛经译本《佛说般舟三昧经》是如何翻译诗歌的：

心者不自知　　有心不见心
心起想则痴　　无心是涅槃
是法无坚固　　常立在于念
以解见空者　　一切无想愿

此经之中还有七言译诗：

若有菩萨求众德　　当说奉行是三昧
信乐讽诵不疑者　　其功德福无齐限
如一佛国之世界　　皆破坏碎以为尘
一切佛土过是数　　满中珍宝用布施
不如闻是三昧者　　其功德福过上施
引譬功德不可喻　　嘱累汝等当劝教
力行精进无懈怠　　其有诵持是三昧
已为面见百千佛　　假使最后大恐惧
持是三昧无所畏　　行是比丘已见我
常为随佛不远离　　如佛所言无有异
菩萨常当随其教　　疾得正觉智慧海

这种将佛经原文中的诗歌译成中国古体诗的做法，从《四十二章经》以来，就成了佛经翻译时期的翻译规范，并且一直流传了下来，就连明清时期欧美来华人士所做的西诗汉译也都未能摆脱这一规范。顺着这个传统往前推，我们很容易一步一步地走到《四十二章经》这个尽头，这是历史的客观；另一个历史的客观是，《四十二章经》自古以来就是引用率和知名度最高的佛经译本之一。

佛经翻译对于清末民初的文人有着极其重要的影响，新文化运动前后翻译过欧美诗歌的严复、梁启超、胡适等人的文献中都对佛经做过研究。以对中国近代以后的翻译界影响最大的严复为例，鲁迅就认为，他就"曾经查过汉晋六朝翻译佛经的方法"，"他的翻译，实在是汉唐译经历史的缩图"（鲁迅，2005：389，390）。因此，从严复等人的诗歌翻译一直逆推到佛经的翻译，我们可以清晰地看出译文诗体形式和翻译方法的高度一致性。再从佛经翻译往下顺推，我们则可以看出佛经诗歌翻译模式的那种一呼百应的影响力，这就是典型的范式效应和谱系传承。众所周知，佛教这一翻译过来的宗教体系，是中国古代的三大思想体系之一，对中国古代文化的影响甚大，因此中国历代的文人对于佛学都有相当的研究。这正是库恩所说的"范式乃共享之榜样"（Kuhn，1962：187）。可见，上面提到的严复等人的诗歌翻译实际上就是佛经翻译范式的"持久的追随者"，而且在这么长的时间里，连"同时期的其他竞争对手"都没有。范式的那种穿越时空的辐射力由此可见一斑。

虽然严复等人翻译的是欧美的诗歌，源语是欧美语言，与佛经翻译所依的源语有所不同，但其中的相同之处则不言而喻：所译皆是外语诗歌，而不同语种的诗歌都具有体裁上的共性。从严复等人所采用的诗体形式上亦可看出这种体裁上的共性在翻译上的体现，同时也可以看出范式对于同一共同体的强大约束力。

由上引译诗的诗体形态的一致性可以看出，佛经范式的"标志性的问题"就是译文诗体的选择，其"解决方案"就是以汉语的旧诗体来翻译外国的诗歌。

回顾历史，不难看出，中国翻译界在翻译外国诗歌时一直沿用的佛经诗歌翻译的模式，只是在到了新文化运动的临界点时，才出现了一些变体，以拜伦的诗歌"The Isles of Greece"在中国的翻译为例，除了马君武的七言体（1905）和苏曼殊的五言体（1906，一说1909）仍是直接对佛经范式的效仿之外，梁启超的译文则改用曲牌体（1902），而胡适则尝试用了骚体（1914）。这些都是中国翻译界耳熟能详的案例，在此就不一一举例了。表面上看，曲牌体和骚体与佛经诗歌翻译惯用的方块体有所不同，但这些变体所预设的"标志性问题"仍然是诗体的问题，而"解决方案"则仍然是采用汉语旧诗体的样式，因此从根本上讲并没有摆脱佛经范式的影响。

但变体的出现是有意义的，它一方面印证了库恩所说的范式的"开放性"，但另一方面也表明中国当时的诗歌翻译共同体已经开始对旧的范式的原始形态表示不满，因此可以说佛经的范式到了那个临界点，其辐射力已经开始出现衰减，这预示着一场"革命"即将到来，一个新的范式即将诞生。

而这场革命注定要到来，因为在佛经的译诗范式中，有两个明显的硬伤：一个是诗歌内容上的翻译亏损，另一个是原文诗学形式上的翻译亏损。译者为了满足汉语旧诗体的形态要求，一方面不得不抛弃原文的诗学形式，另一方面又不得不因形而害义，美其名曰是译者的所谓创造性叛逆，其实根本原因还是因为汉语旧诗体的形态限定而造成表意空间的不足，因此为了使文面上还有点诗感，才不得不在丢失一部分内容的同时，往往还要硬塞进一些原文没有的内容，以弥补诗意上的不足和诗形上的需求。因此，这两个硬伤就为新的范式的出现留下了可能的革命空间。

二、胡适的范式

库恩的范式理论是根据自然科学发展史的哲学原理来探讨人文科学的科学革命和范式更迭的。他认为，每次科学革命都至少会建立起一个新的范式，而新范式的诞生就会宣告旧范式的结束，尽管不是马上就结束。这种范式转换的过程就是一场"科学革命"。从这个角度上看，胡适在五四新文化运动之初的一些言论和他的诗歌翻译就比较完整地具备了库恩所说的范式特征。

胡适于 1917 年在《新青年》上发表了著名的《文化改良刍议》，提出诗"须言之有物"。1918 年又在《新青年》的 4 卷 4 号上发表了《建设的文学革命论》，对于诗歌创作明确提出了"诗须废律"的主张；同期还发表了他用自由体翻译的《老洛伯》，以下是该诗的第二节及其原文：

Young Jamie lo'ed me weel, and sought 　　me for his bride;	我的吉梅他爱我，要我嫁他，
But saving a croun he had naething 　　else beside;	他那时只有一块银元，别无什么；
To make the croun a pund, young 　　Jamie gaed to sea;	他为了我渡海去做活，
And the croun and the pund were 　　baith for me.	要把银子变成金，好回来娶我。

（胡适，1918b：324-326）

《新青年》上的诗歌翻译至此开始变脸。胡适的这一译法一反他本人先前用古体诗翻译西诗的方法，改用白话自由体来翻译英语格律诗。由于与此译诗同时还发表了他关于新诗的理念，所以理论与实践的合力便推出了西诗汉译的一个新的范式——"言之有物"式的自由式翻译。虽然上一章提到，最早采用白话自由诗翻译的译者是周作人，他在 1918 年第 2 期的《新青年》上发表了一首题为《牧歌》的译诗，并在译序中提出了自由诗的翻译原则，但那首译诗的原文毕竟是散文体，把散文体译成分行散文体的自由诗，也算是中规中矩的译法。但相比较胡适把格律诗译成自由诗的译法而言，胡适的译法更具范式意义，因为新诗运动初期所翻译的诗歌绝大多数并不是散文诗，而是格律诗。也正因为如此，胡适在诗歌翻译中的影响力也远远大于周作人。

就胡适的诗歌理念而言，他的诗歌翻译必然会重原文内容而轻原文形式。与以往的诗歌翻译相比，以上这首译诗的一个具有革命性的变化是把原文的格律诗不再译成中国的旧诗体，而是译成口语体特征明显的自由诗，尤其是内容翻译的准确性大大提高。这种只尊重原文内容，却不尊重本土诗歌传统的译法，相比较中国诗歌翻译的前一个范式而言，绝对是一种革命。而一旦这一新的翻译模式在较长的时间内吸引了"一批持久的追随者"，旧的范式影响力就会日渐消亡，那么这一新的模式就可以被认定为是一个新的范式。从历史的角度看，当时的新诗运动实际上就是一场诗歌革命，尽管早在新文化运动之前，梁启超就曾想在中国开展一场"诗界革命"，但终因不能摆脱旧范式的影响，而没有实现。真正实现所谓的"诗界革命"的还是以胡适为代表的知识精英所发动的新诗运动。从上面这首译诗就可以看出其对传统的颠覆和反叛。

紧接着第二年，即 1919 年，胡适在《新青年》六卷三号上又用这种自由式的翻译方法翻译了另一首诗《关不住了》。与《老洛伯》一样，《关不住了》也是用白话自由体来翻译原文的格律诗。胡适本人十分看重他的这首译诗，在他于 1920 年出版的被称为是中国第一部新诗诗集《尝试集》的"再版自序"中称其为"我的'新诗'成立的纪元"（2000：181）。此说进一步巩固了由《老洛伯》始而建立起来的西诗汉译的新范式。多年之后，朱自清在讨论中国白话新诗的起源时仍念念不忘《关不住了》这首诗的历史地位："……外国的影响是白话文运动的导火线……胡适自己说《关不住了》一首是他的新诗成立的纪元，而这首诗却是译的，正是一个重要的例子。"（1935：1–2）朱自清的这番话在确立了这首译诗的重大影响力的同时，也从一个侧面说明了这首译诗的范式意义。虽然当时还有一批诗人和诗歌翻译者不愿意放弃佛经的翻译范式，但在新范式的强大气场之下，旧的范式越来越边缘化。

范式是在特定共同体内具有典范意义的榜样，但这样的榜样未必一定是定位在某一个特定的事件之上，它可以是一连串事件的结果。从这个角度上讲，自由式译诗的方法的范式建构就是一个连串事件的结果，而这个连串事件主要是由胡适策动的，其发展轨迹大体是：《文学改良刍议》——《建设的文学革命论》——《老洛伯》——《关不住了》。这个范式所隐含的"标志性的问题"与佛经范式相同，仍然是译文诗体选择的问题，但"解决方案"则反其道而行之：拒绝使用汉语旧诗体，也拒绝采用原文的格律，而是采用带韵自由体，但这韵式却既非是汉语古体诗的模式，亦非是原文的韵式。

胡适的诗歌理念很快便产生了全国性的效应，而他的诗歌翻译方法也就随即取代了佛经的诗歌翻译范式，成了新的范式，逐渐成了后来诗歌翻译者们争相效仿的对象。于是，一大批追随者纷沓而至。在胡适发表《关不住了》（详见第一部分第一章第二节）的同年第 6 期的《新青年》上，就出现了沈钰毅和天风针对同一首诗的两种译文，且用的都是这种新式的译法。以下是该诗的第一节：

他为了爵爷的夜会奏乐，	爵爷的宴会要他奏乐，
他顺着太太的意旨奏乐，	太太不时高兴又要他奏乐，
直到他苦恼的小头沉重了，	直到后来他的小头发疼，
和他苦恼的小脑昏晕了。	他的小脑要昏晕了。
（沈钰毅，1919：594）	（天风，1919：594）

原文是：

He had played for his lordship's levee,
He had played for her ladyship's whim,

Till the poor little head was heavy,

And the poor little brain would swim.

　　把这两首译诗与《关不住了》相比较，我们会发现一些明显的相同点：1. 不是汉语古体诗的诗体；2. 不用原文的韵式；3. 不用原文的节奏；4. 使用重韵，即同字押韵；5. 带韵自由体，但此韵既非原文之韵，亦非中国诗歌传统的韵式；沈钰毅的译文中甚至还有《关不住了》里特有的"了"字韵，足见胡适的范式影响力之大。与此同时，一批诗坛巨匠和新秀的加盟，如徐志摩、郭沫若、戴望舒、饶孟侃、李金发等等，更是将这一新的范式定格为当时的一种翻译规范。以下是诗人郭沫若翻译的雪莱的名诗"Ode to the West Wind"的第一节的前六行，全文发表于 1923 年的《创造季刊》一卷四号上：

O wild West Wind, thou breath of Autumn's being,	哦，不羁的西风哟，你秋神之呼吸，
Thou, from whose unseen presence the leaves dead	你虽不可见，败叶为你吹飞，
Are driven, like ghosts from an enchanter fleeing,	好像闶两之群在诅咒之前逃退，
Yellow, and black, and pale, and hectic red,	黄者，黑者，苍白者，惨红者，
Pestilence-stricken multitudes: O thou,	无数病残者之大群：哦，你，
Who chariotest to their dark wintry bed	你又催送一切的翅果速去安眠，
（雪莱，2012：168）	冷冷沉沉去睡在他们黑暗的冬床，
	（郭沫若，1923：20）

　　与胡适以及沈钰毅和天风的翻译相比较，郭沫若的翻译又有了一个新的特点，即译文不再押韵了。同样的译法也出现在柳无忌、李金发等人的翻译之中，但这并不意味着一种新的范式诞生了，而仍然是胡适范式的具有"连贯性"的发展，因为胡适的译文，无论是他本人

的旧诗化译文，还是后来的自由式译文，都表现出一个共同的特点，那就是对原文诗体形式的无视。在他采用自由式的译法之后，虽然有时有韵，但那韵式往往不符合中国本土的押韵传统；与此同时，他还在号召人们"诗须废律"。这个角度上看，郭沫若的无韵体自由诗译文并不违背胡适的范式理念——诗须废律，因此其所采用的方法仍处于胡适范式的辐射范围之内。但不可否认的是，郭沫若的这种无限自由的译法进一步放大了胡适范式的一个硬伤，即原文诗体的翻译亏损，这也是佛经范式所遗留下来的一个仍然未解决的问题。前一范式的硬伤往往是后一范式出现的理由，这也正是所谓"科学革命"或范式更迭的逻辑理据。胡适范式成功地解决了佛经范式中两个硬伤中的一个，即"内容亏损"，但仍坚持佛经范式对原文诗体的无视态度，留下的这一个硬伤在无声地呼唤着新的范式的到来。

三、闻一多的范式

胡适的范式运行了几年后，中国诗歌界开始理性地思考新诗所存在的诗学问题，而人们在重新审视诗需不需要"废律"的问题的同时，也在反思西诗汉译是否应该"废律"——一个具有"竞争性"的范式呼之欲出。

在五四新诗人中，闻一多是较早对新诗的理论问题展开系统研究的诗人、诗歌翻译家和学者。为了建构新诗理论，他不仅深入地研究了汉语近体诗的格律问题，还对英语诗歌和汉语诗歌的格律进行了对比研究。他的研究在韵法、声律和节奏等问题上都有不少独到的见解，对于推动新诗的发展起到了积极的作用，对于后来的诗歌翻译也发生了很大的影响。他的诗学研究和诗歌翻译为诗歌翻译界树立起了一个新的范式。这个范式概括起来说就是：尊重原文的韵式和节奏。

闻一多早在1922年写成的《律诗底研究》一书中就对节奏展开

了研究。他还开创性地比较了英语和汉语的诗律。他指出，英语律诗的节奏单位是"音尺"，汉语律诗的节奏单位是"逗"——"音尺实是逗"（1993d：154）。他于 1926 年在《晨报·诗镌》第七号上又发表了另一篇重要的文章《诗的格律》。文章主要对新诗的格律问题进行了讨论，不仅探讨了新诗的押韵问题，还讨论了新诗的节奏问题。尤其是对节奏问题的探讨，对后来西诗汉译产生了重大影响，因为被先前的翻译抛弃得最为坚决的就是原文的节奏。他在这篇文章中说：

> ……格律就是 form。试问取消了 form，还有没有艺术？上面又讲到格律就是节奏。讲到这一层更可以明了格律的重要；因为世上只有节奏比较简单的散文，决不能有没有节奏的诗。
>
> （1993a：140）

该文距胡适发表《文学改良刍议》整整十年。以闻一多为首的一批诗人以《晨报·副刊》这一刊物为阵地，形成了一个新的诗歌流派，即新月派。这一派在新诗创作上有一个具有范式意义的理念，即新诗也应该有格律，这毫无疑问是对胡适的"诗须废律"范式的一种反动。在库恩看来，一个典型的范式，不仅要有实践，也要有理论。他说：

> 范式……指被普遍接受的实际科学实践案例，这些案例包括定律、理论、应用和手段，并且树立起榜样，从而引发特定的、具有连贯性的科研传统。
>
> （Kuhn，1962：10）

而闻一多就是这样一位既有理论建树，又有创作和翻译实践的学者型诗人和翻译家。朱自清在《中国新闻学大系·诗集》的导言中说：

　　十五年四月一日，北京《晨报诗镌》出世。这是闻一多、徐志摩、朱湘、饶孟侃、刘梦苇、于赓虞诸氏主办的。他们要"创格"，要发见"新格式与新音节"。闻一多氏的理论最为详明，他主张"节的匀称"，"句的均齐"，主张"音尺"，重音，韵脚。

（朱自清，1935：5）

　　由此也可以看出，闻一多有意要建立一个新的诗歌创作范式，而他的这个理念在他的翻译实践中就表现出了明确的目的性，即有意识地体现原文的格律。朱自清的回顾性综述也从一个侧面说明了闻一多在格律建构方面的重大影响力。于是，格律的翻译问题就成了闻一多诗歌翻译范式的"标志性的问题"。格律是有若干诗学元素组成的诗歌构件，正如朱自清所提到的"节的匀称""句的均齐""音尺""重音""韵脚"等等。闻一多于 1927 年 10 月 8 日在《时事新报·文艺周刊》上发表的一首译诗就集中体现了他的这些诗学观。以下是该译诗的第一节及其原文：

Loveliest of trees, the cherry now	最可爱的如今是樱花，
Is hung with bloom along the bough,	鲜花沿着枝桠上悬挂，
And stands about the woodland ride	它站在林野的大路上，
Wearing white for Eastertide.	给复活节穿着白衣裳。
Now, of my three score years and ten,	算来我的七十个春秋，
Twenty will not come again,	二十个已经不得回头，

And take from seventy springs a score,	七十个春减去二十个,
It only leaves me fifty more.	可不只剩下五十给我?
And since to look at things in bloom	既然看看开花的世界,
Fifty springs are little room,	五十个春说不上多来,
About the woodlands I will go	我得到林子里去望望,
To see the cherry hung with snow.	那白雪悬在樱花树上。

（闻一多，1993c：298）

原文有三节，节奏是抑扬格四音步，个别诗行有节奏变体，但不影响音步的计算和节奏的定性。由此可见，原文的节奏模型实际上是一个方块诗，而闻一多的译文就体现了原文的这些格律元素：韵式与原文一致，节奏也与原文大体一致。而就节奏而言，这首诗如果不是最早，也是最早之一采用了节奏等值的译法。用闻一多的诗学话语来说，这一译法可以称为"以音尺代音步"：

最‖可爱的‖如今是‖樱花‖，

鲜花‖沿着‖枝枒上‖悬挂‖，

它‖站在‖林野的‖大路上‖，

给‖复活节‖穿着‖白衣裳‖。

译文每行九个字，比原文诗行多一个音节，但却由四个"音尺"构成，以对应原文的四个"音尺"。其他两节也是这样，这种翻译策略也与闻一多对英汉诗歌节奏做过认真研究的事实构成因果关联，可见是译者有意为之，可以视为是其诗学理论在翻译实践上的运用。

至此，就西诗格律的翻译以及当时的诗学理论状态而言，闻一多已经完成了对韵式、节的匀称、句的均齐和节奏的建构。一个新的范式就此建立。随着时间的推移，这一范式的竞争力愈发强大，不仅逐渐把胡适范式推向边缘，同时也把同一时期的另一竞争对手"学衡派"一直压制在边缘地带——学衡派的西诗汉译意图回归佛经范式，但始终无法撼动新范式的强大影响力。从此后，诗歌翻译界便开始有意识地体现西诗的格律元素，尤其是对原文韵式的体现，逐渐形成了有韵必译的规范。

由于范式具有一定的"开放性"，并能引发具有"连贯性"的探索尝试，因此闻一多的范式出现之后，在诗歌翻译界曾经出现过几次"微调"的现象，这些微调集中出现在对节奏的处理上。

首先对闻一多范式中的节奏处理方式做出微调尝试的是诗人兼翻译家朱湘。他试图用"以字代音节"的方式来解决节奏的翻译问题。以下是朱湘用"以字代音节"方法翻译的一首莎士比亚十四行诗：

Shall I compare thee to a Summer's day?	我来比你作夏天，好不好？
Thou art more lovely and more temperate:	不，你比它更可爱，更温和：
Rough winds do shake the darling buds of May,	暮春的娇花有暴风侵扰，
And Summer's lease hath all too short a date:	夏住在人间的时日不多：
Sometime too hot the eye of heaven shines,	又是天之目亮得太凌人，
And often is his gold complexion dimm'd;	他的金容常被云霾掩蔽，
And every fair from fair sometime declines	有时因了意外，四季周行，
By chance or nature's changing course untrimm'd:	今天的美明天已不美丽：
But thy eternal Summer shall not fade,	你的永存之夏却不黄萎，
Nor lose possession of that fair thou owest;	你的美丽亦将长寿万年，
Nor shall Death brag thou wanderest in his shade,	你不会死，死神无从夸嘴，

When in eternal lines to time thou growest;　因为你的名字入了诗篇：

So long as men can breathe, or eyes can see,　　一天还有人活着，有眼睛，

So long lives this, and this gives life to thee.　　你的名字便将与此常新。

(Shakespeare, 1905: 59)　　（朱湘，1986：71-72）

　　原诗的格律是抑扬格五音步，因此每行是十个音节；韵式是ababcdcdefefgg。朱湘的译文韵式与原文一样，节是匀称的，句也是均齐的，其中一个突出的特点是每行十个字，以对应原文的每行十个音节。从朱湘的译文中可以明显看出闻一多范式对他的影响。与闻一多的翻译策略一样，朱湘的译文也实现了韵式相同，节的匀称，句的均齐，但微调的地方也很明显：译文每行字数与原文每行音节数一致。

　　朱湘的微调表明了他对闻一多范式对节奏处理的不满，而他也确实对闻一多诗歌中音乐性不足的问题表示过不满。他曾说过这样一句话："闻君的诗，我们看完了的时候，一定会发现一种奇异的现象，便是，音乐性的缺乏。"（朱湘，2009a：128）而闻一多的译法也确实没有把原文的节奏感体现出来，因为原文诗行内的各节奏单位的长度是等长的，但闻一多译文的节奏单元实乃所谓的自然的音组，各节奏单位并不等长，因此尽管句子是均齐的，但节奏并不均齐。

　　我们知道，英语格律诗的主要节奏单位是抑扬格，也就是说英诗的节奏并不是靠音节来体现的，而是一个由一轻一重两个音节组成的节拍来体现的，因此十四行诗的每行虽然是十个音节，但却是由五个均长的节奏单元组合而成的。由此也可以看出，朱湘的"以字代音节"的方法其实也没有很好地体现出这种节奏感，因为"以字代音节"没有体现原文内在的均齐节奏，以朱湘译诗的第五、六行为例：

又是‖天之目‖亮得‖太凌人‖，

他的‖金容‖常被‖云霾‖掩蔽‖，

其节奏模型是：

一二‖一二三‖一二‖一二三‖
一二‖一二‖一二‖一二‖一二‖

前一行是四个节拍，后一行是五个节拍，而且全诗各行节奏不均齐的现象很明显，因此每行十个字数所体现的外形均齐无法掩盖内在节奏的凌乱。但值得注意的是，第六行，也就是上面这两行诗的第二行的节奏实际上是比较理想的翻译体现：该行每两个字一个音组，较好地体现了原文双音节音步的节奏结构。可惜的是，这样的体现只是偶然的，全诗之中只有六行是这样的节奏，而如果每一行都这样处理，那应该是对原文拍律最准确、最理想的体现了；更可惜的是，这一最为合理的解决方案一直被人们忽视了。至于朱湘为什么不采用这种节奏均齐的做法，张旭认为这是受了法国诗歌传统和中国"弹词大鼓"的双重影响，因为法语诗歌是按音节来计节奏而不是像英语那样按音步，而"弹词大鼓"主要是十字一行（见张旭，2008：210-211）。这一说法有点勉强，因为朱湘在讨论法国诗律的时候，所针对的问题是韵法（见朱湘，2009b：299），没有涉及节奏问题，而朱湘在提到"大鼓词"时，是针对他自己创作的十言诗（见朱湘，2009c：188-189）而论的，何况十言大鼓词也是有节奏的，其典型节奏是三三四，并非是朱湘十言译诗所体现出来的那种忽二忽三的节奏。可见，朱湘的这一微调并未彻底把节奏的翻译问题调整到位，因此他的这一译法在翻译界并没有得到广泛的响应。

对闻一多范式做出另一种微调的代表人物是诗人兼翻译家卞之琳。他也是闻一多同时代的诗人，而且也积极参与了有关节奏的讨论。他最终集各家对节奏的讨论和翻译之大成，提出用汉语的"顿"来体现英诗音步的译法，即"以顿代步"。实际上，"顿"一直以来就是"逗""音尺""音组"的同义词。卞之琳的微调的要点是：以顿代步，但不求句的均齐。以下是他翻译的一首莎士比亚十四行诗的前四行及原文：

I rant thou wert not married to my Muse,	我承认‖你并不‖跟我的‖诗神‖有缘‖，
And therefore mayst without attaint o'erlook	你可以‖并不‖见怪‖，泰然‖阅读‖
The dedicated words which writers use	作家的‖献词‖，听他们‖怎样‖夸赞‖
Of their fair subject, blessing every book.	他们的‖美人‖，嘉许‖每一本‖新书‖。
	（卞之琳，1996：16-17；节奏节分符号为引者所加）

以上四行译文的字数分别是 13、11、12、12，但节奏却是每行五顿，每顿两到三个字，以对应原文的五音步。卞之琳的《英汉对照英国诗选》中收录了他翻译的七首莎士比亚十四行诗，除了第一首是用"句的均齐"加"以顿代步"的方法译的之外，其他六首采用的均是以顿代步，但不求句长均齐的译法。

目前，诗歌翻译最典型的翻译方法有两种：一种是闻一多那种"句的均齐"加"以顿代步"的译法，一种是卞之琳这种单纯的"以顿代步"，不求"句的均齐"的译法。但黄杲炘于 2007 年出版的《英诗汉译学》一书中认为，"字数相应"加"以顿代步"是格律诗翻译的最佳办法（黄杲炘，2007a：77）。他所说的译法基本上就是闻一多的范式，足见该范式的影响之深远。

但无论是闻一多的"以音尺代音步"，还是朱湘的"以字代音节"和卞之琳的"以顿代步"，这一范式的内在缺陷一直没有克服，即译文忽二忽三式的节奏与原文二二式的抑扬格节奏并不对应，而且声律问题根本没有涉及。就节奏的翻译而论，诗歌翻译界的探索就长期滞留于此了。

综上，闻一多范式"标志性的问题"是格律，但解决方案却经历了一个"开放"而"连贯"的过程。最先成功解决的是韵式问题，而最纠结的则是节奏问题，经历了一个漫长的微调期。就此范式本身而言，其相对于以往范式的革命意义在于：它首先确立了原文有韵必译的翻译规范，其次是着力体现原文的节奏，虽然长时间没有彻底解决节奏的翻译问题，但重视节奏的翻译本身则为最终解决这一难题指明了前进的方向。可以说，闻一多范式是与其长期悬而未决的问题是共存的；这一问题的存在实际上就是在呼吁新的范式的到来。因此，一旦这个问题解决了，一个新的范式也就出来了。

结语

五四以来的诗歌翻译的范式更迭印证了库恩的理论：范式往往是理论与实践相结合的产物。早期西诗汉译所遵循的佛经的范式有佛经翻译时期的一系列理论探讨做支撑，其后还有严复对翻译所做的深刻的思考，其主要的问题意识是"读者关怀"，因此诗歌翻译走的是高度归化的路线。胡适的范式有他的"八不主义"做支撑，其主要问题意识是"革命关怀"，革命的对象就是旧的语言和诗歌传统，因此凡传统的必革其命，在此理念的引导下，诗歌翻译必定要走自由化的路线。而闻一多的范式则有他系统的诗论做支撑，其主要问题意识是"诗学关怀"，因为要建立新诗格律，所以诗歌翻译必然会尊重原文的诗律。这些范式之间互不相容的问题意识及其连带的不同的话语体系，也就是库恩理论中常被人津津乐道的另一个概念，即"不可通约性"（incommensurability）。

　　表面上看，诗歌翻译只是一种实践行为的结果，但不同范式下的译文背后实际上都有一套范式理论做支撑，不同范式的译文因为译者对不同范式的理论的认同而生成，这种范式理论建构了译者特定的价值观，译者的诗学行为一般难以超越其秉承的诗学价值观。

　　在库恩看来，自然科学界每当有了新的发现、新的发明，就往往意味着一场或大或小的科学革命的到来，新的范式因此而建立，从而推动自然科学研究向前发展。库恩将自然科学界的范式更迭引进人文科学，认为人文科学的研究也存在着这一现象。他的研究给我们的启迪是：有缺陷的范式一定是暂时的，因此属于同一共同体的研究者和实践者，就应该有突破旧有范式束缚的勇气和智慧，从而推进诗歌翻译实践和研究的发展，推动范式的升级乃至更新，而不应抱残守缺，不思进取。

＊　本章作为本项目的阶段性成果以"论西诗汉译的范式更迭"为题发表于《外语研究》2016年第4期。成书时略有修改。广东仲恺农业工程学院的陈春燕老师参与了本课题的研究。谨在此表示感谢。

第三章　误区形成的误导

朱自清在《中国新文学大系·诗集》的"导言"中对五四新诗的起源有一个定论，他说，对新诗"最大的影响是外国的影响"（1935：1）。这也一直是学术界的共识。从翻译学的角度看，这影响必定是通过诗歌翻译这个中介发生的。但让了解西方诗歌的人感到困惑的是，新诗与西方诗歌并不是很像。回顾五四时期新诗萌芽之初的西诗汉译，我们会清楚地看到，当时的（尤其是胡适的）诗歌理念和诗歌翻译方法对于后来的新诗发展和西诗汉译的方法具有纪元性的影响，其中存在着一系列明显的误区。这些误区不仅定义了新诗曾经和目前的困惑，也导致了西诗汉译曾经和目前所存在的种种争议。从今天的角度回看当时的诗歌翻译，至少可以看出六个很明显的误区——

误区之一：理念上的矛盾

新诗运动的主要发起人胡适认为，"西洋的文学方法，比我们的文学，实在完备得多，高明得多，不可不取例"（1918a：304）。至于应该怎么学，他也提出了一个办法："我们如果真要研究文学的方法，不可不赶紧**翻译**西洋的文学名著，做我们的模范。"（同上：305）但与此同时，他又提出了著名的"八不主义"。详见第一部分第一章第二节。由此不难看出胡适在理念上的一个矛盾：既然要向"西洋的文学"学习，怎么又会提出这八条禁忌？因为这八条几乎条条都是反西方诗学的。虽然我们从中似乎可以看出美国印象派（今多作"意象派"）的影子，但从时间上看，胡适的"八不主义"形成于他日记中的"印象派诗人的六条原理"（1999：443-446）之前。由其日记可见，他的"八不主义"最初见于他1916年8月21日的日记，而他题为"印象派诗人的六条原理"的日记则见于同年12月26日。他在这篇日记中录下了《纽约时报》上的一篇关于印象派诗歌主张的文章，并将其译成了中文。在日记的结尾处，他写道："此派所主张，与我所主张多相同之处。"（同上，446）由此可见，至少胡适自己认为并声称，他的新诗主张是早于他所看到的"印象派诗人的六条原理"的。即便胡适在写这篇日记之前，就已经了解了"印象派"的诗歌主张，以他的学识而言，他也是不会把"印象派"等同于整个"西洋的文学"的，而从胡适翻译的英语诗歌来看，能入他法眼的也并不是印象派的诗歌，而恰恰都是些没有"废律"的英诗。他的第一部新诗诗集《尝试集》中所收录的四首译诗[①]就没有一首是"印象派"的诗歌，如胡适在新文化运动之前翻译的拜伦的"The Isles of Greece"（《哀希腊歌》）（1914），以下是其译文的第一节：

> 嗟汝希腊之群岛兮，
> 实文教武术之所肇始。
> 诗媛沙浮尝咏歌于斯兮，
> 亦羲和、素娥[②]之故里。
> 今惟长夏之骄阳兮，
> 纷灿烂其如初。
> 我徘徊以忧伤兮，

---

① 　其他三首译诗分别是《老洛伯》《关不住了》《希望》，本书中均有讨论。
② 　羲和、素娥：汉文化中太阳神和月亮神的别称，此处系典型的归化译法。参见胡适对 Delos 与 Phoebus 的注释。

哀旧烈之无余！

（胡适，2000d：95）

　　原文见第一部分第一章第一节是严谨的抑扬格四音步格律体，译文则用归化的方式以骚体对应；原文的主要诗学形态特征如行数、缩行形态、节奏（抑扬格四音步）、韵式（ababcc）等，在译文中均没有体现出来，因此从诗的角度上来看，译文读者与其说读到的是拜伦的诗，不如说是胡适借原文的内容而作的骚体诗。虽然这一归化的翻译方法表现出译者对原文诗学形态的不尊重，但起码对诗学和中国的诗学传统还是有一点尊重的，因为如此译法还算是以诗译诗。但由上文（详见第一部分第一章第二节）的分析可见，在那首被胡适称为"新诗的纪元"的译诗《关不住了》之中，他对中西诗学传统均是一副漠视的态度。这样的翻译方法以及由此译法而体现出来的诗体对于后来的诗歌翻译和新诗创作具有很大的误导性。就这首被称为"新诗的纪元"的译诗而言，其忠实原文的地方，除了内容，主要都是些不存在翻译困难的地方，如分行、分节、标点。不忠实原文的地方则集中在诗体方面，如韵式和节奏。这种自由化的、无视原文格律的译诗方法为后来的西诗汉译树立了一个榜样，主流的西诗汉译方法均因而定调，其影响至今犹在。

　　这正是胡适在向西方诗歌学习时理念上的一个误区：一方面声称要通过翻译向西方诗歌学习，另一方面却又在翻译时没有把原文的主要诗体特征体现出来。居然把本用来要求新诗创作的"诗须废律"用到了翻译之上。这显然是混淆了作诗和译诗的差异。

　　之所以会出现这样一个理念上的矛盾，更深层的原因是胡适并没有意识到，中国诗歌究竟要向他所翻译的那些西方诗歌学习什么？论节奏，西方诗有节奏，中国诗也并不是没有，其丰富程度并不亚于西方诗歌，最后中国新诗果然没有套用在西方诗歌中占主导地位的节奏；论押韵，西方诗歌和中国诗歌也都有，最终新诗也并没有挪用西方诗歌的主要韵式，如英雄偶句体的韵式、十四行诗的韵式等等；论诗体，中国的诗体形态也并不比西方诗歌的诗体少，若把词体算进来，则远比西方的诗体多。但有几种西方诗体中国诗人不是很擅长，突出的是史诗类的长篇叙事诗；至于西方最经典的几种诗体，如英雄偶句体、十四行诗等，并没有真正落户于中国。新诗倒很像是西方的自由诗，不少人也都以为这绝对是受了西方自由诗的影响。但从翻译和翻译史的角度看，在胡适所说的"新诗的纪元"开始时，也就是白话自由诗出现时，西方的自由诗（如惠特曼等的诗）还没有被翻译过来，翻译过来的大多是格律诗，只是在翻译的时候被处理成了自由诗。所以，中国的白话新诗，作为一种诗体，究竟是受了西方诗歌的影响，还是受了有诗学缺陷的译本的影响，是我们必须要面对的问题。俗话说，当局者迷，旁观者清。这一问题西方学者早就注意到了。美国汉学家宇文所安认为，"中国的新诗"，还有印度的新诗和日本的新诗，都是本土诗人"通过阅读西方诗歌的译本，有时候是很烂的译本，而形成的"（Owen，1990：29）。

误区之二：语言上的误解

胡适发动新诗运动的想法除了理念上的矛盾之外，他对语言的认识也显得颇为勉强。他认为，西方语言也有文言和白话之分。文言就是拉丁文，即欧洲各国曾经的书面语言，白话就是欧洲各国的语言。他认为，马丁·路德把圣经译成德文，这是德国文化中的白话文运动；英国的威克利夫（John Wycliffe）把圣经译成"伦敦附近一带的方言"，即"中部土语"，"赵叟"（即乔叟）用"中部土语"写诗作文，这便是英国的白话文运动。从此，拉丁文不再成为欧洲各国的书面语。胡适觉得，中国也可以跟着学，即用口语取代文言的书面语地位，用口语作诗，这样就可以摆脱传统的束缚，开创出一个崭新的文化气象。当时的国人对于西方的文化和语言了解甚少，胡适留学美国多年，他那么说，大家也只能那么信。他在《文学改良刍议》中是这么说的：

> 　　欧洲中古时，各国皆有俚语，而以拉丁文为文言，凡著作书籍皆用之，如吾国之以文言著书也。其后意大利有但丁诸文豪，始以其国俚语著作。诸国踵兴，国语亦代起。路得创新教始以德文译旧约新约，遂开德文学之先。英法诸国亦复如是。今世通用之英文新旧约乃一六一一年译本，距今才三百年耳。故今日欧洲诸国之文学，在当日皆为俚语。迨诸文豪兴，始以"活文学"代拉丁之死文学。有活文学而后有言文合一之国语也。
>
> （胡适，1917a：10）

　　但胡适没有意识到的是，拉丁文和欧洲各国的语言之间的差别与汉语文言与白话的差别是不一样的。拉丁文与欧洲各国语言都是拼音文字，或称表音文字，都是一词多义的语言。拉丁文的书面语地位被各国语言取代之后，书面语的性质可以说是由外语（拉丁语）变成了各国的民族语言。在这一转变之中，各国语言的拼音文字的性质并没有改变，因此以往拉丁文用什么格律作诗，换成其他语言并不影响对拉丁文诗学传统的继承。英国诗人与批评家霍布斯鲍姆指出，英语中的素体诗（blank verse，亦译"无韵诗"）就是受了意大利诗人维吉尔（Virgil）的拉丁语史诗《埃涅阿斯记》（*Aeneid*）的影响而产生的（Philip Hobsbaum，1996：10），而拉丁语中的素体诗则是从希腊史诗中继承过来的。英语素体诗的主要特征是不押韵，但有明显可感的节奏，即抑扬格五音步。再说十四行诗，这种诗体起源于意大利托斯卡纳方言，并在诗人彼德拉克和但丁的推动下迅速走红，最终传遍欧洲。

　　但汉语文言和白话之间的关系不是外语与本族语之间的关系，书面语由文言变成白话并不是一种语际变化，而是语内变化，而这种变化本身也并不存在拉丁文和欧洲各国语言之间的语言条件，因此想通过这种变化来推动胡适所关注的汉语诗歌创作，必定会收获不同的成果。从语言条件上看，文言是以单音节字为主要单位，白话是以双音节词为主要单位，因此白话就很难把文言的诗歌格律继承下来，此其一；单音节字一字多义的情况远比双／多音节词多，用后者作诗，诗的联想性和意境感就远不如前者，此其二。胡适就试过用五言和七言来作白话诗，结果那感觉就像是打油诗，因此很快就被他自己否定了。不过，按他的标准，凡诗有律者也就必定不是他所定义的白话诗了，因为他要求的白话诗是要"废律"的。不难看出，胡适只注意到了欧洲书面语曾经有过由拉丁文向各国语言转移的历史，但却忽略了欧洲语言与汉语之间的语言条件上的差异，更是忽略了他所看重的欧洲白话文运动实际上继承了古代多种诗歌的格律，而中国的新诗运动在"废"掉了传统的格律之后，只推出了一种诗体——自由诗。

　　胡适的第一批原创白话诗（即《白话诗八首》）发表在他用白话译诗之前。这组诗里的诗要么是五言，要么是七言，但与近体诗的相同之处顶多就是这每行的字数，其他格律规则基本上被抛弃，如："那时我更不长进，／往往喝酒不顾命。""你心里爱他，／莫说不爱他。"（1917b：1-2）胡适自己也觉得，这样的诗"实在不过是一些洗刷过的旧诗"（2000：181）。从中国传统诗学的角度看，这简直是在糟蹋诗。但对他来说，这应该是一个很有价值的实验，它实际上证明了他最想证明的东西，即白话文不能用来作中国传统上的格律诗，这样他就可以理直气壮地"废律"，并放手开创中国新诗的新纪元了。

　　至此，我们可以看到胡适新诗建构逻辑链上的一个缺环：西方的所谓"文言"被所谓"白话"取代之后，诗歌创作与对传统的继承之间并没有出现胡适新诗实验中所出现的那种"文言"与"白话"不相容的现象。因此，西方诗歌在被所谓的"白话"接力之后，始终是在继承之中有创新的道路上发展，而中国的新诗横空出世之后，很快就断开了与传统的关联，呈一枝独撑的局面。其中语言上的原因值得我们深思。

误区之三：语体上的错位

胡适认为欧洲诗人用其本国语言作诗是用口语、俚语、土语替换了作为书面语的拉丁语，因此汉语也可以用当时的口语来替换作为书面语的文言。听他一面之词，似乎那就是事实，因为在拉丁语作为书面语的时代，欧洲各国的语言确实只能用作日常的口语交际，但胡适并没有认真考证过，当欧洲诗人用其本国语言作诗的时候，那语言真的就如同口语中的大白话那样吗？我们先来看看胡适《尝试集》中的一首原创诗，是他 1920 年献给他夫人的一首生日诗《我们的双生日》：

> 他干涉我病里看书，
> 常说，"你又不要命了！"
> 我也恼他干涉我，
> 常说，"你闹，我更要病了！"
> 我们常常这样吵嘴——
> 每回吵过也就好了。
> 今天是我们的双生日，
> 我们订约，今天不许吵了。
> 我可忍不住要做一首生日诗，
> 他喊道，"哼！又做什么诗了！"

要不是我抢的快，

这首诗早被他撕了。

（2000：72）

　　这首诗横着写似乎更顺眼。笔者不敢断言，西诗之中就没有此等口语诗，但却敢断言，这种高度口语化的"诗"绝不是欧洲各国诗人抛弃拉丁文而用本国语言作诗的典型形态，因为当时弃拉丁文而用本国语言作诗的诗人完全清楚诗歌语言与日常口语之间的差异，也完全清楚诗歌体与散文体之间的差异。他们抛弃的是拉丁文，即作诗的语种，但并没有抛弃诗学，即作诗的理念。自亚里士多德以降，在西方形成的诗学思想，早已成为西方诗学的基本价值观。换句话说，西方诗歌在从拉丁文走向各国自己的语言时，变革的只是语种而已，格律诗还是格律诗，虽有种种变化和革新，但诗的基本格律元素一个也没有丢。自由诗作为一种独立的诗体那时还没有。以用 iamb（抑扬格、短长格）建构音步这种在西诗中最主要的格律元素而言（亚里士多德在他的《诗学》里就曾多次提到这种格律元素），在欧洲各国诗人转用本国语言作诗时，就非常坚定地继承了下来，直到今天仍在广泛使用。虽然在古希腊的语言里，iamb 是一个短音节加一个长音节构成的，但在被英语通过翻译而引进的时候，就被改造成了一个轻音节加一个重音节的节奏单位——音步（foot）。英国的诗歌创作正是通过这样的翻译而引进了这种诗歌节奏，从此而成为英国格律诗的基本节奏。值得注意的是：这样的节奏绝不是口语中天然存在的，它必定是一种人工语言，或诗学语言，而不是自然语言。这与胡适所定义的诗歌语言是完全不同的。

　　前引胡适所提到的但丁，其文学创作是意大利文艺复兴的一个重要支点。值得注意的是，但丁虽然用意大利的方言而不是拉丁语写十四行诗，但其目的并不是要"废律"，也不是要彻底颠覆传统诗学；

十四行诗本身就是一种诗律严谨的诗体，而但丁在写十四行诗的时候，对拉丁语诗歌传统的一个重要继承就是节奏，这种对传统的继承也正是意大利文艺复兴的一个基调，而文艺复兴时期的文学创作的一个诗学基调就是重视修辞，强调语言形式相对独立的审美价值和对实用性内容的支持。因此，当欧洲各地方言取代了拉丁语的书面语地位之后，诗歌创作的基调仍然是继承之中求变化求发展。这一点与五四时期的诗歌革命的理念有明显的不同，如与此相对应的中国古诗中最主要的格律元素之一的平仄，就被五四新诗坚定地抛弃了，这直接导致了新诗找不到被读者甚至被新诗诗人们自己所认可的节奏。

我们不妨来看看被胡适视为西方文言向白话变革时的楷模"赵叟"的"白话"诗是一个什么样的情况，以下是乔叟的诗歌代表作 *The Book of the Duchess*（《公爵夫人记》）中的前八行：

> I have gret wonder, be this lyght,
>
> How that I lyve, for day ne nyght
>
> I may nat slepe wel nygh noght,
>
> I have so many an ydel thought
>
> Purely for defaute of slepe
>
> That, by my trouthe, I take no kepe
>
> Of nothing, how hit cometh or gooth,
>
> Ne me nys nothyng leef nor looth.
>
> (Chaucer, 1957: 267)

不难看出，乔叟这首在胡适看来应该是白话诗的诗与胡适体的白话诗有一个明显的不同，即乔叟的诗有着比较严谨的格律：该诗是抑扬格四音步，韵式是 aabbccdd，节奏十分明显，并非是那种随意的散文体。这种严谨的格律显然不是口头随便就能说得出来的口语。而上面所引的胡适的那首诗则除了那古怪的"了"字韵之外则根本谈不上有什么格律，口语特征过于明显。

我们再来看看乔叟在向外国诗歌学习时的翻译态度。以下是法国诗歌 *Roman de la Rose*（玫瑰传奇）的原文和乔叟的译文 *The Romaunt of the Rose*：

(maintes) genz dient que en songes	Many men sayn that in sweueninges
N'a se fables non et menconges ;	Ther nys but fables and lesynges;
Mes l'en puet tex songes songier	But men may some sweuen [es] sene
Qui ne sont mie mencongier,	Whiche hardely that false ne bene
...	...（Tr. Chaucer; in Sutherland, 1968: 40）

原文每行的音节数是 8 个（法语诗歌节奏的最小单位是音节），韵式是 aabbcc……。这显然不是口语体。口语中不会逢第八个音节要考虑押韵问题。诗歌创作中用了口语词汇并不等于那首诗所用的语言就是口语了；口语词汇在这里只是诗歌创作的语言材料；当这样的材料进入诗歌的时候，诗人会对其进行艺术上的重组，以达到预期的诗学效果。20 世纪之前的英语诗歌，格律诗是主流，因此口语词汇入诗，首先就要按格律的要求进行选择，而不是像口语那样不加选择就可以完成自动编码的。诗歌中的语言是自成一体的，只要入了诗，就是诗学语言了。在语言变体的分类中，口语就是口语，而诗歌的语言则是书面语的一个次范畴。

以上乔叟的译文对于原文的形式非常尊重，在翻译的时候也是如法炮制，音节数与韵式均与原文完全一致。不难看出，乔叟向外国文学学习时，态度是非常谦虚的，所用的语言材料虽然是英国方言，但却有明显的艺术提炼，严谨的格律如同点金石一样将这种口语方言点化为不朽的诗篇，这与自然状态下的口语体有着质的区别，也与胡适为了口语入诗而故意抹去原文格律的翻译方法有着明显的不同。不可否认，像乔叟这样的翻译是可以起到引进诗体的作用的。学术界公认，英语中著名的格律体"英雄偶句体"（heroic couplet；亦称"英雄双韵体"）就是乔叟所创，而英雄偶句体的一个突出的特征就是诗行双双押韵，即 aabbcc……，与乔叟上面所翻译这首法国诗歌的韵式是一样的，所不同的只是节奏：英雄偶句体的节奏是抑扬格五音步，而上面这首法语诗歌的节奏是每行八个音节。

可见，西方诗歌在由拉丁文向各国语言转换时，并没有发生像五四新诗萌芽时那样混淆口语与诗歌语言的现象，也未发生在向别国文学学习时不尊重原文格律的情况。欧洲在试图摆脱拉丁语束缚的时候，意大利的彼德拉克和但丁、英国的乔叟确实是用本民族的方言来创作诗歌的，但用的只是方言的词汇，而不是按口语体的自然语言的形态入诗，诗的格律形态还是十分考究的。彼德拉克和但丁的十四行诗直接继承了古希腊诗歌利用音节的长短建构音步的做法，因为意大利语同希腊语一样，音节有长短之分，而英国诗人则根据英语的语言特点，将按音节长短来建构音步的希腊语和拉丁语诗律规则改造成按音节的轻重来制造音步，因为英语音节的长短分布不是很均匀，更易形成轻重音组合。

但胡适在未做仔细论证的情况下，就简单地套用他凭想象而找到的依据，致使有心要效法西方诗歌的中国新诗未能与自身传统和被视为楷模的西方诗歌形成一个良好的对接，一夜之间即以"先天不足的早产儿"的姿态呱呱坠地。一个很明显的悖论是：既然大家都认为中国新诗是受了西方的影响，那么在西方几大代表性诗体之中，中国现当代诗坛为何仅自由体独大？

误区之四：体裁上的失配

虽然西方格律诗和中国五四初期的自由体译诗在体裁上都属于诗歌，但在诗歌这个体裁之内，格律诗和自由诗属于诗歌这个体裁之下的两个不同的次体裁或次范畴。孙大雨甚至认为，自由诗是诗歌的一种"变体"，"是诗与散文两大领域、两大表现方式交界处的一些地带，一些现象，不是和正常的诗（即所谓格律诗）占同等重要地位的、势均力敌的表现方式"（1956：2）。而新诗运动初期翻译的西方诗歌大多是格律诗，但却大多被翻译成了自由诗。就体裁而言，二者处在诗歌这个体裁连续统的两级之上：一端是有严格形式规则限制的格律体，一端是完全没有形式规则限制的自由体。因此，以自由诗的诗体来翻译格律诗，体裁或诗体上的失配就十分明显，而这一现象就一直延续了下来。

这一问题的源头显然要追溯到当时的译者对英语格律诗所采用的翻译方法上，尤其是胡适，他在翻译的方法上所表现出来的无限自由，为后来者提供了一种无视原文诗学形态的自由式翻译的范式。这一范式不久就在其他的译者那里以更加自由的方式体现了出来。如前面提到的柳无忌 1924 年翻译的 "The Isles of Greece" 和郭沫若 1923 年翻译的 "Ode to the West Wind"：原诗格律元素在译文中基本上都被注销。

再看五四时期的"诗圣"徐志摩"一九二二年八月前译"的柯勒律治（Samuel Tailor Coleridge）的 "Love" 第一节 ①：

---

① 在《徐志摩全集（第七卷）·翻译作品（1）》中，这首译诗的题目是 Love，本书所引的这一节也是这首译诗的第一节；但在柯勒律治的全集中，这首诗的题名并不是 Love，而是 Introduction to the Tale of the Dark Ladie，所引的这一节诗也不是该诗的第一节，而是第六节。

All thoughts, all passions, all delights,	思想，热情，快乐，
Whatever stirs this mortal frame,	凡能激动这形骸，
All are but ministers of Love,	都（无非）是恋爱的臣属，
And feed his sacred flame.	增（助长）她神圣的火焰。
(Coleridge, 1912: 1054)	（徐志摩，2005a：178）

原文也是格律诗：二四行缩行，韵式是 abcb，节奏为抑扬格四音步，第四行用了一个"去尾式"（catalexis）的节奏变体，掐掉了尾部的一个音步，变化为抑扬格三音步。但译文则无韵、无律、无格，除了保留了毫无翻译困难的行数和缩行特征，其他的格律特征都没有保留；还增加了两处原文没有的括号。除了内容，可以说原文中重要的诗体特征都没有得到保留。

　　无独有偶，五四时期被称作"诗怪"的李金发也译过一首题为"Amour"（《爱情》）的法语诗，系法国象征派诗人魏尔伦（Paul Verlaine）的长诗 Amour 中的一章，以下是该诗的第二节原文和李金发的译文：

Ton rire éclatait	你的笑如此其明澈，
Sans gêne et sans art,	无拘促亦无美饰，
Franc, sonore et libre.	清晰，阴沈及自由，
Tel, au bois qui vibre,	这些，在摇曳的林下，
Un oiseau qui part	鸟儿走过
Trillant son motet.	正震动他的音响。
(Verlaine, 1999: 166)	（李金发，1925：221）

原文每行五个音节，韵式是 abccba，格律形态很明显，但在李金发的翻译中，原文的格律元素都不见了，与徐志摩的《爱情》一样，该译

文也完全是自由诗。

不难看出，徐志摩和李金发翻译的是两首不同格律的诗歌，但从译文形态上看，完全看不出二者之间有什么格律上的差异，因为两首译诗本身就没有格律。

就翻译而言，新诗诗人写新诗，爱怎么自由就怎么自由，那是他们的自由，但作为诗歌翻译者，既然译的是格律诗，如果对翻译还有准确体现的追求的话，起码不应该用自由诗的体裁去翻译格律体。既然要向西方诗歌学习，总要让译文读者知道人家的格律诗的真面目到底是什么样的吧？结果，绝大多数不知情的人都以为西方人写诗就跟五四时期的自由体新诗一样，还有一部分不知情的人则以为，五四初期的诗歌翻译译的都是西方的自由诗。但实际情况并非如此，而在当时的西方诗歌界，写自由诗的人也是少数，根本不是当时西方诗歌的主流。

误区之五：诗律上的无措

上文的分析显示，五四初期的西诗汉译在对待原诗格律问题上普遍采取爱理不理或不予理睬的态度，从而在西诗汉译过程中导致西方诗歌的诗体特征未得到有意识、有系统的保留和引进。比较被翻译的西方诗歌，不难看出当时对待西诗那种在诗律上手足无措的混乱。以上面提到的拜伦的"The Isles of Greece"为例，这首诗在中国的翻译可以说见证了"诗界革命"的前世和今生。在胡适发表《文学改良刍议》之前，这首诗首先是梁启超在1902年用曲牌体翻译的。仍以该诗的第一节为例：

（沉醉东风）……咳，希腊啊！希腊啊！……你本是平和时代的爱娇，你本是战争时代的天骄。"撒芷波"歌声高，女诗人热情好。更有那"德罗士""菲波士"（两神名）荣光常照。此地是艺文旧垒，技术中潮。即今在否，算除却太阳光线，万般没了。

（梁启超，1986：214）

然后马君武在 1905 年用七言古歌行重译，1906 年苏曼殊用五言体再译，1914 年胡适用骚体又译了一次。

　　从翻译方法的角度上讲，把西方格律诗译成汉语古体诗，属于美国翻译学家奈达所说的"动态等值"，或"功能等值"。这种译法的特点是不求同形，但求"等效"（equivalent effect）（Nida，2004：159-160），实际上求的是译文读者与原文读者在阅读反应上的一致性。新诗运动之前的等效式译法是用旧诗体来做归化翻译，反映了译者的一种读者关怀，他们希望这种以诗译诗的努力起码让读者在读译文时能有诗的联想，因为他们深知，在中国这样一个堪称诗国的国度，人们在经历了长时间的闭关锁国之后，对西方的诗歌可以说是一无所知，因此若采用形式对应的译法，译文必定会遭到读者的抗拒。但如此翻译我们的读者读了是否真的获得了与原文读者同样的反应，我们不得而知，但理性的思考必定会对此表示怀疑。果然，深受解构主义影响的文化翻译学派后来对奈达的这种结构主义等值观提出了严厉的挑战。斯奈尔－霍恩比认为跨语跨文化的读者同等反应是不可能通过这种变形式的译法实现得了的，形变则意变。她觉得奈达的这个观点简直就是"幻想"（illusion）（Snell-Hornby，1988：13-22）。德国功能派翻译理论也认为文学翻译不应忽视形式的功能诉求。赖斯根据不同文本类型的功能的不同，提出了不同的翻译策略。她认为，文学文本的主要功能是表情功能（expressive function），对应的翻译策略应该是"形式取向"的（form-focused），信息（information）类文本的翻译是"内容取向"的（form-oriented），而只有像演讲、广告这样的呼唤类文本才是"效果取向"的（effect-oriented）（Reiss，

2004：26）。

新诗运动伊始，胡适仿佛突然顿悟，诗风陡转，提出了"诗须废律"的主张，并开始用既不是中国格律体又不是西诗格律体的胡式自由押韵体来翻译英语格律诗，如上文所引的《关不住了》。很快，他的这种对自由的追求又进一步影响了其他的译者。上文所引的柳无忌、郭沫若、徐志摩、李金发的译文就干脆自由得什么格律也不要了。

从德国功能派的角度看，此种译法显然是内容取向的，也就是把诗歌当作信息类文本来翻译了，原文的功能因此而没有被充分地体现出来，因此理论上讲并不符合文学这一文本类型的功能诉求。

多年后，新月派开始思考新诗的格律问题，这一思考也实时地体现在了诗歌翻译之中。以下是闻一多 1927 年翻译的 "The Isles of Greece" 的第一节：

> 希腊之 ‖ 群岛 ‖，希腊之 ‖ 群岛 ‖！
> 　你们那儿 ‖ 莎浮 ‖ 唱过 ‖ 爱情的歌 ‖，
> 那儿 ‖ 萌芽了 ‖ 武术 ‖ 和文教 ‖，
> 　突兴了 ‖ 菲巴 ‖，还崛起了 ‖ 德罗 ‖！
> 如今 ‖ 夏日 ‖ 给你们 ‖ 镀着金光 ‖，
> 　恐怕什么 ‖ 都堕落了 ‖，除却 ‖ 太阳 ‖？

（闻一多，1993b：300）

相比较而言，就拜伦的这首诗，闻一多的译文在当时是最接近原文诗律的，尤其是在押韵和节奏这两个核心格律元素上。押韵对于汉语来说不是难事，英语格律诗对于汉译最大的困扰就是原文用音步所营造的节奏。而在闻一多看来"格律就是 form。试问取消了 form，还有没有艺术？上面又讲到格律就是节奏。讲到这一层更可以明了格律的重要；因为世上只有节奏比较简单的散文，决不能有没有节奏的诗"（1993a：140）。闻一多对于节奏的讨论后来演变成了"以顿代步"式的译法。以上译文的节奏便可以看作是每行四顿。虽然"顿律"不如后来的卞之琳严谨，但若有意识按四顿去读，还是能读得出来的。然而，一个不可回避的事实是：新诗诗人们对顿的长度没有严格的限定，一个字到五个字都可以是一顿，而顿长不一的诗行与音步整齐划一的诗行在节奏上绝对不是同步的。

不过，此种译法尊重原文的形式及形式之中所蕴含的主要功能，从德国功能派的角度看，是符合文学文本的功能诉求的，虽然对节奏的体现还没有一步到位，但其努力的方向是正确的。事实也证明，闻一多以后的诗歌翻译路线基本上是形式取向的，至少形成了一个有韵必译的趋势。

就格律这一诗学元素而言，新诗运动初期的诗歌翻译的基本策略是：音步基本不理，音调（抑扬）完全不理，音韵（韵式）爱理不理，呈"三音不全"状。

误区之六：功能上的混乱

上一节的讨论已经涉及了功能的概念。从西方诗学的角度看，文学与非文学在功能上是有明显区别的：文学的主要功能是诗学功能，非文学的主要功能则不是诗学功能，而是其他功能，如信息功能等。但新诗运动发生的深层原因并非是纯诗学的诉求，意识形态的促动极为明显，因此当时的诗歌创作和诗歌翻译都不可避免地落入了"文以载道"的怪圈。虽然五四新文化运动之初是反对"文以载道"，主张文学独立的，但不久这一最初的诉求就被轰轰烈烈的革命大潮给冲得无影无踪了，旧的"文以载道"被新的"文以载道"所取代，封建的旧"道"被宣传革命的新"道"所取代。于是，诗便成了宣传革命思想的工具。在这样的背景下，诗的诗学功能就在很大程度上让位于信息功能了，诗歌翻译自然不能幸免。

胡适在他的新诗建构中所提出的一系列的观点体现了他重"思想"轻诗学的明确态度。《文学改良刍议》中提出的"八事"之第一事便是"须言之有物"，其实这"物"就是"道"，只不过是胡适心目中特定的道而已。有了这第一事，随后其他七"事"也就理所当然地几乎全都是对诗学功能的打压。

胡适把"言之有物"的"物"归结为"情感"与"思想"，认为"文学无此二物，便如无灵魂无脑筋之美人"（1917a：9）。从他的"诗须废律"的主张看，他这是把情感／思想与诗学形式对立起来了。而这一观点绝对不是他声称要学习的西方文学的"高明"之处。我们可以从诗学的角度来反问一下，难道仅有情感有思想，写出来的东西就可以入诗了？当然，新诗诗人的逻辑是，我说是诗，那就是诗，如上面所引的胡适的那首写给妻子的诗。在他看来，那就是诗，而且应该还是"言之有物"的诗。其实，从诗学的角度看，有思想有情感，还远远不能成诗，必须还要按诗学的规则去写，才有可能成诗。像文天祥那首气吞山河之诗"人生自古谁无死，留取丹心照汗青"，若按胡适的理念去写就成了"自古以来，人终不免一死！但死得要有意义，倘若能为国尽忠，死后仍可光照千秋，青史留名"[1]。这译文也可以说是要思想有思想要情感有情感，而且是白话口语，没有格律，按胡适的标准，一定是好诗，但如果当年文天祥说的是后者，可以肯定其原话不会流芳千古。

陈独秀当时一眼就看出了胡适的"言之有物"中"文以载道"的"流弊"。他在与胡适的"通信"中对这一观点就提出了不同的看法：

> 若专求"言之有物"，**其流弊将毋同于"文以载道"之说。**

---

[1]　网上无名氏译文，http://wenwen.sogou.com/z/q123804037.htm。

以文学为手段为器械，必附他物以生存。**窃以为文学之作品，与应用文字作用不同。其美感与伎俩**，所谓文学美术自身独立存在之价值，是否可以轻松抹杀，岂无研究之余地？

（1916：4；黑体着重为引者所加，下同）

诗学里的一个常识是：文学之所以是文学，并不在于它说了什么很深的道理，也不在于它表达了什么很强的情感，而是在于它是否具有文学的品质。著名诗学家雅柯布森（Roman Jakobson）说，诗学就是要研究那些"使语言信息成为艺术作品的东西"（Jakobson，1996：10）。而那"东西"正是陈独秀所说的"美感与伎俩"，用诗学的术语说就是"文学性"，而那"伎俩"，诗学理论则认为是对标准语言的反常化运用，由此而生成的变异会产生一种能吸引人眼球（即前景化）的品质，文学性或文学的"美感"即由此而生。

诗学理论表明，符合诗学原理的语言表达，即便是没有什么深刻的内容、强烈的感情，也照样会有文学性，如"两个黄鹂鸣翠柳，/一行白鹭上青天"之类的诗。文天祥的原诗和网上的语内翻译之所以在诗学价值上有明显差异，就是因为，前者的语言运用符合文学性建构的诗学原理，而后者则没有这样的功能诉求。而从以上提到的一系列案例来看，五四初期白话译诗的一个突出的特点就是重内容轻形式。

其实，在诗学看来，情感/思想与格律并不矛盾。美国诗歌理论家布鲁克斯与华伦（C. Brooks & R. Warren）就认为，诗是宣泄情感最充分的手段，而"节奏是所有生命与活动的根本，因此理所当然地与情感的体验和表达密切相关"（Brooks & Warren，2004：2），而诗的节奏就是格律的核心部分。至于"思想"方面，西方诗学也并不排斥，但主张诗歌自有诗歌独特的表现方法，而且诗是表达感情和思想的最有力的方式，因为情感和思想只有被诗化，才会具有不同寻常的视觉和听觉冲击力。所谓"诗性""诗意"等在中国传统诗学中属于只能意会不可言传的"东西"，在西方诗学里就是以反常化、前景化为特征的"文学性"，而在诗歌里就突出地表现为格律，当然还有其他一系列诗学手段，只不过那些诗学手段很多是与其他文学体裁共享的，并非是诗歌所独有的特征，如隐喻。因此，翻译格律诗，若也像胡适提倡的那样"诗须废律"，那原诗的"文学性"或"诗性"也就所剩无几了，正如文天祥那首诗的网上译文一样。

当然，在诗学的讨论中，如果一味排斥内容在文学作品中的地位显然也是一种天真的、不切实际的行为。文学，尤其是诗歌，不可能简约成一连串反常化的、前景化的符号组合。中国文学从古代一直走来，到了新文化运动那个临界点，人们需要一种新的文学表达方式，因此文学所负载的内容有突破那个临界点的需求也是很正常的，这本身就是一种诗学行动。若仅从文学进化的角度看，完全是有道理的。但把这个进化过程的诗歌革命定性为是受了西方诗歌的影响，就有点简单化了。从当代翻译学的角度看，本土文学进化的需求对当时的翻译活动施加了偏离原文诗学形态的操纵力。所译出来的译文，维持不变的是内容，变来变去的是形式，这一现象本身就说明了当时的翻译是重内容而轻形式的。用西方诗学的话语来说，这分明就是重信息功能，轻诗学功能。若按西方诗学的理念来翻译诗歌，自然是信息内容不变，诗学形式也尽可能地不变，起码韵式要接近，节奏不能太离谱。但现有证据表明，以胡适为代表的一批新诗革命的弄潮儿，用他们心中白话新诗的模样改装了西方格律诗，然后再以译文的形式告诉国人，这就是西方诗歌。当我们接受了他们的译文和说法之后，自然会觉得白话新诗的产生是受了西方诗歌的影响。误解由此而生。

一般而言，翻译中弃形式而保内容的情况多发生在形式与内容只能取其一的时候，但纵观五四时期的诗歌翻译，重内容轻形式明显是一种主导的翻译方法和理念，而并不是因为出于形式与内容只能取其一的无奈。以押韵为例，在译法以自由式为主、诗体以自由体为主的诗歌翻译中，押韵其实是很容易做到的，因为自由式的译法可以让句长不受约束，押韵也不必像近体诗那样严格，这些条件均可以让译者很容易地找到所需的韵脚。西诗的另一核心格律元素——音步也并非在汉语中真的就找不到功能对应体：英语格律诗以抑扬格双音节音步为主，即抑扬格，中国格律诗以二字逗或二字顿为主，现代汉语以双音节词为主，这种语言条件为在西诗汉译中体现原文的节奏提供了充足的语言学理据。以 "The Isles of Greece" 为例：原文是抑扬格四音步，因此每节的节奏结构实际上是一个方块状，理想的翻译应该是以两个字为一节奏单位，每行四逗八字，配以相应的平仄设置，译文即可把原文的节奏模型移植过来。然而，在当时革命热情高涨的文坛，如此翻译有违新文化运动领袖"诗须废律"的号召，会被认为是离经叛道的守旧行为，因此当时的译者即便是有心忠实于原文，也没几个人胆敢或愿意这么做。当年朱湘就曾尝试过用以字代音节的方式翻译过英语的十四行诗，卞之琳对此有如下评价：

> 凡是凭音组（顿、拍）均齐、匀称建行的格律诗，各行音节（汉文单字）数不一定却也往往一致，**就有可能同被误嘲为"方块诗"受到排斥，**……

（2009a：287）

卞之琳的评价从一个侧面反映出了当时的诗歌价值观对"方块诗"的排斥，而这种排斥也正是轻视诗学功能的一种表现。

结语

用白话自由体翻译的西方诗歌和用白话体创作的新诗，虽然存在着这样或那样的问题，但却由于迎合了当时大多数人的语言能力和变革的愿望，因此有力地推动了白话文的发展。然而，五四初期西诗汉译的种种误区却对新诗的健康发展产生了诸多不利的影响，相应的负面影响主要有以下几点：

1. 理论上没有系统地研究西方诗学，实践上未能在翻译中系统地体现西方诗歌的诗体特征，导致有心向西方诗歌学习的中国新诗共同体，未能对西方诗歌的艺术构成有一个系统而全面的认识，新诗创作理念被明显有诗学缺陷的译本所误导。

2. 胡适在宣扬西方的所谓白话文运动时，客观上掩盖了中西语言条件上的差异，也掩盖了西方所谓白话文诗歌对拉丁文诗歌传统的良好继承，造成新诗发展过程中对中国传统诗歌艺术传统几乎是全面的排斥，从而未能像西方白话文诗歌那样在立足传统的基础之上稳健发展。

3. 混淆口语体与诗歌体的语体差异，不经诗化提炼的口语体的大量使用导致白话新诗既没有获得西方诗歌的韵味，又丢掉了自身延续千年的诗感。

4. 让不懂西方诗歌的人认为西方的诗歌传统和主流就是自由诗。

5. 忽视格律建构。在无视西方诗歌利用音调的轻重（抑扬）来建构节奏的技法的同时，完全抛弃了汉语利用字调的错综（平仄）来营造诗歌节奏的技法；在抛弃中国传统诗歌韵式的同时，没有系统引进和接受西方诗歌的经典韵式。

6. 重说理，轻形式，从而造成日后新诗发展中观念诗占主流地位的局面，诗歌的艺术性被严重忽略。

中国新诗之所以会发展到如今这种无格无律的局面，均与五四初期西诗汉译的种种误区有着千丝万缕的联系。回看新诗萌芽之初的翻译运作，尤其是当时在通过翻译向西方诗歌学习时所存在的种种认识误区，可以从一个不同的角度帮助我们重新认识新诗，重新认识围绕新诗的种种争议。

＊　本章作为本项目的阶段性成果以"五四初期西诗汉泽的六个误区及其对中国新诗的误导"为题发表于《外国文学评论》2015 年第 2 期。成书时略有改动。

第四章　被操纵的诗歌翻译

　　关于诗歌翻译的研究，学界虽然一直以来都有讨论，但始终不够深入。主要的原因就是因为在这种最需要诗学理论介入的研究中，诗学一直缺席。中国现在的诗歌翻译传统是在新诗运动中建立起来的。从现有的文献看，系统地运用诗学理论来研究诗歌翻译的成果十分罕见，因此理性的诗歌翻译研究，需要结合诗学理论从源头开始探究，并从西诗汉译的范式确立来反思这样的范式是否符合诗学的原理。这一方面可以让我们清楚地看出西诗汉译的方法中存在的问题，另一方面也可以更清楚地看出声称是受西方诗歌影响的白话新诗是否真的得到了西方诗歌的真传。

　　诗学，本是研究诗歌的学问，当代诗学的研究范围扩大到了整个文学，被托多洛夫（Tzvetan Todorov）称为"文学的科学"（1977：236；1981：69），但由于诗学主要源于诗歌的研究，因此对于诗歌和诗歌翻译有着无可置疑的理论意义。中西方均有悠久的诗歌传统，所不同的是现当代西方诗学融入了语言学的理论，强调语言在建构文学艺术中的核心地位，因而注重文学研究中的语言学分析。简而言之，诗学就是运用语言学的理论所进行的文学研究。雅柯布森（Roman Jakobson）甚至认为，诗学是"语言学的一个基本组成部分"（1987：63）。然而，这一发端于诗歌研究的理论却始终没有被系统地应用于诗歌翻译研究。这一点，国内外皆如此，实属不正常。

　　诗歌翻译中的很多问题，如果从诗学的角度看，会看得很清楚，而一些想当然的结论，从诗学的角度看则会有别样的光景，这就像园中赏花，不同的角度会看到不同的风姿。其实，在反传统的五四时期，无论是中国的古典诗学还是西方的现代诗学，都未被广泛地应用于诗歌翻译研究。显然，从诗学这个角度来赏西诗汉译这支奇葩，会看到什么样的花影，居然一直还不是广为人知的。诗歌翻译界的一些想当然的规矩，从诗学这个可以说是最直接的角度看，是否经得住诗学的审视，还需要看一看才可以得出结论。本章将从文化与诗学的角度来考察五四时期诗歌翻译的得失，并从整个中国诗歌文化史的角度，评估当时的诗歌翻译及其对新诗的影响，进而对一系列被忽略、被误解或被悬置的诗学问题做出解答，主要回答以下两个问题：

　　一、五四新文化运动时期诗歌翻译的目的驱动是诗学诉求，还是意识形态诉求？

　　二、学界普遍认为，新诗诗体是受西方诗歌的影响，果真如此吗？

一、五四时期西诗汉译是诗学诉求，还是意识形态诉求？

回答这一问题将有助于我们看清新文化运动时期西诗汉译所存在问题的根本原因，也有助于我们看清对白话新诗的影响力的真正来源。

众所周知，发生在 20 世纪初的新文化运动，对当代中国文化影响巨大。它仿佛是一个现代派的化妆师，"穿越"到了仍处于古代的中国，对她做了一番现代化的改头换面。于是乎，中国文化的方方面面因此而变脸，有的方面甚至变得面目全非。其中一个在当时最具标志性的变脸就是中国延绵两千多年的诗歌——由格律谨严的文言诗转眼就变成了可长可短甚至无韵无律无格的白话自由诗。表面上看，这是当时的白话文运动的自然和必然的结果，但细究起来，翻译在此进程中起了关键性的作用。

　　从某种意义上讲，新诗运动时期的诗歌翻译，有意无意地被诗歌界和翻译界在一定的程度上美化了，这是因为把西诗翻译成新诗诗体，符合那个时代的革命精神。更何况那时的一众诗歌翻译者，日后大多成了新诗运动的巨星，后来者仰望还来不及，岂敢还有质疑的不敬之心，因此吐槽的远远少于点赞的，一些明显存在的问题就一直被搁置起来了。

　　考察五四时期的白话新诗的形成，就不能不考察当时的西诗汉译，尤其是当时诗歌翻译的目的，以及诗歌翻译者们为达到这一目的所选择的翻译手段。在此基础之上再来看影响白话新诗的力量的来源，掩盖在这来源之上的一层迷雾就可以被拨开了。

　　回顾历史，不难看出，新文化运动时期的西诗汉译的目的驱动并非仅是诗学诉求这么单纯，其意识形态议程十分明显，这个议程就是颠覆与解放——颠覆旧的秩序，解放被禁锢的思想，建立民主的体制。在此进程之中，白话新诗和诗歌翻译皆是工具。如果是诗学诉求的话，翻译策略应该遵循诗学的规则和诗学翻译的规则，而那时的诗歌翻译却存在着明显的反诗学倾向。

　　在新诗运动最初相当长的一段时间里，新诗诗人们并没有为新诗建立起自己的诗学体系。新诗运动起于 1917 年前后，十年之后，闻一多、徐志摩、朱湘、饶孟侃、孙大雨、刘梦苇等才开始在《晨报副刊·诗镌》以及后来的《诗刊》上探讨新诗的理论问题。由此可见，新诗运动在萌芽时期实际上并没有一个深思熟虑的诗学基础建设过程，因此当时的诗歌翻译方法，从诗学的角度看，是盲目而混乱的：在新诗运动的前期和初期，陈独秀、胡适等一些日后成为新文化运动先锋的知识精英们是用中国的旧诗体来翻译西方诗歌，诗学的方法上还算是以诗译诗，以格律对格律，属于保守的归化式诗学翻译策略；但后来以胡适为代表的一批青年知识分子很快就走向了另一个极端，用白话自由体来翻译西方格律诗，方法上是摇身一变成了以无格律对格律、以散文体对韵文，即用追求信息功能的手段来翻译具有诗学功能的诗歌。

以上文提到的拜伦的格律诗"The Isles of Greece"为例，新文化运动之前和之初，梁启超用曲牌体来翻译，马君武用七言歌行来翻译，苏曼殊用五言诗来翻译，胡适用骚体来翻译；新文化运动之后柳无忌用白话新诗无韵自由体来译，闻一多用白话新诗有韵自由体来译——怎一个"乱"字了得。

由此表象也可以清楚地看出，当时西方诗歌在译入中国时被耍了，而且是被耍得团团转。人们一直以为新诗是受了西方诗歌的影响，但却没有意识到，当时中国的知识精英们其实是在玩弄西方诗歌，通过操纵翻译来操纵目标文化的走向，其目的并非是向他们的读者真实地展现西方诗歌的原生态，而是为了服务于他们既定的文化与政治议程。译者的这种近乎反诗学的心态在很大程度上干扰了译者的诗学选择，影响了译文的诗学准确性，以至于声称受西方诗歌影响的中国新诗与当时所翻译的西方诗歌并没有多少相似之处，而在中国土壤中萌发的新诗又与土生土长的中国传统诗歌几乎没有任何相像的地方。

表面上看，胡适在发动新诗运动时，确实是有其诗学诉求的，但这一诉求背后的终极诉求仍然是意识形态。虽然他本人开始的时候一再声称不谈政治，但毕竟他的那篇著名的号召用白话文写诗的《文学改良刍议》（1917）是在一心要闹革命的陈独秀主办的《新青年》上发表的，又毕竟1919年就爆发了五四运动，即便胡适有什么样的诗学追求，也终究被那一场席卷全国的政治大潮给卷走了：原本是一个想通过翻译来操纵目标文化的议程，转眼间就被目标文化所操纵，迅速转变成了一场政治运动。不过，胡适原本就是那个时代的文化精英，他那一双慧眼不可能只被白话新诗所蒙蔽，否则在五四的前一年，他就不会说出下面这样的话来了：

> 人生的大病根在于不肯睁开眼睛来看世界的真实现状，明明是男盗女娼的社会，我们偏说是圣贤礼义之邦；明明是赃官污官的政治，我们偏要歌功颂德；明明是不可救药的大病，我们偏说一点病都没有！却不知道：若要病好，须先认有病；若要政治好，须先认现今的政治实在不好；若要**改良社会**，须先知道现今的社会实在是男盗女娼的社会！
>
> （1918c：490）

这番话虽然是在评述易卜生的作品，但却恰恰是当时中国社会和政治的写照。胡适此言之深意，明眼人不会看不出来。值得注意的是，一年前他所说的还是"文学改良"，而此时就已经是"改良社会"了。由此也可以看出，胡适一开始凝聚在建构新诗和翻译西诗过程中的文化议程不可能只是纯诗学那么单纯。胡适晚年曾说过这样一句话：

> 从我们所说的"中国文艺复兴"这个文化运动的观点来看，那项由北京学生所发动、而为全国人民一致支持的、在1919年所发生的五四运动，实是这整个文化运动中的，一项历史性的政治干扰。它把一个文化运动转变成一个政治运动。
>
> （1993：183）

大概也正是这样的"政治干扰"使胡适无法静心于新诗诗学的建构吧，直到《文学改良刍议》发表多年之后，才有学者开始认真思考新诗的诗学问题。

胡适在《建设的文学革命论》一文中，明确地提出了他的八大主张，其中就有"不做'言之无物'的文字""文须废骈，诗须废律""不摹仿古人"，等等。虽然在这篇文章中，胡适已经明确意识到，文学革命不能只是"破坏"，而不"建设"，而且他也明确地提出了，要建设，就要向西方文学学习，他说："西洋的文学方法，比我们的文学，实在完备得多，高明得多，不可不取例。"而且对于应该怎么学，他也开出了药方："我们如果真要研究文学的方法，不可不赶紧翻译西洋的文学名著，做我们的模范。"显然，这个药方有点偏颇，所谓"文学的方法"，虽然在"文学名著"中可以体现，但对"文学的方法"的最集中的总结应该还是文学理论，即诗学；如果仅从文学名著中去研究文学方法，很有可能会陷入见树不见林的误区。所以我们很容易地就可以看出，新诗运动时期，对西方诗歌的学习，主要是通过诗歌的翻译来解决的，诗歌界对当时已经席卷西方文坛的俄国形式主义、新批评等现代诗学思潮则未给予足够的重视。

如果以胡适为代表的新诗先锋们认为中国的白话文新诗是要通过翻译向西方学习的，如果这样的翻译又被胡适们故意地做了改装，那么中国新诗发展之路就很有可能被这样具有误导性的翻译所误导。从文化的角度看，当时意识形态诉求大于诗学诉求，译诗有其特定的文化与政治目的，凡有碍此目的者，皆在"打倒"之列。因此在此特殊的历史语境中所译之诗歌，存在着违背诗学原理的理据、需要和特征，具体表现为重内容轻形式。从诗学的角度看，分明就是重信息功能，轻诗学功能。

翻译研究的目的论认为，目的决定手段。既然当时诗歌翻译的目的有着非诗学的追求，那么其翻译手段也就注定是非诗学的了。说得更具体一点，如果这个目的是"诗须废律"的话，那么在这个目的的驱动之下所选择的诗歌翻译手段，自然也就是有律废律了。这就解释了为什么当时的很多格律诗在翻译时，其律被废。

但仅仅因为当时的译文形态背离了中西传统的诗学，就得出新文化运动时期的诗歌翻译完全是受意识形态操纵，与诗学无关的结论，这似乎就把一个复杂的问题简单化了。新文化运动的策动者以及一些著名的诗歌翻译者都是当时的知识精英，他们是不会听任意识形态对诗学的粗暴干涉的。就像比胡适还革命的陈独秀，一眼就看出了胡适的八大主张中有新的"文以载道"的倾向，针对其"言之有物"的观点，他就毫不客气地指出了这是"文以载道"的"流弊"。

从某种意义上讲，"文以载道"中的"文"就是指诗学，"道"就是"意识形态"。因此，陈独秀对胡适的批评实际上就是在指责他用意识形态来操纵诗学。然而，胡适当时在文坛上日益上升的号召力很快就淹没了陈独秀的这种"文学独立"论，一种巨大的、被压抑许久的变革需求很快就把"文学独立"的一厢情愿冲得无影无踪，这一变革需求需要新的"文以载道"来打倒旧的"文以载道"，宣扬革命精神，因此一种不同于传统的新的诗学观就在那样一个充满革命的生态氛围中迅速地诞生了，而且迅速地成为了当时的诗学主流和规范。一个很明显的症候是：在当时的诗学氛围中，谁还做方块诗，必定会被斥为守旧。在此情境之中，传统诗学的影响力已是强弩之末，初生的新诗观则如日中天。虽然白话新诗的诗学观是反传统诗学的，而且也明显是反西方诗学的，但你不能断然否认那也是诗学。只是那样的诗学观是在特定意识形态的影响下形成的，在这一新的诗学观中，诗学与意识形态已经融为一体，并非是泾渭分明、边界清晰的两个范畴。持此诗学观的知识精英们心甘情愿地遵循着新的诗学理想去创作和翻译诗歌，并且为这一颠覆了传统的诗歌形态寻求新的理论支撑，建构新的诗学理论体系。只是由于最初的破坏来得太突然，之前的准备工作没有做足，以至于适合于这种新的诗歌形态的理论始终没有令人信服地建立起来。不过我们仍可以从当初以及后来的理论建构的企图中清楚地看出其在诗学上所做出的种种努力。这最初的诗学建构正是胡适的八大主张，后来的诗学理论建构则是由闻一多为主导的新月派的新诗理论建设。这样的新诗学在当时以及后来乃至今天都有着大量的响应者，因此也必然造就了大量的、符合该新诗学理念的诗歌（无论是创作的诗还是翻译的诗）。只是从翻译的角度看，西方诗歌在那个特殊的时期进入中国，不可避免地会被这一日渐成为主流的、新的诗学观念所绑架、所利用、所操纵。

在这特定的意识形态与诗学的混合体中，诗歌翻译只能是一种去形式化的翻译操作，被玩弄的西诗在这一翻译过程中，被译者用其新的诗学观重新改装之后粉墨登场，而不明真相的读者还以为那就是原诗的诗体。以这场运动的领军人物胡适的诗歌翻译为例，在他拿定主意要颠覆诗学传统、建立新诗诗学之前，他译笔下的西方诗歌全都变成了中国的古体诗，要么五言（如他翻译的丁尼生的《六百男儿行》、堪白尔的《惊涛篇》），要么七言（如他节译的堪白尔的《军人梦》），要么骚体（如他翻译的拜伦的《哀希腊歌》、勃朗宁的《乐观主义》）。而在他发动文学革命之后，西方诗歌在他的二次组装之后，就摇身一变，变成了白话自由诗（如《老洛伯》《关不住了》），至于原诗的核心诗学元素，则一如既往地在其二次组装的流水线上被他故意地提取出来，弃置一旁：原诗的节奏没有了，韵式没有了。被胡适玩弄于股掌之上的西方诗歌，忽而以中国古体诗形态示人，忽而以白话自由诗现身。我们唯独看不到的是西方诗歌的诗学原貌。

其实，在中国全民学英语已经有四十多年历史的今天，懂英语的人已经不计其数，若想知道被那个年代的知识精英玩得风生水起的西方诗歌究竟是个什么模样，已经很简单：随便找几首新诗运动之初翻译的诗歌的原文，辨一辨每行结尾处的韵脚，数一数每行的音节或音步，再对着那时候的译文，看看韵脚对不对得起来，节奏合不合得上去，立马就可以知道那些诗歌在被翻译到中国来之前究竟是个什么模样了，也立马就可以知道那些诗在翻译的时候被做了什么手脚。

二、新诗诗体是受西方诗歌的影响吗？

学界的一个共识是新诗受了西方诗歌的影响。从翻译学的角度看，这影响必定是通过诗歌翻译这个中介发生的。如此说来，我们只要证明，当时的诗歌翻译译出来的诗其实并不像西诗，甚至白话新体译诗出现之前就已经有了原创白话新体诗，那么学界的这一定论就站不住脚了。

从前面的讨论可见，在新诗运动初期翻译的诗歌中，原诗的核心诗学元素基本上被遗弃一空，不经意间开创了一个诗歌翻译的"三不主义"，即调子不管、拍子不理、韵式不睬，并为以后的西诗汉译树立了一个榜样，后来主流的西诗汉译方法均因此而定下了基调。

虽然新诗运动旨在颠覆中国的诗歌传统，但这破坏之后的重建，胡适则明确指出要向西方文学学习，因此他的诗歌翻译在当时就具有范式意义，而他这样的翻译，在卞之琳、何其芳和朱湘等一众诗人兼诗歌翻译家看来，是对中国读者的严重误导。

新诗最明显的形式特征莫过于长短句格式了，人们都以为这就是西诗的典型形式特征，其实那只是视觉上的效果而已。从前面的讨论可见，英语格律诗在句长上的长短不一只是表面上的，其内在的节奏实际上还是整齐而有规律的。我们以胡适的《尝试集》中另外一首译诗《希望》为例来进一步讨论这一问题，原文是：

> Ah! Love, could you and I with Him conspire
> To grasp this Sorry Scheme of Things entire,
> Would not we shatter it to bits — and then
> Re-mould it nearer to the Heart's Desire?

从视觉效果上看，诗行的句长确实是参差不齐的，但读起来却非常有节奏感。何以如此呢？因为从节奏上看，原文其实是个方块（诗），每行十个音节，五个音步，抑扬格，若用"–""+"作为符号来代替"抑扬"的话，其节奏结构就是下面这个样子了：

-+-+-+-+-+
-+-+-+-+-+
-+-+-+-+-+
-+-+-+-+-+

再看胡适的译文:

> 要是天公换了卿和我,
> 该把这糊涂世界一齐都打破,
> 要再磨再炼再调和,
> 好依着你我的安排,把世界重新造过!

（2000：44）

　　胡适译文的视觉效果确实与原文一样也是行尾参差的,只是比原文更加参差。不过,英语不是方块字,词的长度与音节的长度不等长,因此诗行的参差一般来说并非是诗学特征或手段。格律诗中最具有诗学价值的元素是节奏和韵式,但译文并没有把原文的节奏翻译出来。原诗的节奏主要是通过抑扬格来体现的,拿胡适自己的话来说,抑扬格就相当于汉语诗的平仄调（见胡适,1991a：24）,可见他不是不知道,但他却并没有在译文中有所模拟。至于韵式,这节诗的韵式是 aaba,但译文的韵式则是 aaba,或 aaaa（胡适是安徽人,在安徽方言里,"和"的读音同"活"）。

　　号称是中国第一部新诗诗集的《尝试集》中译诗只有四首,其中一首是上面提到的《哀希腊歌》,是胡适发起"文学改良"之前翻译的（1914 年）,他是用骚体来译的,另外三首都是用新诗诗体翻译的。如何用白话新诗体来翻译西方诗歌,倡导新诗运动的胡适的译法在当时有着举足轻重的意义,但他的译法却为后来的西诗汉译奠定了一个"三音不全"的基调：音步基本不理，音调（抑扬）完全不理，音韵（韵式）爱理不理。这种"三音不全"的诗歌翻译方法在新文化运动的很长一段时间里成了西诗汉译的一个典型方法，其影响至今犹存。

我们不妨再来看看被誉为"诗圣"的徐志摩的译诗是更像所译的外国诗，还是更像胡适的译诗风格。以哈代（Thomas Hardy）的"Her Initials"（《她的名字》）的第二节为例：

> ─When now I turn the leaf the same
>
> Immortal light illumes the lay
>
> But from the letters of her name
>
> The radiance has died away.
>
> (1979:13)

先做个格律分析：原文的基本格律是抑扬格四音步，即每行四个音步，八个音节，韵式是abab。以下是徐志摩的译文：

> 如今我又翻着那张书叶，
>
> 诗歌里依旧闪耀着光彩，
>
> 但她的名字的鲜艳，
>
> 却已随著过去的时光消淡！
>
> （徐志摩，2005a：202）

译文的韵式是abcc，与原诗不一样；每行的节奏也不像原文齐整。译文除了分行这个最容易做到的翻译体现之外，另一视觉上的相似性就是长短句格式了，但这恰恰是英诗中最没有诗学价值的形态特征。可以说，原诗的格律特征完全没有体现出来，典型的胡氏"三音不全"的译法。

　　若不从诗学的角度看，倒还是可以找到一个很像原文的地方，那就是内容了：内容上的相似性还是很高的。但问题是，诗歌的主要功能并不是用来传达内容的。本雅明（Walter Benjamin）就明确地指出，诗歌翻译若只译出了原文的信息，那是劣质翻译的标志（2004：75）。而人们说新诗像西方诗，也绝对不是说新诗的内容跟人家是一样的，因为内容如果一样，就成剽窃了。在诗歌创作的语境中，人们所说的"像"，只能是诗体上的相似性，而不是内容上的。因此，从诗学的角度看，在那场被称为"诗体大解放"（胡适，2000f：147）的新诗运动中，中国诗人翻译西方诗歌时在诗体上所采取的异常行动就格外引人注意了。

　　可见，新诗运动初期所翻译的西诗，其典型的特征是既不像西诗，也不像传统的汉诗。至于还像不像诗，则要看用什么诗学标准来衡量了，若拿西诗和汉诗的传统诗学标准来看，那只是分行散文，不是诗；但若从新诗诗人的反传统、反诗学的理念看，那就是他们所定义的诗。

　　由以上的讨论不难看出，说新诗是受了西方诗歌的影响，其实挺牵强的，因为从诗体形式上看，新诗并没有从西方诗歌中获得什么具有较高诗学价值的影响。新诗运动初期所翻译的诗歌主要是西方的格律诗，西方格律诗最突出的两个诗学元素分别是节奏和韵式，而这些诗学元素并没有对我们的新诗产生明显的影响，尤其是节奏。

　　对于西诗之中的节奏，新诗运动的诗歌翻译者们以汉语中没有抑扬为由拒绝翻译，又以平仄与抑扬不是一回事为由，拒绝用平仄来代替或归化抑扬，因此西诗之中最主要的节奏元素声律——抑扬，可以说就被完全抛弃了，更谈不上对新诗有什么影响了。闻一多认为，节奏是"诗的内在的精神"（闻一多，1993a：144），"诗的所以能激发情感，完全在它的节奏；节奏便是格律"（同上：139）；但新诗运动一开始，可以说几乎没有人注意到节奏的重要性，直到新诗运动发生几年后，闻一多开始系统研究新诗格律时，才根据英语的术语 metre 造出"音尺"的概念（闻一多，1993d：149），但也并没有广泛地应用到西诗翻译中去，而那时由胡适开启的新诗运动已经如火如荼，无韵无格无律可长可短的散文体诗已经势不可当了，早已脱离与西诗汉译的接触。等到孙大雨、卞之琳等人提出"以音组代音步"和"以顿代步"的翻译方法时，那已差不多又是多年之后的事了，那时中国诗人早已挣脱两千多年的格律镣铐，自由飞翔了。

再说押韵，当时的诗歌翻译者们所采取的策略是爱理不理，爱译不译，考虑到西诗之中的句句韵、隔句韵和多句韵，中国古诗中早已有之，因此也不能说新诗受了什么西诗的押韵方式的影响，而最经典的几种西诗韵式，如十四行诗的韵式、英雄偶句体的韵式、六行诗和八行诗的韵式，无一成为后来新诗的典型韵式。

至此，本节标题所提出的问题，已经有了答案：新诗运动期间具有导向性的、代表性的诗歌译文其实并不像外国诗，因此那些受这些译诗影响而写出来的新诗是否真的是受了西方诗歌的影响，也就不言自明了。

此外，学术界一直有个说法，说新诗是受了西方自由诗的影响，如惠特曼、泰戈尔、庞德。事实并非如此，从时间上看，在惠特曼、泰戈尔和庞德的自由诗进入中国之前，由胡适开创的白话自由体已经建立起来了。甚至，在用白话翻译的西方诗歌出现之前，胡适在《新青年》1917 年二卷六号上就已经发表了《白话诗八首》，只是其诗学形态与后来的白话自由诗的主流形态是大相径庭，因为那八首诗要么五言，要么七言，只不过抛弃了近体诗谨严的格律，用了大量的口语，如："那时我更不长进，/ 往往喝酒不顾命。""你心里爱他，/ 莫说不爱他。"（胡适，1917b：1，2）胡适自己也觉得，这样的诗"实在不过是一些洗刷过的旧诗"（2000：181）。朱自清认为，"新诗第一次出现在《新青年》四卷一号上"（朱自清，1935：1），其时是 1918

年正月，胡适、沈尹默和刘半农在这期《新青年》上发表了一组白话自由体的新诗，其中一首是胡适的《一念》，以下是该诗的节选：

> 我笑你绕太阳的地球，一日一夜只打得一个回旋；
> 我笑你绕地球的月亮儿，总不会永远团圆；
> 我笑你千千万万大大小小的星球，总跳不出自己的道线；
> 我笑你一秒钟走五十万里的无线电，总比不上我区区的心头一念。

（胡适，1918d：43）

以下是同期刊载的沈尹默的《月夜》：

> 霜风呼呼的吹着，
>   月光明明的照着。
> 我和一株顶高的树并排立着，
>   却没有靠着。

（沈尹默，1918：42）

值得注意的是，此时，在这份号称是中国最早刊载用新诗体翻译西方诗歌的《新青年》上，还没有出现过白话新体的西诗汉译，这客观地说明，白话新诗是出现在白话新体译诗之前，至少所谓西方诗歌的影响至此还没有影响到广大不能直接阅读西方诗歌的中国诗人和读者。白话新体译诗是在一个月后《新青年》的四卷二号上才出现的，即周作人翻译的希腊诗人谛阿克列多思的《牧歌》，以下是该诗的片段：

> 歌：他每都叫你黑女儿，你美的Bombyka，又说你瘦，又说
>   你黄；我可是只说你是蜜一般白。
>   咦，紫花地丁是黑的，风信子也是黑的；这宗花，却都

> 首先被采用在花环上，羊子寻首蓿，狼随着羊走，鹤随
> 着犁飞，我也是昏昏的单想着你。
>
> 倘使 Kroisos（古代富人）的宝藏，都归了我呵，我每
> 　　要铸二人的金像，献于 Aphrobite（恋爱女神），你
> 　　手握着一支箫，一朵蔷薇，或是一个苹果；我穿
> 　　着鲜衣，两足着了 Amyklai 做的新靴。
>
> （周作人，1918：126）

　　该译文没有配原文，原文依据的是英国文学家和翻译家安德鲁·朗格（Andrew Lang）的英译本，而查这个英译本，可见该译本特别注明了是用"prose"（散文体）（Lang，1880）翻译的，由以上译文可见果然如此。因此从诗歌翻译的角度看，此译文作为诗歌翻译的案例还不够典型，因为周作人显然是依据散文版的英译本来翻译的；又由于这首译诗体裁上过于散文化，因此实际上也没有怎么引起诗歌翻译界的关注。不过前面提到，周作人在这篇译文的序中的一个观点值得注意，他说：

> 　　口语作诗，不能用五七言，也不必定要押韵；止要照呼吸的长短作句便好。现在所译的歌，就用此法，且来试试；这就是我所谓的"自由诗。"
>
> （周作人，1918：124）

　　请注意，他的这句话前面部分是在说诗歌创作，明确指出了新诗的几个要素：口语，非五七言，不必押韵；后面部分是说翻译，其中"就用此法"明白无误地指出，译诗就要按他前面所说的创作白话诗歌的方式来译。这究竟是让翻译向他所说的白话诗歌创作学习，还是让中国白话诗向他的这种自由体译文学习？此语出在白话新体译诗的

临界点上，值得我们深思。

相对而言，影响比较大的是上文提到的《新青年》四卷四号上胡适用新诗体翻译的《老洛伯》。

从以上所列举的白话新诗和白话新体译诗出现的时间顺序上看，白话新诗实际上是出现在白话新体译诗之前。从某种意义上讲，这说明，在西方诗歌以白话新诗的译文样式出现之前，胡适等新诗的开创者们其实就已经策划好了白话新诗的自由体形态，而随后出现的白话新体译诗只不过是他们预制好的这种诗体在翻译中的投射而已，且无论原文是有格律的还是没格律的。周作人和胡适的言行可以成为这一判断的佐证。这就用证据解释了为什么新文化运动之初新诗诗人们会用自由体来翻译西方的格律诗。

像胡适翻译的《老洛伯》，原文并非是无韵无格无律的自由诗，而是有格律的，但胡适的译文无论节奏和韵式都与原文不同。不过，胡适认为他于1919年3月发表的译诗《关不住了》才是他自己的"'新诗'成立的纪元"（胡适，2000e：181）。而如前文所析，这首诗也同样是用自由体来翻译格律体。

无论是周作人的《牧歌》、胡适的《老洛伯》《关不住了》，在时间上都晚于1918年正月胡适等人的那一组原创的白话自由诗。而在最初的原创白话新诗和白话体译诗发生之前，惠特曼、泰戈尔和庞德的诗都还没有被译入中国。泰戈尔（陈独秀译"达葛尔"）的诗虽早在1915年就被译成汉语了，是陈独秀首译的，即《赞歌》，但陈独秀并没有用自由体来翻译，而是用五言古体来译的（详见达葛尔，1915）。惠特曼的诗最早见于1919年7月5日的《少年中国》创刊号上，是由田汉翻译的，但当时诗界对于惠特曼并不是很重视，《新青年》就没有发表过一首惠特曼的译诗；就连刊载了大量译诗的《小说月报》，自始至终也就只刊登了一首惠特曼的诗。至于庞德的诗，则到1934年才由施蛰存译介进来。虽然不排除日后有新的证据出来改写笔者的这些依据，但从当时和后来的文献看：白话自由体新诗发生于惠特曼、庞德和自由体的泰戈尔被翻译进汉语之前。考虑到胡适和《新青年》在新文化运动中的知名度和号召力，胡适的新诗作法和西诗译法在当时具有无可争议的范式意义。因此，与其说以自由体为特征的新诗是受西方诗歌的影响，不如说是受所谓的胡适体的自由诗和自由诗译文的影响更确切一些，而胡适体的译文与其说是得自于西方诗歌的真传，还不如说是他个人诗歌价值观的体现。以下是胡适《尝试集》中紧挨他的"新诗的纪元"《关不住了》后面的一首原创诗——《应该》，创作时间是 1919 年 3 月 20 日：

> 他也许爱我，——也许还爱我，——
> 但他总劝我莫再爱他。
> 他常常怪我：
> 这一天，他眼泪汪汪的望着我，
> 说道："你如何还想着我？
> 想着我，你又如何能对他？
> 你要是当真爱我，
> 你应该把爱我的心爱他，
> 你应该把待我的情待他。"
>
> 他的话句句都不错：——
> 上帝帮我！
> 我"应该"这样做！

（2000：45）

翻翻胡适翻译的诗，也就那么几首，且基本上都译自于英语的格律诗，可见能入他法眼的西方诗歌还都是些格律诗，其中并没有像

《应该》这等模样的自由诗。因此，说这样的诗是受西方诗歌的影响，缺乏令人信服的证据，尤其是该诗中的同字押韵，绝对不是西方诗歌的典型形态。虽然我们现在觉得这首诗的诗意比较索然，不如诗圣徐志摩的诗美——

康桥再会罢

康桥，再会罢；
我心头盛满了别离的情绪，
你是我难得的知已，我当年
辞别家乡父母，登太平洋去，
（算来一秋二秋，已过了四度
春秋，浪迹在海外，美土欧洲）
扶桑风色，檀香山芭蕉况味，
平波大海，开拓我心胸神意，
如今都变了梦里的山河，
渺茫明灭，在我灵府的底里；
…………

（2005b：61）

但从诗体的角度来看，徐志摩与胡适的诗差别并不大：音调（平仄）完全不理，节奏基本不理，韵脚爱理不理。

胡适和徐志摩都是海归，且都有在翻译时改装原文诗体形式的习惯，而他们的译诗和他们的新诗创作之间存在着相似性和统一性。这两人，一个是新文化运动的领袖，一个是新诗诗坛的诗圣，因此他们的诗歌翻译对日后新诗运动的走向无疑是起了一个误导的作用：让国人以为新诗是向西方诗歌学习的产物。从此后，他们这种按西方诗学的分类只能算是自由诗的诗体就成了中国诗歌的绝对主体了。在此巨大的体量的挤压之下，传统诗体的创作几乎绝迹。想当初，胡适号召向西方文学学习的时候，也并没有说只向西方自由诗学习，而且他翻译的原文也不是自由诗，怎么到头来我们的新诗却只学来一个无格无律、可长可短的自由诗呢？从这个结果上看，西方诗歌在中国的境遇颇有点被始乱终弃的感觉。

结语

客观上看，中国的白话新体诗是出现在用白话新体翻译的欧美诗歌之前，只是二者间隔时间比较短，又由于胡适等新诗运动的倡导者们一再声称中国文学应该通过翻译向欧美文学学习，因此在中国文学界造成了一个持久的错觉，以为中国新诗是向西方诗歌学习的结果。文本所举证据表明，不仅中国的原创白话新诗出现在用白话新体翻译的欧美诗歌之前，而且最初被翻译的那些欧美诗歌原本也不是自由诗，而是格律诗，只是被翻译成了白话自由诗，因此中国新诗的白话自由体特征是否真的是受西方诗歌的影响，严重值得怀疑。种种证据和迹象表明，欧美诗歌是被新诗运动的发起者们通过翻译而加以操纵了。

如果胡适及其追随者们真的有心向西方诗歌学习，正确的学习方法理应是：译格律诗则尊重其格律的形态，译自由诗则尊重其表达的自由，这样至少可以在引进自由诗这一体裁的同时，还可以引进一些西诗的格律系统。其结果就应该是：中国固有的诗歌传统依然有追求者去发扬光大，而西方的各种诗体也被引进中国，白话新诗体可以从外来的影响和与本土传统的结合中脱颖而出，其结果应该是一个百花齐放、中西交融的局面。而如今的中国诗坛俨然是自由诗独大，客观上是一个独裁的局面，之所以如此，与当初胡适们通过其"三音不全"式的翻译产生的误导作用不能说没有关系。对中国诗歌颇有研究的美国学者宇文所安也注意到了这个问题，他认为，"中国的新诗"，还有印度的新诗和日本的新诗，都是本土诗人"通过阅读西方诗歌的译本，**有时候是很烂的译本**，而形成的"（Owen，1990：29）。他的观点显然和朱自清的观点有点不同。本章可以说是对这样的分歧进行了必要的梳理，尽可能地以事实来还原历史的真相。

诗歌翻译研究往往会涉及价值判断，无法仅停留在还原历史真相这个层面。因为，那个真相也可能是一种无奈，即西方格律诗也可能注定只能译成那样。果真如此，本章所涉及一系列价值判断就只能是毫无价值的空谈了。但事实并非如此，无论是从语言和翻译学的角度看，还是从诗歌传统的角度看，西方诗歌的格律都不是不可译的元素，这一点详见第二部分的讨论，在此就不做进一步的探究了。

新文化运动时期可以说是中国诗歌界向西方诗歌学习的最佳时机，但那个时机却被有诗学缺陷的译本破坏了，致使中国诗歌界错过了向西方诗歌学习的大好机会，从而走出了一条既不中也不西的艰难之路：西方的诗歌只学了个皮毛，却把自家延续千年、美轮美奂的诗歌传统差不多丢了个干净。惜哉！

＊　本章作为本项目的阶段性成果以"被操纵的西诗 被误导的新诗——从诗学和文化角度反思五四初期西诗汉译对新诗运动的影响"为题发表于《中国翻译》2016 年第 1 期。成书时有所改动。

第五章　诗歌翻译与中国新诗的形成

　　前面的讨论提到，学界都理所当然地认为，中国的新诗运动是在西方诗歌的影响下发生的。1935 年，朱自清在《中国新文学大系·诗集》的"导言"中说，"民七新诗运动，……最大的影响是外国的影响"（1935：1）。这种机构性的结论的形成主要是因为中国第一部新诗诗集的作者胡适说过的一句话："《关不住了》一首是我的'新诗'成立的纪元"（2000：181）。于是，朱自清说："胡氏自己说《关不住了》一首是他的新诗成立的纪元，而这首诗却是译的，正是一个重要的例子。"（1935：2）此后的学术界对于新诗运动的起源多奉此说。随着朱自清和胡适被学界逐渐偶像化，大多数学者在讨论相关问题时均想当然地对这一结论采取默认或附和的态度，并找出种种理由来为新诗受西方文学影响之说寻求符合逻辑的解读。但纵观各种论说，却很少看到回到历史原点认真翻查文献、校勘译本的研究。其实，只要发扬点福柯谱系学的怀疑精神，几个为什么一问，再用谱系学的知识考古方法翻一翻历史文献，就会发现这种起源说并不符合历史的真实状况。本章将从诗学和文化的角度对新文化运动时期的西诗汉译与中国新诗的形成展开进一步的研究，以探究这一百年来西诗汉译的范式演进、文化与诗学的影响、存在的问题及解决方案。

一、为什么在中国新诗中除了自由体之外，看不到别的西方诗体？

这是第一个大的疑问：既然中国新诗是受了西方诗歌的影响，那么为什么在中国新诗中，除了自由体之外，看不到别的西方诗体，如十四行诗、英雄偶句体、素体诗、四行诗体、六行诗体、八行诗体，等等？

先从十四行诗说起。中国诗人中确实有人写过十四行诗，但问题是：那是西方经典的十四行诗体吗？西方的十四行诗并不是够十四行加押韵就可以的，它是有格律的，其基本体式大多是抑扬格五音步，如彼德拉克体、三韵体、莎士比亚体，也有四音步和六音步的；韵式则有多种。但纵观中国诗人写的十四行诗，很少有达到这个标准的。原因之一是连符合这个要求的十四行诗的译文都没有，因此不懂外语的国人即便有意向西方十四行诗学习，也无法通过译文而得到其真传。

前辈中能写能译十四行诗的当属著名诗人冯至，素有"用中文写十四行诗的大师"（顾彬，转引自王家新 2005：58）之称。以下是他翻译的德国著名诗人里尔克（Rainer Maria Rilke）的一首十四行诗：

O dieses ist das Tier, das es nicht giebt. 　　这是那个兽，它不曾有过，
Sie wusstens nicht und habens jeden Falls 　　他们不知道它，却总是爱——
—sein Wandeln, seine Haltung, seinen Hals, 　　爱它的行动，它的姿态，它的长脖，
bis in des stillen Blickes Licht—geliebt. 　　直到那寂静的目光的光彩。

Zwar war es nicht. Doch weil sie's liebten, 　　它诚然不存在。却因为爱它，
ward ein reines Tier. Sie ließen immer Raum. 　　就成为一个纯净的兽。他们把空
　　　　　　　　　　　　　　　　　　　　　间永远抛掉。

Und in dem Raume, klar und ausgespart,	可在那透明、节省下来的空间内
erhob es leicht sein Haupt und brauchte kaum	它轻轻地抬起头，它几乎不需要
zu sein. Sie nährten es mit keinem Korn,	存在。他们饲养它不用谷粒，
nur immer mit der Möglichkeit, es sei.	只永远用它存在的可能。
Und die gab solche Stärke an das Tier,	这可能给这兽如此大的强力，
dass es aus sich ein Stirnhorn trieb. Ein Horn.	致使它有一只角生在它的额顶。
Zu einer Jungfrau kam es weiß herbei—	它全身洁白向一个少女走来——
und war im Silber-Spiegel und in ihr.	照映在银镜里和她的胸怀。
(Rilke, 1977: 144)	（1999a：451-452）

原诗的格律十分严谨，每行十个音节，五个抑扬格音步，即每两个音节一个节奏单位，因此其节奏模型的外形是一个长方形，之所以文字外形看不出来是个方块诗，是因为拼音文字的音节长度不一致，不像汉语一个音节就是一个字，音节数一致就会形成一个方块体。该诗的韵式很特别：abba cdcd efg efg，这个韵式在西方十四行诗中并不是很多见，可以说是原作者在彼德拉克体十四行诗基础之上所做的一个创新。冯至的译文准确地传达了原文的思想。只是译文的节奏是凌乱的，与原文不一致，韵式是 abab cdcd efe ghh，也与原诗韵式不一样。因此，从诗体的角度上看，译文并没有完整地呈现出十四行诗的诗体特征，尤其是节奏。

傅雷说，"翻译就像临画一样"（1984：558）。"临画"就是临摹，是学习的一种方式。从前中国学童都会学写毛笔字，学习方式之一就是临帖，会临各种体（字体），亦步亦趋地临到惟妙惟肖了，就差不多算是出师了。冯至在此所临之体是十四行体，但从体（诗体）上讲，临得显然不是很像原文，没有做到亦"步"亦趋。翻译实际上也是一种学习和解读方式，译得如何，在一定程度上体现了理解的程度，而这个理解的程度也就决定了他写的十四行诗会留下他"临帖"的影子。以下是他创作的一首十四行诗：

> 我们准备着深深地领受
> 那些意想不到的奇迹，
> 在漫长的岁月里忽然有
> 彗星的出现，狂风乍起。
>
> 我们的生命在这一瞬间，
> 仿佛在第一次的拥抱里
> 过去的悲欢忽然在眼前
> 凝结成屹然不动的形体。
>
> 我们赞颂那些小昆虫，
> 它们经过了一次交媾
> 或是抵御了一次危险，
>
> 便结束它们美妙的一生。
> 我们整个的生命在承受
> 狂风乍起，彗星的出现。
>
> （1999b：216）

从诗体上看，这首原创的十四行诗与其说像西方原生态的十四行诗，不如说还是像他自己的翻译了。这跟临帖的情况很像：底本的影子总还是有的，这首诗的韵式是 abab cbcb def def，其中后六行的韵式与上面冯至所译的那首德语十四行诗后六行的韵式相同。有意思的是，那首诗的译文倒没有体现出这个韵式特征，但创作时却用到了这个韵式。然而，十四行诗中另一个更加重要的特征——节奏，他在翻译时就没有"临"出来，因此在创作时也同样没有表现出来：这首诗表面上看，有几节看上去是方块形的，有点接近十四行诗的节奏模型的外形，但节与节之间的字数不一致，最重要的是诗行的节奏是凌乱的；节奏单元内的音节数从一到四都有，这是与西方十四行诗最大的不同，西方十四行诗的标志性节奏特征是抑扬格，即每个音步由一轻一重或一短一长两个音节组成。

就西诗汉译而言，韵式的识别和翻译难度并不大，但节奏就正好相反，其识别度本来就不是很高，因为西诗格律体系有一系列复杂的"节奏变体"，如果对西诗格律没有系统研究，很容易被各种各样的"节奏变体"混淆视听，理不清原诗的节奏，再加上中西语言在语音上的巨大差异，因此节奏的翻译难度就比韵式的翻译难度要大得多。

在冯至之前，诗人兼翻译家朱湘就曾对十四行诗的节奏做过非常接近的移植尝试。他采用的是"以字代音节"的翻译方法，韵式与原文一样，音节数也与原文一致，即每行十个音节（字），但问题是，英诗的节奏并不是简单地靠音节组成的，而是靠由一轻一重两个音节组成的音步构成的，因此仅仅靠音节组成的诗行并不一定是节奏工整的保证。但值得注意的是，在他的这种"以字代音节"的翻译中，有多个诗行实现了与原诗节拍的同步。在这些诗行中，行内每两个字一逗，实现了与原诗在拍律上的对应（详见第三部分第二章）。这说明，在诗歌翻译时争取节奏的同步转换并非是不可企及的痴心妄想。只可惜，这一点一直没有被学术界注意到。

虽然朱湘的译法已经非常接近原诗的诗体了，但无论是在翻译界还是在诗歌创作界，基本上没有人愿意去接受这种影响，毕竟那是个"诗体大解放"（胡适，2000f：147）的时代，谁还愿意刚扔掉汉语诗歌格律的缠脚布，又套上个西诗格律的镣铐呢？冯至的诗歌翻译和创作均在朱湘之后，他显然就没有太受朱湘的影响。

其他中国诗人，似乎连冯至这种中国式的十四行诗也没有几个人跟进。可以说，十四行诗在中国诗坛中完全没有形成具有影响力的诗体。也就是说，西方最经典的诗体十四行诗基本上没有对中国诗坛产生什么影响。

下面再来考察一下六行诗（sestet）的翻译。前面提到的拜伦的六行诗组诗"The Isles of Greece"就是六行诗体，新诗运动前后被翻译得最多的诗就是这首了，1902年梁启超以曲牌体译之，1905年马君武以七言古歌行译之，1905年苏曼殊以五言体译之，1916年胡适以骚体译之，1924年柳无忌以无韵自由体译之，1927年闻一多以有韵自由体译之……拜伦的原诗是严谨的格律诗。但纵观以上各家译诗，却没有一家尽显原诗之体。从诗体上讲，可以说体现得莫衷一是；而从接受的角度看，这种盲人摸象式的翻译效应，可以说是一定会让那些想通过译文来了解西方诗歌格律的读者不知所从。

当年，留美归来的胡适说西洋的文学比中国好："形式上的束缚，使精神不能自由发展，使良好的内容不能充分表现。若想有一种新内容和新精神，不能不先打破那些束缚精神的枷锁镣铐"（1935：1）。这话从一位貌似深谙西洋文学的美国留学生口里说出来，多少有点让人惊讶，因为这话说得很是有点违背诗学的原理。诗学从来不会把内容和形式对立起来：如果作者的诉求在内容，那何必写诗呢？诗学所追求的就是用艺术化的诗歌形式把内容感性地表现出来。朱光潜就曾表达过这样的郁闷："诗学的忽略总是一种不幸……在目前中国，研究诗学似尤刻不容缓"（2012a：2）。一个简单的美学原理：艺术的美从来离不开形式的包装。朱光潜的这句话道出了当年甚至当下中国诗坛的一个"不幸"的现状。

西方诗歌与中国传统诗歌的一个最大的不同是，西方有很多诗歌的鸿篇巨制，并不是一系列互不相关的小诗合成的"诗集"；而且这样的长篇诗作大多恰恰是有"形式上的束缚"的，并且还是传统的形式，不过却并未成为胡适所说的那种"束缚精神的枷锁镣铐"。以"The Isles of Greece"所在的皇皇巨著 *Don Juan*（《唐璜》）而论，全诗有 18 000 多行，格律却十分严谨，但"精神"照样"自由发展"，"良好的内容"也照样得到了"充分表现"。"The Isles of Greece"只是其中的一个小插曲，却已有 16 节 96 行之多；从诗行的形式上看，仅比汉语的七言诗多了一个音节而已，且还有缜密的节奏和韵式建构。但在如此严苛的形式限制之下，该诗照样表达出了丰富的内容和强烈的情感，并没有出现胡适所说的"形式上的束缚，使精神不能自由发展，使良好的内容不能充分表现"的情况。诗本来就不是散文，其主要功能是诗学功能，而不是信息功能；语言特征就是高度凝练，音乐性强，而这音乐性主要就来自于节奏和韵式。

然而，让人深感遗憾和痛心的是，只能从译文了解西方诗歌及其诗体的中国诗人和读者，在长达一百多年的时间里，所能看的只能是那些要么古体归化要么散体自由化的译文。

最后，再简单说说素体诗（blank verse）。莎士比亚三十多部戏剧都是用素体诗形式写成的，因此体量巨大。该诗体的特征是抑扬格五音步，不押韵，因此亦称无韵诗。但无论是最早的莎剧译者田汉，还是最早的莎剧全集译者朱生豪，都将莎剧译成了去节奏的散文体。限于篇幅，且众所周知，例子就不举了。

对于一个文化来说，翻译是一种学习。胡适就说过："西洋的文学方法，比我们的文学，实在完备得多，高明得多，不可不取例……不可不赶紧翻译西洋的文学名著，做我们的模范。"（1918a：304-305）胡适在《谈新诗》中还说，"诗的进化没有一回不是跟着诗体的进化来的"（1993：388）。将胡适的话前后关联，其内在逻辑是：西洋的文学比中国的优秀——因此要赶紧"翻译西洋的文学名著，做我们的模范"——在中国实现"诗体的进化"，进而实现"诗的进化"。可见，在这个翻译过来的模范中，"诗体"应该是核心。这也与刘半农拟通过翻译等手段"增多诗体"（1917b：9）的设想是一致的。

但从以上所列举的三种经典诗体的翻译来看，中国诗人的学习态度似乎并不是很端正：在那引进的"模范"中，"诗体"早在引进过程中就被处理得面目全非了。

如果要通过译文去学习原诗的诗体，只有准确地体现了原诗诗体的译文才能告诉读者西方的诗体究竟是个什么模样。指望读者通过那些改变了原诗诗体的译文去学习西方诗体是不可能的，那样的译文在诗体上只能给读者以误导。而指望新文化运动时期的广大读者去读原文，在那个时代，更是天方夜谭。客观上讲，当时响应胡适的号召而虔诚地向西方文学学习的广大中国读者们，所读到的只能是那些被抽去了诗体的译文。

用附会的话来说，当时的知识精英在翻译中屏蔽原诗的诗体是为了适应新文化运动的需要；抑或，胡适等人正是在这样的翻译过程中，学到了西方诗歌的精髓。于是，有心想向"西洋的文学名著"学习的中国人也只能向这些译文学习了，但凭着这些被译者改了头换了面的"诗体"，中国人能从中学到什么，学会什么，可想而知。

无论从文学还是从翻译的角度看，译诗而不译体的做法，如同临帖不临体一样，是学不好也学不到所学对象的风骨的；就文学翻译而言，还是有违文学伦理和翻译伦理的。

中国新诗走到今天，怎么看怎么不像当年翻译的那些西方格律诗的原型，却怎么看怎么像当年那些用以翻译西方格律诗的译文。本节伊始所提之疑问的答案正在于此。

二、主导新诗运动的《新青年》翻译了什么西方名诗?

上文说到，胡适在主导新诗运动的《新青年》上发文说：西洋的文学比中国的好，要赶紧通过"翻译西洋的文学名著做我们的模范"。下面就来看看，在新诗运动的爆发期（也就是朱自清说的"民七"，即1918年）的前后，《新青年》上都发表了哪些西洋的名诗：

1916年10月，《新青年》二卷二号，刘半农译"爱尔兰爱国诗人"作品（五七言古体或疑似宋词体）（1-8）

1916年12月，《新青年》二卷四号，刘半农译拜伦的《异教徒》(*The Giaour*)中有关希腊的片段（骚体）（8-9）

1917年2月，《新青年》二卷六号，刘半农译法国国歌《马赛曲》（赋体）（9-16）

1917年4月，《新青年》三卷二号，刘半农译Edmond Walle、Thomas Moors、Byron、Emmad C. Dowd、Horace Smith等人的诗（五言古体）（2-16）

1917年6月，《新青年》三卷四号，刘半农译Tomas Hood的《缝衣曲》（五言古体）（2-7）

1918年2月，《新青年》四卷二号，周作人译古希腊诗人Theokritos的《牧歌》（白话自由体）（124-127）

1918年4月，《新青年》四卷四号，胡适译苏格兰女诗人Anne Lindsay《老洛伯》（白话自由体）（323-327）

1918年5月，《新青年》四卷五号，刘半农译印度诗人Sri Paramahansa的《我行雪中》（文言散文体）（434-436）

1918年8月，《新青年》五卷二号，刘半农译泰戈尔的《恶邮差》《著作资格》（白话散文体）（104-105）

1918年9月，《新青年》五卷三号，刘半农《译诗十九首》

（其中堪称名诗的有泰戈尔和屠格涅夫的散文诗，被译成了白话散文体和白话自由体）（229-235）

1919 年 3 月，《新青年》六卷三号，胡适译美国现代女诗人 Sara Teasdale 的《关不住了》（白话自由体）（280）

以上所译之诗歌，能真正跻身"西洋的文学名著"之列的可谓是寥寥无几。但它们出现在主导新诗运动的《新青年》上，而新文化运动的领袖人物胡适又在这个刊物上声称要"翻译西洋的文学名著做我们的模范"，那么这些译作只能给这些译作的读者发出这样的信息：这些就是"西洋的文学名著"了；更有甚者，他们的译文——那些做了诗体变形处理的译文——还无声地向国人展示：西方名诗就是这么写的了。由此而推导出此后中国诗歌的发展走向，也只能是按照这个"模范"去"进化"的了。

1918 年那个时候，在西方能称得上名诗的基本上都还是格律诗，自由诗虽正方兴未艾，但还处在爬坡阶段。而胡适在那个时候心里想的是要颠覆旧的诗国，建立新的诗体，豪情万丈地提出了"诗须废律"的主张，这原本是他诗歌创作的理念，从推动诗歌进化的角度看，本无可厚非，但这个理念被不加区别地用到格律诗的翻译上，这就违背了文学和翻译的伦理，毕竟格律诗和自由诗是两种不同的诗体，用自由诗体来翻译格律诗，是一种经不起诗学和译学追问的做法。而且那个时候西方自由诗的发展进程已经开始提速，他完全可以直接选择自由诗来翻译，但多少有点令人费解的是，留学美国的胡适可以说一首经典的美国自由诗都没有翻译过。

无论如何，新诗运动就是在这样的基础上轰轰烈烈地开始了，甚至是在一些于西方名不见经传的小诗的翻译的感召下开始了。至今，很多人还以为，中国的新诗运动是在强大的西洋名著的熏陶和感召下发生的，但实际上，回到历史的原点，实际情况并非如此：那个影响源既不是来自于原著，也不是来自于名著，而是来自于拒载原文诗体的译文。

胡适等新文化运动的先锋们心目中的中国白话新诗就是在这样的背景下"成立"起来了，正像他们所译的诗歌那样：无格、无律、可长、可短，无论原诗有着怎样不同的诗体，译文始终是以不变应万变，无论什么体，统统译成分行散文，或自由体。因此最终，"诗体"仿佛是增多了，原创的白话新诗几乎是一首诗一个诗体，只可惜的是，从文体学的角度看，那堪称千变万化的"诗体"其实只是一个体——自由体。更可惜的是，就为了这么一个体，素有诗国之称的我国那相传千年的各种诗体几乎全被打进了万劫不复的深渊，而西方的各种诗体却一个也没有被真实地引进过来。现在的中国，还能称为"诗国"吗？说是，几乎没有多少人能写近体诗了；说不是，连幼儿园的幼童大多都能背上几首古诗。

千年诗国的辉煌，至此是否更加灿烂了？大家还是扪心自问吧。

三、是先有原创白话新诗，还是先有白话译诗？

上面第四章曾经谈及这一问题，但没有展开。

很多学者都认为，胡适的那首译诗《关不住了》是新诗的纪元，给人的一个感觉是中国的新诗因这首译诗的启发而一发不可收，从而加深了中国新诗受西方诗歌影响的印象，事实果真如此吗？

其实，对胡适来说，《关不住了》并不是他的第一例白话自由体译诗。早在此译前一年的 1918 年 4 月，他就在《新青年》的 4 卷 4 号上发表了《老洛伯》的译诗。从文体和翻译方法上看，《老洛伯》与《关不住了》没有诗体上的差别，他的诗歌翻译态度仍然是：音步（节拍）基本不理，音调（抑扬）完全不理，音韵（韵式）爱理不理。译文特征是：白话，长短句，有韵，但不是原诗的韵式。而从他的日记里看，这种用白话"散文"体翻译西方格律体的方法其实他早就用过很多次了，只是在当时没有发表而已，如他在 1914 年于日记中翻译爱麦生（即爱默生）的"Brahma"（《大梵天》），以下是该诗的第一节和胡适的译文：

If the red slayer think he slays,	杀人者自谓能死人，
Of if the slain think he is slain,	见杀者自谓死于人，
They knew not well the subtle ways	两两者皆未深知吾所运用周行之大道者也。
I keep, and pass, and turn again.	（吾，天自谓也，下同）

（2001：457；459）

原诗是标准的格律诗，抑扬格四音步，韵式为 abab，译文对原诗格律未予理睬。值得注意的是，胡适说他的这种译法是"以散文译之"（同上）。可见，胡适本人很清楚这种译法在"体裁"上的不同。从翻译的角度看，体裁错位是一种翻译失误，就像是把公示语的 Wet Paint 译成"湿的油漆"，而没有按公示语体裁的文体习惯译成"油漆未干"一样。对于胡适来说，造成这个体裁错位的原因，他坦承是与个人能力有关。他在翻译上面这首诗的几个月前的一则日记中说："……论译诗择体之难，略曰：'译诗者，命意已为原文所限，若更限于体裁，则动辄掣肘，决不能得惬心之作也。'此意乃阅历所得，译诗者不可不理会。"（2001a：375）从中不难看出，胡适还是很有"体裁"意识的，只是在译诗时，因被体裁掣肘，无力译出原诗的诗体，才用"散文"体来译。从他的日记中看，在《老洛伯》和《关不住了》之前，他用白话"散文""体裁"所作的诗歌翻译，早已演练过很多次了。这些证据表明，以散文体裁为特征的白话新诗体，实际上在他的"新诗的纪元"之前，就早已经被他预谋、预算和预制好了；难道其灵感来源是来自那些让他在诗歌翻译中感到掣肘而不得不"以散文译文"的"阅历所得"？

由胡适的译诗不难看出，他把用来号召人们写诗的原则"诗须废律"悄悄地用到翻译上来了。这也就是说，那些被他精挑细选出来的"模范"，其实还没"露脸"，就已经被他"削鼻刳眼"（鲁迅，1984：301），遭遇暴力毁容了。

"纪元"这个词表示一个时代的开始。但从当时诗歌翻译的发表情况来看，胡适翻译的白话译诗《老洛伯》发表在开创"纪元"的《关不住了》之前。那么《老洛伯》算不算是第一首白话译诗呢？其实也不是，这里当然不会算上当时还隐没在胡适日记中没有发表的那些白话译诗。实际上，就发表出来的译作看，在《老洛伯》发表的前两个月，即1918年2月，《新青年》四卷二号上就发表了周作人用"自由诗"翻译的古希腊诗人Theokritos的《牧歌》。

从周作人的这篇译文往后看，无论是在这首译诗之后发表的胡适的《老洛伯》《关不住了》，还是刘半农翻译的《海滨》《倚楼》，甚至再往后的徐志摩、郭沫若等一代新诗枭雄们的诗歌翻译，他们的翻译方法均像是被周作人画了圈子，再也没有跳出［＋白话］［＋自由体］的模式。

但白话新诗的原点是不是就是周作人的这首译诗呢？仍然不是。第一批明确以白话诗歌身份发表的新诗是在1917年2月《新青年》的二卷六号上，即胡适的"白话诗八首"，最有名的一首，也是八首中的第一首，是《朋友》：

> 两个黄蝴蝶，双双飞上天，
> 　不知为什么，一个忽飞还，
> 剩下那一个，孤单怪可怜，
> 　也无心上天，天上太孤单。
>
> （1917b：1—2）

标题下还有一说明："此诗天、怜为韵，还、单为韵，故用西诗写法，高低一格以别之。"按胡适的这一说法，这首诗还是受了西方的影响的，但仅限于"高低一格"的书写方式，即缩行。

同期发表的其他七首诗，或五言，或七言；五言居多，大多遵循古体诗的节奏规定，只有个别出格。白话是白话了，但诗体谈不上新，所以胡适在后来的《〈尝试集〉再版自序》中列举自认为算是白话诗的篇目时，没有这几首。学界也普遍认为，这八首白话新诗是失败之作，拿胡适自己的话来说，"实在不过是洗刷过的旧诗"（2000：181）。朱自清说，"新诗第一次出现在《新青年》四卷一号上。胡适之是第一个'尝试'新诗的人"（1935：1），显然也没有把这八首算作"白话新诗"。但朱自清所说的这个《新青年》四卷一号在时间上却还是要比周作人的那首译诗要早一个月，即1918年1月。该期《新青年》发表了九首白话新诗。这就是朱自清说的新诗的第一次出现。第一首是胡适的《鸽子》：

> 云淡天高，好一片晚秋天气！
> 有一群鸽子，在空中游戏。
> 看他们三三两两，
> 　　回环来往，
> 　　夷犹如意，——
> 忽地里，翻身映日，白羽衬青天，鲜明无比！
>
> （1918d：41）

该诗没有规律性的节奏，但有韵式 aabbaa。若说这诗体是受了西方诗歌的影响，则在胡适翻译过的西方原诗中找不到支点，尽管该诗的韵式很像是西方的英雄偶句体（heroic couplet），但标准的英雄偶句体是抑扬格五音步的。如果按胡适在此诗几年前于日记中翻译"爱麦生"的《大梵天》时对"体裁"的理解来看，这首诗的体裁应该分明是"散文"才是，不知为什么曾经被他视为是散文的体裁，现在摇身一变成诗了。

从时间上看，**在这组被胡适认为真正洗刷掉了旧诗传统的白话新诗闪亮登场之前，《新青年》上还从未刊登过白话新诗体的诗歌翻译，**在此之前的诗歌翻译用的全部是中国的旧诗体。从当时的出版物上看，无论是胡适，还是刘半农，他们在作白话诗歌之前，都还没有发表过用白话翻译的诗歌。而且，即便是此前用旧诗体发表过的诗歌翻译，也基本上都是译自西方的格律诗，并非是自由诗。以下是白话新诗创作和白话新诗译作最初发生的时间顺序：

1917 年 2 月：胡适作白话诗八首（《新青年》二卷六号）（1-2）

1918 年正月：胡适、沈尹默、刘半农白话诗九首（《新青年》四卷一号）（41-44）

1918 年 2 月：沈尹默、刘半农、胡适白话诗六首；**周作人白话译诗《牧歌》**（《新青年》四卷二号）（104-106；124-127）

……

1919 年 3 月：**胡适白话译蒂斯黛尔（Sara Teasdale）《关不住了》**（《新青年》六卷三号）（280）

可见，在 1918 年 2 月周作人作第一首白话译诗之时，胡适等人原创的白话新诗至少已经发表了三组，包括同期刊物上发表的一组。因此，无论从哪方面看，都没有证据表明，中国的白话自由诗是在西方的诗歌的影响下产生的；事实似乎是颠倒着呈现在我们面前的：从发表和出版的作品看，是先有了原创的白话自由诗，然后才有了白话自由体的诗歌翻译。也就是说，在有白话自由体的诗歌翻译之前，就已经有白话新诗了，何须等到 1919 年 3 月即一年多以后《新青年》六卷三号上的《关不住了》来宣告"新诗成立的纪元"？以 1918 年正月那九首白话新诗为界，此后《新青年》上发表的翻译诗歌才开始真正转而用白话自由体，哪怕原诗是有格律的，也照"废"不误。这实际上表明，白话自由体的诗歌翻译是受了白话新诗创作的影响才改变了从佛经翻译以来以中国旧诗体翻译外国诗歌的传统和范式的。

回顾《新青年》1918 年之前翻译过的诗歌，译者们的注意力更多的是放在有格律的外国诗上。新诗运动爆发之后，他们的心思实际上则是在琢磨怎么用白话写诗上。从胡适谈论过和翻译过的外国诗歌看，他并没有刻意地在西方寻找什么"模范"，而是早就对诗歌的格律产生了不耐烦的心理，因此总想打破这个枷锁。胡适在《〈尝试集〉再版自序》中回顾他的新诗创作过程时是这么说的："我这几十首诗代表二三十种音节上的实验"（2000：183），因此给人的印象是，白话新诗的诗体是胡适自己通过几十次的实验"发明"出来的。其实，这个模板的理论建构早在《建设的文学革命论》中就已经完成了：无论是诗歌创作，还是诗歌翻译，遵循的都是他的"八不主义"（胡适，1918a：289-290），其中对西方格律诗的翻译而言，从诗体上讲，最有杀伤力的一条就是"诗须废律"。

对于绝大多数不懂外语的中国人而言，西方诗歌就只能是那些翻译过来的作品本身。但如果那些译者们成心不想让中国读者看到真正的"西洋的文学名著"的真容，那么不懂外语的中国读者无论如何也是看不到的。当他们看到以胡适为代表的一批知识精英们翻译过来的诗歌时，并不知道那些诗歌已经被这些译者们系统性地删除、遮蔽了原诗的诗体，而人们在对这样一种经过改头换面的"自由体"诗歌趋之若鹜时，想当然地也以为他们正受着正统"西洋的文学名著"的熏陶。

难道译诗的目的只是要把原文的意思译出来吗？那何必译诗呢？何不去译散文？或者干脆去译哲学？

下面这一首是李金发的译文及其原文：

Ma tristesse en toi　　　　　　　　我的忧愁全在你

S'égaie à ces sons　　　　　　　　　被这声音迷妄了

Qui disent: «Courage!»　　　　　　似说"勇进！"

Au cœur que l'orage　　　　　　　心里如狂风般颤动着

Emplit des frissons　　　　　　　　那忧愁的兴感。

De quel triste émoi!　　　　　　　　　　　　　（1925：221）

（Verlaine, 1999: 168）

　　这是在新文化运动期间有着"诗怪"之称的李金发的译文，译自
法国著名象征派诗人魏尔伦（Verlaine）的长诗"Amour"的第 24 章
第 4 节。译文潇洒自如，但原文并非如此自由：原文六行，每行五个
音节，韵式是别出心裁的 abccba，这是六行体的一种押韵格式。李金
发的译文是五行，长短句，无韵，完全没有理会原文的格律。在这首
译诗中，唯一还能看到的诗体特征也就是分行了。这种现象也直接反
映在了他自己的诗歌创作之中。以下是他创作的一首诗《里昂车中》：

　　　　细弱的灯光凄清地照遍一切，
　　　　使其粉红的小臂，变成灰白。
　　　　软帽的影儿，遮住她们的脸孔，
　　　　如同月在云里消失！

　　　　朦胧的世界之影，
　　　　在不可勾留的片刻中，
　　　　远离了我们，
　　　　毫不思索。

　　　　　　　（1925：18）

　　再比照前面引用的几首新文化运动时期的自由体译文，可以清楚地看出，无论原诗是什么诗体，新诗运动的精英们统统将其译成自由体。在不同的刊物上，情况大多也是如此，即便有例外，也是把原诗译成中国的旧诗体的模样，就是看不到贴近原诗诗体的译法，这种情况到了 1926 年新月派出现之后才有些许好转的迹象。

　　以 1918 年正月那期《新青年》上的白话诗九首为分水岭，那条界线之前的各类报刊书籍中的西诗汉译基本上用的是中国的旧诗体，在那之后，白话自由体的译诗开始迅速增多，用白话创作的自由诗更是呈井喷式暴增。但如果说那九首真正"纪元式"的白话诗是受了西方自由诗的影响，在现有的证据面前，似乎很牵强：在那之前一直用文言旧诗体翻译西方格律诗的胡适、刘半农们，怎么会突然一夜之间就从中国的旧诗体上齐齐地顿悟到了白话自由诗呢？所译的西方格律诗和他们翻译中所用的文言旧诗体的合力居然还能产生白话自由诗的联想？实在让人觉得有点匪夷所思。胡适虽然在他的日记中早就用他认为是"散文体裁"的方式翻译诗歌了，但他翻译的大多也是西方的格律诗。难道用"散文体裁"翻译格律诗这种体裁错位的翻译是胡适悟出白话自由诗的原因？果真如此，那导致中国白话新诗形成的真正影响源仍然不能算在西方诗歌头上，而是要算在胡适的那种因不愿或害怕"掣肘"而不得不使用体裁错位的翻译上了。

四、白话自由诗真的是胡适"最早"吗？

　　胡适说："我做白话诗，比较的可算最早"（2000：181）、"白话诗的实验室里只有我一个人"（同上：146），这话在胡适说来，让人觉得有点不可思议，因为胡适算是一个对中国的白话历史很有研究的人，出版过《白话文学史》，尽管他有意无意地在这部著作中只写到了南宋，但并不表明他对南宋以后的白话文学没有研究，因为他在

《白话文学史》的"自序"中说过，他还有一个"大计划"，要编一本《国语文学史》，拟定的目录中就有"清代的白话文学"（1998：2-3），虽然最后成书的《国语文学史》还是只到南宋为止，但不难看出，他当时已经知道明清时期就有白话文学了。

为胡适的《尝试集》作序的钱玄同显然也知道白话文学自古就有，因此竭力为胡适的白话辩护，称古代的白话文学与胡适的白话文学是不一样的，首先那些不是"现代的白话"，然后是只有能"自由发表我们自己的思想和情感"的"才是现代的白话文学"。（钱玄同，2000：131）

确实，白话自由诗中国自古就有，这一点胡适比谁都清楚，正如钱玄同所言，"中国的白话诗，自从《诗经》起，直到元、明的戏曲，是没有间断过的，汉、魏、六朝的乐府歌谣，都是自由使用他们当时的语言作成的"（同上：129）。既然为胡适辩护的钱玄同认为古代的白话诗不能算是白话，那远的先不说，就拿被胡适和钱玄同视为老古董的林纾的诗歌创作来说吧。林纾虽比胡适和钱玄同年长，但却是同一时代的人。新文化运动的代表钱玄同和刘半农就跟被视为旧文化的代表的林纾在报章上展开过别具一格的论战。但翻开林纾所作的《闽中新乐府》，不难发现，所谓"白话实验室"里并非只有胡适一人，而且是早就有人在那里了。以下是林纾（闽中畏庐子）的《闽中新乐府》中的《小脚妇 伤缠足之害也》的第一段：

> 小脚妇，谁家女，裙底弓鞋三寸许。下轻上重怕风吹，一步艰难如万里。左靠妈妈右靠婢，偶然蹴之痛欲死。问君此脚缠何时，奈何负痛无了期。妇言奴不知，五岁六岁才胜衣。阿娘作履命缠足，指儿尖尖腰儿曲。号天叫地娘不闻，宵宵痛楚五更哭。床头呼阿娘，女儿疾病娘痛伤。女儿颠跌娘惊惶，儿今脚痛入骨髓，儿自凄凉娘弗忙。阿娘转笑慰娇女，阿娘少时亦如汝。但求

脚小出人前，娘破工夫为汝缠。岂知缠得脚儿小，筋骨不舒食量少。无数芳年泣落花，一弓小墓闻啼鸟。

（1898：2-3）

可惜，胡适直到 1923 年才看到林纾写的这些白话诗，并且在 1924 年 12 月 31 日的《〈晨报〉六周年纪念增刊》上转载了包括上面这首诗在内的其他几首林纾的白话诗，但他并没有承认当年自认作白话诗他是最早的话说大了，只是说："我们晚一辈的少年人只认得守旧的林琴南而不知道当日的维新党林琴南；只听得林琴南老年反对白话文学，而不知道林琴南壮年时曾做很通俗的白话诗，……"（1998：559-560）

按钱玄同对白话和白话文学的界定，林纾的这首诗作为白话诗可谓当之无愧，而且与胡适发表的第一组白话诗相比：自由多了，白话多了，而且还革命多了，与劳动大众走得更近了；在诗歌进化的方式上，与西方诗歌从传统走向现代的路径不谋而合，即在继承的基础之上求突破和发展。

就白话诗而论，再往前，当然还有更早的，而且白话程度一点也不输胡适早期的白话诗。请看下一首：

……诗云：

> 我被盖你被，你毡盖我毡。
>
> 你若有钱我共使，我若无钱用你钱。
>
> 上山时你扶我脚，下山时我靠你肩。
>
> 我有子时做你婿，你有女时伴我眠。
>
> 你依此誓时，我死在你后；
>
> 我违此誓时，你死在我前。

（冯梦龙，2016：16-17）

该诗来自于明代冯梦龙的《警世通言》第三卷"王安石三难苏学士"。这不是民歌,因为此诗之前有"诗云"二字做引导。只不过按钱玄同的界定,这应该是古代的白话,不算白话诗。其实,说古代的白话不算白话,现代的白话才算白话,这种界定是否合理,也明显是值得商榷的。

可见白话自由诗并非是胡适的独家发明,也不是他最早;再往前的还有,但按胡适和钱玄同的意思,那就更算不上现代白话了。不过,以上两个白话诗的反例,尤其是与胡适同一时代的林纾的白话诗,就足以推翻胡适的"最早"说了。其实,白话和文言的差别就是口语与书面语的差别,诗体只是一种体裁,本身并没有白话和文言之分。但从文体上讲,诗歌就是书面语的一种,因此所谓用口语作诗本身就是一个很矛盾的事:口语一旦真作成诗了,那口语也就不再是口语了,就成书面语了。像上面胡适的白话诗《朋友》,谁会那样上二下三地说口语呢?

胡适发起新诗运动的功绩是无法抹杀的,没有他当时振臂一呼而产生的全国性效应,别说白话诗歌,白话文都还不知道什么时候才能翻身做主人呢。但有些历史事实该澄清的还是要澄清。以上讨论可见,一方面白话自由诗在中国文化里本来就有,不是因为从西方舶来之后才有;另一方面,在新诗运动之前,西方自由诗还没有被国人翻译,虽然《新青年》创刊号上第一首译诗就是陈独秀译的泰戈尔的自由诗,但却被陈独秀译成五言旧体诗,因此白话新诗那种自由体并不是拜西方自由诗所赐,如果说当时大众们没有读过或者忘记了先前的以及古代的白话自由诗,那也只能是拜胡适经过不断的试验之后的"发明"所赐了;至于在新文化运动初期,胡适等人用自由体翻译的西方诗歌其实大多数是格律诗,如果新诗受此影响而产生,那也是受了有翻译缺陷和诗学瑕疵的译文的影响,并非是直接来自于西方诗歌本身的影响。

为什么明明是自家本来有的东西，偏要说是来自西方的影响？明明是自己声称经过多次"试验"之后的发明，却又偏要用一首译得走了调的译诗来暗示那"纪元"式的影响来自于西方？

回到历史原点，看看摊在面前的证据，再嗅嗅当时的文化氛围，不难看出问题所在：一切皆源自于文化的不自信，抑或源自于当时的知识精英们对国人的文化不自信和对西方盲目崇拜的社会心理的因势而导。

五、思考

从已有的证据来看，白话新诗并非是受西方诗歌影响而产生的，而是以胡适为首的几位知识精英自己创作出来的，只是在很短的时间里，他们就将白话新诗的诗体用在了翻译之上，再加上胡适声称他的"新诗的纪元"是一首译诗，这就在很大程度上模糊了白话新诗创作和白话自由体译诗的先后时间关系。

当然，也存在另一种可能性，即以胡适为首的知识精英，确实是在模仿当时在西方方兴未艾的自由诗，因为胡适在他的日记中也确实提到过美国新诗的六原则，但他并不认为自己是受那六原则的影响，只是说人家的观点跟他的主张"多有相似之处"（2001b：522）。但从他的日记看，他对此也只有一则日记提及，完全没有持续性的关注。众所周知，胡适是一个喜欢写日记的人，事无巨细，尤其是日有所思，都会在日记中有所记录。按理说，当时胡适那么关注新诗，没有理由在美国留学的时候没拜读过庞德、惠特曼等人的自由诗，但令人费解的是：如果胡适真的要用汉语克隆西方的自由诗，为什么从他的日记到他发表的译作和论文中，始终不见庞德、惠特曼等真正经典的自由诗"名著"的翻译？更见不到他受西方自由诗影响的直接证据？

学术界一直在讨论庞德、惠特曼对胡适的影响，但所有相关论述全部建立在猜测之上，没有任何有效证据支撑。他为什么在日记中对与他诗歌创作手法比较接近的美国著名诗人庞德和惠特曼只字不提呢？如果西方自由诗对他产生了影响，又为何在其日记之中、在其相关的论述中没有对此有过起码能算得上研究的讨论呢？相比较而言，他对西方格律诗的研究倒是要稍稍多一些，比如对十四行诗的研究，他在一则日记中就做过比较深入的讨论，甚至还写过几首英语的十四行诗。从胡适的日记看，可以说他在美国期间对美国现代诗根本就没有做过像样的研究，更不要说系统的研究了。不过，胡适的好友之一梅光迪（即梅觐庄）在给胡适的一封信中有一句话倒是暗示了西方自由诗对胡适的影响："诚望足下勿剽窃此种不值钱之新潮流以哄国人也。"（转引自胡适，2001a：447）

梅光迪这一毫不客气的指责令人玩味，与胡适在美国过从甚密的他显然认为胡适是受了美国自由诗的影响，但我们却在胡适的译作、日记、论著中无法找到这一影响源。

现有的证据表明，西方诗歌在新诗运动中所起的作用，并非是直接的影响，而只是被新文化运动的精英们按既定目标操纵了，起到了推波助澜的作用，以配合他们实现其文化与政治的目的，不可否认，这也是一种影响，但并非是最直接的影响，更不能说是直接来于西方的影响。最大的影响还是来自于内，而不是来自于外。当时，拥护胡适"八不主义"的一大批青年诗人，将他的"诗须废律"视为诗学纲领，以至于无论是在诗歌创作还是诗歌翻译时，均以此行事，尤其是在1918年《新青年》4卷1号上刊出胡适等的九首白话诗之后，白话新诗的形态就已经形成，此后的诗歌创作和翻译均按此模板塑形。当时的译者们在翻译西方诗歌时，均采取音步基本不理、音调完全不理、音韵爱理不理的对策。他们的语言和诗学能力可能是一方面的问题，但关键还是态度的问题，他们是打心底里就不想"理"，因为如果这边采取"诗须废律"的方针剿灭了中国诗歌的格律传统，那边又新引进一堆新的西洋格律，那"八不主义"的目标就落空了。

可见，当时翻译西方诗歌的目的不是为了引进新的诗体，而只是利用翻译的社会效应，利用西方文化在当时的强大影响力，通过译文来展示白话自由体；西方诗歌及其翻译在此皆沦为被利用的工具：知识精英们打着西方诗歌的旗号，推广白话自由诗。从当时的翻译表现看，译者根本就没有表现出起码的翻译诚意，不说别的，就说押韵吧，胡适说，"句尾用韵真是极容易的事"（1935：2），但对他来说，仅此一点都没有去努力。节奏的翻译也是如此，其实中国传统诗歌的节奏跟西方诗歌的节奏一样，大多是双音节节奏，用以应对西方诗歌的双音节节奏有着天然的优势。以马君武翻译"The Isles of Greece"为例，他的译文已经是七个音节了，按王力对七言诗的节奏分析，那是二二二一式（2001：133），已经是四个节奏单位了，只是最后一个节奏单位是个单声节奏而已，只要再加一个字就可以做到节奏完全同步了，并非难事。再看上面所举的朱湘翻译的那首十四行诗，有不少诗行已经实现了与原诗的节奏同步；足见节奏同步实际上并不是不可能的事。真正的原因，是那批译者下意识里就根本不想去做这个努力。

那为什么还要翻译西方诗歌呢？从他们以"诗须废律"的态度来做翻译的事实来看，其实就是在利用和操纵翻译：他们是把已经预制好的白话自由诗的诗体模板投放到了翻译这个载体之上，从而在客观上形成西方诗歌都是那种长短句、没节奏的模样，而不是用方块字写成的西方诗歌的外形也正好就是那个"长短句"的样子，于是"在中国诗界造成了广泛而久远的错觉，误以为西方从古到今写诗都不拘形式，以此借鉴而分行写所谓的'诗'"（卞之琳，2002：536）。

如今，当年的狂欢已经过去一百年了，是不是该以冷静的眼光来看看摆在面前的真相了呢？

＊ 本章作为本项目的后续研究，亦获教育部哲学社会科学研究重大课题攻关项目（17JZD046）资助，并以"历史拐点处别样的风景：诗歌翻译在中国新诗形成期所起的作用再探"为题，发表于《外国文学研究》2019年第4期。成书时略有改动。

第二部分

诗 学 篇

第一章　拍子的翻译：以逗代步

"节奏（rhythm）是某个音节序列的重复"（Hopkins，1959：84）。节奏是格律诗的结构性元素；没有节奏，也就没有了格律诗。格律诗的节奏是固定的、有规律的、可预知的。节奏对于格律诗，如同歌曲的曲谱与歌词的关系一样。没有了节奏的歌，那不是歌，因为没有音乐性，而没有了节奏的格律诗，那也不是格律诗，同样也就没有了格律诗特有的音乐性。节奏是格律诗的音乐、旋律和诗意的载体。散文和自由诗也有节奏，但没有格律；没有格律的节奏是没有规律、不可预知的节奏。节奏是困扰中国诗歌翻译界长达百年的一个难题。本章将采用理论与实践相联系的方法，尝试破解节奏翻译的难题。

一、格律的纠结

仍以"The Isles of Greece"的第一节为例：

The isles of Greece, the isles of Greece!
　　Where burning Sappho loved and sung,
Where grew the arts of war and peace,
　　Where Delos rose, and Phoebus sprung!
Eternal summer gilds them yet,
But all, except their sun, is set.

　　所谓"律"者，规律也。一种现象有规律地出现，就形成了具有风格特征的重复，这就是节奏的理据。

　　格律的核心元素主要是四律，即拍律、声律、步律和韵律，翻译困难也集中体现在这四律上。就翻译而言，四律中，最易是韵律，最难是声律；声律其实包含了拍律，但拍律却不能包含声律。拍律和声律是英诗节奏的两组核心密码，也是让译者无限纠结或望"律"兴叹的根源。中国诗歌翻译界近百年的努力主要就是在拍律的对应上，声律的翻译则一直没有进入议事日程，因为拍律这一关没有过，声律就更无从谈起了。

　　英语格律诗外表上看是长短句形态，但内在节奏却往往是均齐的，尤其是这首抑扬格四音步的诗，如果取消缩行并用符号来表示该诗的节拍的话，原文实际上也是一个方块诗。以下用"－"表示"抑"，用"＋"表示"扬"：

$$- + - + - + - +$$
$$- + - + - + - +$$
$$- + - + - + - +$$
$$- + - + - + - +$$
$$- + - + - + - +$$
$$- + - + - + - +$$
$$- + - + - + - +$$
$$- + - + - + - +$$

　　具有现代意义的西诗汉译经历了三个发展阶段，即旧诗化阶段、自由化阶段和顿代化阶段。拜伦的这首诗的汉译就见证了英语格律诗在中国的这三个翻译历程。

　　在旧诗化阶段，这首诗最早是梁启超（1902）用曲牌体所做的翻译，继而是马君武（1905）七言古歌行，再后来是苏曼殊（1906）的五言体，最后是胡适（1914）的骚体。这几首归化的译诗在翻译理念上的一个共同特征是：尊重原文的意思，尊重本土的诗歌传统，但不尊重原文的格律形式，马、苏和胡的译文仅尊重原文的节律，其他四律都不管，而梁译则五律都不顾。

新文化运动之后，这首诗的译文形态由此种长袍马褂加老态龙钟状摇身一变变成了活力四射的文学青年，如柳无忌（1924）的译文。这是西诗汉译的第二个阶段，即自由化阶段。除了译法很"自由"外，所用的诗体也是"自由体"。自由化阶段大致盛行于上世纪20年代，比较精确一点的起点是周作人的第一首新体译诗《牧歌》（1918：124-127），该译有韵，但并不是原文的韵式，而且节奏是自由化的。

第三个阶段是"顿代化"（以顿代步）阶段，最具代表性的译者是卞之琳。这一阶段的特点是尊重原文的韵律和步律。这一阶段大致始于上世纪20年代末，其形成得益于新月派对新诗格律的探讨，尤其是闻一多对诗歌格律的理论探索，受其影响而形成的"以顿代步"的诗歌翻译方法一直盛行至今。以下是"以顿代步"的杰出代表卞之琳的译文：

> 希腊群岛啊，希腊群岛！
> 　　从前有火热的萨福唱情歌，
> 从前长文治武功的花草，
> 　　涌出过德罗斯，跳出过阿波罗！
>
> 夏天来镀金，还长久灿烂——
> 除了太阳，什么都落了山！

　　　　　　　　　　　　（卞之琳，1996：137）

再看另一位著名诗歌翻译家杨德豫上世纪 70 年代的译文：

> 希腊群岛呵，希腊群岛！
> 　你有过萨福歌唱爱情，
> 你有过隆盛的武功文教，
> 　太阳神从你的提洛岛诞生！
> 长夏的阳光还灿烂如金——
> 除了太阳，一切都沉沦！

（杨德豫，1996：245）

　　"顿代化"的译文有两个鲜明的特点：首先是一定会体现原文的韵律，其次是用自然的音组或意组作为节奏单元有意识地体现原文的拍律和步律。卞之琳和杨德豫不愧是"以顿代步"的高手，就此节而言，他们的译文中顿数基本上都控制在两到三个字，只是顿长不一，忽二忽三，因此与原文等长的步律并不一样，也与格律诗对节奏的定义不同。其实，像卞之琳和杨德豫这样的译诗高手，他们要是采用等长的"顿"（即两字一顿）的方法来翻译，绝对不是难事，但他们之所以没有这么做，正是因为他们定义了或者认同了用自然的音组来建"顿"的方法，这也正是新诗运动以降所形成的新诗节奏观在诗歌翻译中的体现。

　　其实，就诗歌而言，诗意并不完全是内容取向的，而是诗学取向的，而既然是诗学取向的，也就必定是形式取向的。无论多么精辟的思想和奇妙的意境，若没有诗学形式的完美包装，也不能称作为诗。因此，凡有诗意之处，必有语言形式的反常化（defamiliarized）运作，因为语言的诗学艺术就来源于此。无论是诗歌创作，还是诗歌翻译，重内容轻格律必然会导致语言形式的散文化，难以聚起诗的灵气。纵观古今中外，好诗必定离不开绝美的形式。

二、节奏的理据

节奏来自于有规律的重复，音、形、意的重复均可构成节奏。格律诗的节奏单位在英语中叫音步（foot），在汉语中主要有五种说法，即音尺、逗、音组、意组、顿。

从节奏的角度看，"以顿代步"本来就是用来解决翻译中的拍律和步律问题的，但却始终争议不断，根本原因在于顿的"尺寸"不一，因此顿与顿之间的关系在规则性上就明显要弱于英语格律诗中音步与音步之间的关系，二者的节奏并不同步。当初人们在定义顿的时候，是以自然的音组来做参照的，如此，顿的尺寸必然长短不一。这种以自然的音组来建顿的方式，其实与原文的节奏结构的理据并不一样。以"The Isles of Greece"为例，原文的节奏是抑扬格四音步，即"一二‖一二‖一二‖一二‖"，这显然不是"自然的"节奏，而是人为的、人工的。这也正是顿和音步不能合拍的原因所在：译文以自然来对应原文的非自然。解决这一问题的唯一办法就是用等长的节奏来对应原文等长的音步。

闻一多被公认为是新诗格律的奠基人。他对于古今中西诗歌的节奏有过开创性的研究。他把中国古诗诗行中的节奏称为"逗"，并指出："分逗之法本无甚可研究者，是以前人从未道及。惟其功用甚大，离之几不能成诗，余故特细论之。"（1993：148）他对中英诗歌的节奏进行了比较，把英语诗歌的行内节奏单位称为"音尺"，认为"在中诗里，音尺实是逗"（同上）。他又进一步指出：

> 中国诗不论古近体，五言则前两字一逗，末三字一逗；七言则前四字每两字一逗，末三字一逗。……韩愈独于七古句中，颠倒逗之次序，以末之**三字逗**置句首，以首之**两字逗**置句末……
>
> （1989：155）

上述引文出自闻一多写于 1922 年的《律诗底研究》。不过，在他以后的诗论中，他就很少用"逗"了，同样的概念他用的是"音尺"；"两字逗"与"三字逗"也被改成了"二字尺"和"三字尺"（见闻一多，1993a：143）。

朱光潜对"逗"也颇有研究：

> 中国诗一句常分若干"逗"（或"顿"），逗有表示节奏的作用，近于法文诗的"逗"（césure）和英文诗的"步"。……五言句常分两逗……七言句通常分三逗……
>
> （2012b：174）

古诗中的逗以二字逗为主。这一点，毫无疑问，仅凭我们对古诗的记忆即可认定。王力就说过：

> **律句的节奏，是以每两个音节（即两个字）作为一个节奏单位的。**如果是三字句、五字句和七字句，则最后一个字单独成为一个节奏单位。
>
> （王力，2001：133）

对于五言和七言诗的分逗之法，王力与闻一多、朱光潜虽有分歧，但二字逗作为律诗的主要节奏单位则是不争的事实。这种二字逗的节奏单位在诗行中呈规则性排列，以七言诗为例，其排列方式主要是二二三或二二二一。从朱光潜的讨论中不难看出，逗与顿本来是一回事。但后来，在新诗格律的讨论中，逗逐渐被顿所取代。于是，逗便成了描述古诗节奏的术语，顿则成了新诗的节奏。在此基础之上，卞之琳便提出了"以顿代步"的译诗方法。至此，顿与逗的差异也就凸显出来了。在新诗中，尤其是在顿代化的译诗中，一字顿和四五个字一顿的情况非常普遍，更重要的是排列方式没有规则。朱光潜对顿长不一的诗歌节奏的评价是，"各顿的字数相差往往很远，拉调子读起来，也很难产生有规律的节奏"（2012b：239）。顿代化的翻译原本是想体现原文的节奏，但最终却因"顿长不一"连"有规律的节奏"都没有实现，这实在值得我们反思。由此我们可以看出，随着诗歌创作、诗歌翻译和相关理论的发展，本来是一回事的逗与顿，就变成不同的概念了。为规范起见，在本书中，"逗"用以指旧诗体的节奏单位，"顿"指白话新诗的节奏单位；二者的区别在于前者是双音节节奏单位为主，三音节单位为辅，后者是自然音组，二、三音节单位为多，一至四五音节较少。

既然中国古诗中的逗以二字逗为主，我们就可以利用这个传统，将其改造成诗歌翻译的规则，对其做进一步的界定，使其符合诗歌翻译的要求。由于绝大多数英语格律诗都是双音节音步（disyllabic foot）的，因此，理论上讲，我们就可以用二字逗来对应原文的双音节音步，故称"以逗代步"，简称"逗代化"。笔者尝试将此原则应用于实践，用逗代化的方式将 96 行的"The Isles of Greece"和 70 行的"Ode to the West Wind"全文译出（分别见本章第四节和第五节），自我感觉并没有过多地因形而害义。用此法译出原诗，作为译者，可以对读者坦言，原文的拍律大致就是这样了，步律则准确地体现出来了，而且读者也一定读得出来这个节奏。

不难看出，以二字逗来对应原文的双音节节奏并非不可能。现将"以逗代步"的方法定义如下：

> 以逗代步，简称逗代化，是指在翻译以音步为单位的英语格律诗时，以等长的"逗"作为节奏单位，以应对原文等长的"音步"，主要是指以"二字逗"对原文的双音节音步。有时，当三音节音步具有明显而特定的诗学功能时，也可以用"三字逗"来对原文的三音节音步。

简而言之，以逗代步主要是指以二字逗对原文的双音节音步，这是因为绝大部分的英语格律诗是抑扬格的，其次是扬抑格，都是双音节音步的，因此逗代化可以成为汉译英语格律诗的一种主要方法。笔者还用这种方法全文翻译了雪莱的《西风颂》和随机抽取的几首莎士比亚十四行诗，证明此法是完全可行的。

　　但有一个问题还需要讨论一下：既然用二字逗来翻译双音节音步是可行的，那么这是不是就意味着英语诗中的三声音步（trisyllabic foot，如抑抑扬格、扬抑抑格和抑扬抑格）就理所当然地要用三字逗来翻译呢？理论上讲，这确实是可行的，实际上也译得出来，但必须指出的是，在英语文化中，完全用三声音步写出来的严肃的诗几乎没有。霍布斯鲍姆（Philip Hobsbaum）就曾明确地指出：

　　　　应该强调的是，我们很少（rarely）能碰到一个完全是抑抑扬格的，或完全是扬扬抑格的，或完全是抑扬抑格的诗行。三声音步的诗行一般都是混合型的。

（1996：2）

布鲁厄（Robert Frederick Brewer）也认为：

　　　　三声音步很少被我们的诗人所用，其原因可想而知，因为这种音步需要不断地使用两个轻读和短促的音节和一个重读音节，而我们的语言则无法提供足够的这方面资源。这样的结构比双音节音步诗歌更加复杂和雕琢，其节奏因为有明显的重读要求，因而会显得单调，难怪长诗都不用三声音步。用于这种诗的手段有多种，音步的变化、音节的省略和增加与其说是例外，不如说是规则。

（1950：48-49）

麦考利（James McAuley，1966：4；10-11；14-27）则认为，英语格律诗基本上都是抑扬格的，偶然出现三音节音步大多是"节奏变体"中的"替代式"（substitution），在诗行中用以替代抑扬格。

因此，从诗律学（versification）的角度看，英语中严谨的格律诗并不使用三声音步，即便用，也是作为抑扬格的替代品，因此英语格律诗的音步基本上都是双音节的。但有时，三音节节奏的运用具有规律性和表意性的特征时，就要考虑以"三字逗"应对了。

诗歌之中最有诗学价值的元素就是节奏，朱光潜称之为诗的"命脉"（2012b：158），闻一多称之为"诗的内在的精神"（闻一多，1993a：144），"诗的所以能激发情感，完全在它的节奏；节奏便是格律"（同上：138-139）。

三、量化的尺度

其实，像以逗代步这样的译法，并非没有先例。高健就曾用同样的方法翻译过华兹华斯的"Daffodils"，以下是其译文的第一节：

> 我象天上一片孤云，
> 　　轻轻飘过幽谷小山，
> 突然瞥见簇簇一群，
> 　　一群美丽金黄水仙；
> 绿荫之下，碧湖之旁，
> 个个风前妙舞低昂。
>
> （1992：141）

译文每行四逗，每两字一逗；原诗也同样是抑扬格四音步。黄杲炘认为这样的译诗很"少见"，理由"首先当然是可行性问题"，另一个原因是因为节奏总是这样重复，"难免让人感到单调和疲劳"（2007a：92）。其实，黄杲炘自己也曾用这种方法翻译过一个译例：

> 醒醒！太阳已把满天星斗
>
> 赶得纷纷飞出夜的田畴，
>
> 叫夜随同星星逃出天空，
>
> 阳光之箭射上苏丹塔楼。
>
> （1999：14）

该译的原文是奥尔玛-哈亚姆的《柔巴依》的第一节，原诗为抑扬格五音步，译文每两个字一个节奏单元，正是笔者所定义的以逗代步的译法，但黄杲炘认为这只是一种"字数相等"的译法，且并不是一个理想的译法。他主张的是"字数相应"与"以顿代步""兼顾"式译法（2007a：77）。他所谓"字数相应"，是指如果原文音节数是均齐的，译文的字数也应该均齐，但不必与原文字数"相等"，如"翻译五音步十音节英诗时，十二个汉字是较好选择"（2007a：44）。他在2007年出版的《英诗汉译学》里就指出，"字数相等"只是向"字数相应"译法发展的一个必然阶段。实际上，黄杲炘本人在理论和实践上均不主张"顿"就必须是等长的。以下是他对"顿"的定义：

> 节奏以"顿"（即"音组"）为单位，一个顿大多由二三个字组成（少数由一字或四字构成），与英语中由二三个音节构成的音步在长度上和容量上大致相当，因此可要求在"以顿代步"及复制原作韵式的同时，适当掌握译诗诗行中的字数，使之与原作中的音节数相应……
>
> （黄杲炘 1997：XXVI-XXVII）

按黄杲炘的定义，"顿"以二三字为主，但一个或四个字也可以。由此推论，翻译时即便顿数、字数与原文音步数、音节数相同，译文各顿内的字数则仍有可能不同，也就是诗行内各"顿"的长度是可以不一样的。其实，这又回到了闻一多范式（见第一部分第二章）。如用此法翻译四音步诗，译文的节奏就有可能出现"一‖一二三‖一二‖一二‖"这样的情况。由此可见，黄杲炘并不主张节奏等长对应的译法。后来，在他的《英诗汉译论》中，即便是在讨论"字数相等"的译法时，我们也找不到上面这个译例了。而且，他在讨论这节诗的翻译时，说他曾"经历过几次小改动"，并展示了这几次改动，但就连这些"小改动"中，也再未见上面的这个译例了，足见其对这种译法的否定态度。对于这首译诗，他说他在几易其稿之后，"终于成了下面这样"：

> 醒醒吧！太阳已经把满天星斗
> 赶得纷纷飞离了黑夜的田畴，
> 叫夜色也随同星星逃出天庭；
> 阳光之箭已射中苏丹的塔楼。

> （2007a：130）

这才是他的定稿，也是最能体现其翻译思想的典型译法。该诗所对应的原诗的格律是抑扬格五音步，十个音节，译文是每行五顿十二个字，但因为"顿"不是等长的，因此内在节奏并不像原文那么均衡，一会儿两拍一会儿三拍，且不是规律性重复，以下是一二行的节奏模型：

> 一二三‖一二‖一二三‖一二‖一二‖
> 一二‖一二‖一二三‖一二三‖一二‖

再看黄杲炘用这种"顿数相等与字数相应"的方法翻译的另一首诗：

> 还是随老哈亚姆来吧，凯柯巴
> 和凯霍斯鲁的命运别去记挂；
> 　让鲁斯吐姆任意去横冲直撞，
> 　让哈蒂姆·泰喊开饭：你别管他。

（2007b：40）

原文仍是五音步十个音节，译文仍是每行十二个字。按以顿代步的规矩，译文应该每行五顿。由该译诗可以更加明显地看出，顿长若不均齐，诗行均齐的意义并不大，不仅内在的节奏并不像原文那样呈均齐重复状，而且还会因为这种不均齐而造成"断顿"困难，让不懂以顿代步的读者根本读不出译者想要的五顿节奏。这样的问题，几乎每行都有，如第一行中的"还是随"，是读成一顿还是读成两顿？按五顿要求，得断成两顿，即"还是‖随"，如此，此行的节奏就成了"一二‖一‖一二三四‖一二‖一二三四‖"，其中一拍、二拍、三拍、四拍的顿都出现了，如此，原文五音步的那种两拍一顿的节奏感在译文中就体现不出来了。这种现象在顿代化的译诗中是一个普遍的现象。因此，要真正解决节奏合拍的问题，就必须要对节奏单位做出等长的量化限定才行。

　　相比较而言，逗代化的方法不仅要求逗数、字数与原文音步数、音节数相同，而且还要求逗内的字数也与原文音步内的音节数相同。按此法所译之诗就不再会有让外行读不出节奏（不会读）、听者听不出来节奏的问题了，因此无论在视觉形式，还是节奏形式上，都更加贴近原文。至于译文是不是会显得节奏单调，那也得看原文是个什么节奏。毕竟是翻译，而不是创作。也许，英语格律诗的读者也会觉得单调，所以后来才兴起了自由诗。但我们翻译的毕竟不是后来的自由诗，何必在人家本来就很"单调"的时候，我们非得要把它弄得那么自由呢？原诗形式之中，其实不仅有表面的诗学性，还有内在的历史性。理想的翻译，当然是越接近越好。

英诗之中的音步，就像是音乐的节拍，那节拍是两拍的也好，三拍的也好，一旦限定，节拍必须等长，否则就会走调，若是跳舞，则肯定会跟不上节奏。至于按逗代化的方法译者译不译得出来，译不译得好，那是译者个人的能力问题，而不是汉语本身的系统问题。

就汉语本身的系统而言，现代汉语词汇以双音节词为主，且有强烈的双音节化的倾向，如足球运动员"C. 罗纳尔多"被简化成"C罗"，网球运动员"德约科维奇"被简化成"小德"，"美利坚合众国"被简化成"美国"，等等。而英语格律诗以抑扬双音节音步为主，因此现代汉语就具备了用双音节词应对英诗抑扬格的语言条件，而汉语的传统诗歌的基本节奏也是双音节单位，这就为以逗代步提供了比较充足的语言与诗学理据。

此外，汉语本身属于重意合的语言，重意合的语言的一个特点是虚字用得比较少，而古汉语又比现代汉语用得更少，古诗之中虚字的使用则少之又少。由于现代汉语是从古汉语演变而来，当代中国人对于古代经典诗又特别钟情，因此在实际的诗歌翻译时，意合法的使用可以大大压缩虚字的使用，这一方面可以为逗代法争取最小的表意结构空间，另一方面也可以使译诗的诗意大大凝练，使其脱离非格律诗的散漫。

结语

由以上讨论可见，英诗之中的几个核心格律元素在汉语中均存在可译性的理据。不过，证明了理据的存在，并不意味着所有的格律诗都可以得到完美的体现，毕竟译者的能力是有差异的，而且是有限的；语言和文化之间也是有差异的，各有自己的表达极限。但既然英语诗歌的主要格律特征对于汉语来说并不是不可译的元素，那么理论上讲就有实现的可能性。

译者的终极追求是真。诗歌翻译若只追求意义的真，抛弃诗歌形式的真，那么译文向读者所展示的真也就是打了折扣或掺了杂质的，艺术上也是不完整的，而且还会产生严重的误导。求真的道路从来就是艰辛、无止境的，所以需要"上下求索"的精神和勇气。理解了这一点，我们就应该意识到，我们从来就不应该停下求真的脚步。

第二章　以逗代步的可行性验证

上一章对节奏理据的探讨表明，从语言和诗学两个方面看，英语格律诗的节奏中的拍律并非是不可译的元素。但理论上论证了理据的存在，并不等于实际上就一定会有成功的翻译。因此，以逗代步的方法是否可行，还需要通过实践来检验。本章将以两首著名的长诗为例，验证一下这一方法的可行性。

一、重译《哀希腊》

"The Isles of Greece" 是英国著名诗人拜伦的作品，该诗是用六行诗的格律写成，全诗 96 行，16 节；节奏是抑扬格四音步，韵式是 ababcc；译文用"以逗代步"法译出，六行一节，每行八个字，每两个字一逗，以对应原文的双音节节拍，同时保留原文的韵式。

The Isles of Greece	希腊群岛 [①]
George Gordon Byron	王东风 译
The isles of Greece, the isles of Greece!	希腊群岛，希腊群岛！

---

① 该诗是拜伦长篇叙事诗《唐璜》第三章中的一个独立成篇的插曲，以一个卖唱人之口表达了对希腊辉煌的过去的自豪和对希腊沉沦的现实的羞恨。

Where burning Sappho loved and sung,   萨福如火歌美情浓，①

Where grew the arts of war and peace,   文治卓越兵法精妙，

   Where Delos rose, and Phoebus sprung!   提洛昂立飞布神勇！②

Eternal summer gilds them yet,   长夏无尽群岛煌煌，

But all, except their sun, is set.   万般皆沦仅余残阳。

The Scian and the Teian muse,   西奥才情德安妙思，③

   The hero's harp, the lover's lute,   英雄竖琴恋人琵琶，

Have found the fame your shores refuse;   昔日盛名难泊故里；

   Their place of birth alone is mute   诗人之乡一言不发，

To sounds which echo further west   任由大音缭绕在西，

Than your sires' "Islands of the Blest."   远越祖辈"福岛仙地"。④

The mountains look on Marathon—   群山绵绵遥望马城——⑤

   And Marathon looks on the sea;   马城静静遥望大海；

And musing there an hour alone,   我自沉思良久无声，

   I dream'd that Greece might still be free;   梦想希腊自由宛在：

For standing on the Persians' grave,   脚踏波斯将士坟墓，

I could not deem myself a slave.   岂料我已国亡成奴。

---

① 萨福（约前 630 或 612—约前 592 或 560）：古希腊著名的女抒情诗人，写过大量情诗、婚歌、颂神诗、铭辞等，尤以情诗著称。

② 提洛：希腊基克拉泽斯群岛中的一个岛屿，在希腊神话中，它是女神勒托的居住地，在这里她生育了太阳神阿波罗和月亮女神阿耳忒弥斯。飞布：太阳神阿波罗的别称，"飞布"系沿用马君武的译法，另有多种译法。

③ 西奥：指希腊的西奥岛（Chio），古称 Scio，相传是古希腊著名诗人荷马的出生地。德安：古希腊一地名，相传是古希腊著名诗人阿那克瑞翁出生地。这两个地名在此借指两位大诗人荷马与阿那克瑞翁。

④ "福岛仙地"：相传为古希腊英雄死后归隐的西洋（Western Ocean）极乐之地。

⑤ 马城：即希腊名城马拉松。公元前 490 年，波斯国王大流士一世亲率波斯军队入侵希腊，在雅典城东北 60 公里的马拉松平原登陆。雅典军队在米太亚得将军的指挥下，以少胜多，大败波斯军。这次战役波斯军队死亡达 6400 人，而希腊只牺牲 192 人。

A king sate on the rocky brow	帝王安坐高崖眉端，^①
Which looks o'er sea-born Salamis;	俯瞰萨都浴浪海滨；^②
And ships, by thousands, lay below,	海面密布千帆战船，
And men in nations;—all were his!	列国兵士唯命是尊！
He counted them at break of day—	破晓点兵万千气派——
And when the sun set where were they?	日落时分魂兮何在？

A king sate on the rocky brow
　Which looks o'er sea-born Salamis;
And ships, by thousands, lay below,
　And men in nations;—all were his!
He counted them at break of day—
And when the sun set where were they?

帝王安坐高崖眉端，①
　俯瞰萨都浴浪海滨；②
海面密布千帆战船，
　列国兵士唯命是尊！
破晓点兵万千气派——
日落时分魂兮何在？

And where are they? and where art thou,
　My country? On thy voiceless shore
The heroic lay is tuneless now—
　The heroic bosom beats no more!
And must thy lyre, so long divine,
Degenerate into hands like mine?

魂兮何在？故国何方？
　海岸延绵悄无声息，
英雄诗行无人吟唱——③
　英雄情怀不再奋激！
琴瑟天籁妙音悠久，
岂能落入我等拙手？

'T is something, in the dearth of fame,
　Though link'd among a fetter'd race,
To feel at least a patriot's shame,
　Even as I sing, suffuse my face;
For what is left the poet here?
For Greeks a blush—for Greece a tear.

旧时荣耀今已湮散，
　族运衰落镣铐加身，
志士蒙羞其情何堪，
　长歌当哭难解羞恨；
诗人至此能有何为？
为民赧颜为国垂泪。

---

① 帝王：指波斯国王薛西斯一世（Xerxes；约前519—前465），又译泽克西斯一世或泽尔士一世（前485—前465在位），大流士一世之子。公元前480年，率大军侵入希腊。萨拉米斯海战时，志在必得的薛西斯把指挥权交给下属，自己登高观战。

② 萨都：即萨拉米斯城，古代塞浦路斯东海岸的一个重要城邦。著名的萨拉米斯海战就发生在这里的萨拉米斯湾。此役波斯国王薛西斯率大军数十万、战船逾千艘，而希腊海军却只有三百多艘，但在萨拉米斯海战中，他们以少胜多，设计诱敌，不到一天几乎全歼波斯海军。

③ 英雄诗行：西方的一种诗体，因多用以歌颂英雄，故名。

Must we but weep o'er days more blest?

　　Must we but blush?—Our fathers bled.

Earth! render back from out thy breast

　　A remnant of our Spartan dead!

Of the three hundred grant but three,

To make a new Thermopylae!

What, silent still? and silent all?

　　Ah! no;—the voices of the dead

Sound like a distant torrent's fall,

　　And answer, 'Let one living head,

But one arise,—we come, we come!'

'T is but the living who are dumb.

In vain—in vain: strike other chords;

　　Fill high the cup with Samian wine!

Leave battles to the Turkish hordes,

　　And shed the blood of Scio's vine!

Hark! rising to the ignoble call—

How answers each bold Bacchanal!

泪眼安挽旧时风采？

　　赧颜安去父辈血污？

大地！请你敞开胸怀，

　　还我几员斯巴勇卒！　①

三百壮士若返三员，

定当再战决胜温泉！　②

沉默依然？沉默浑然？

　　但闻英灵呐喊阵阵，

声如远方瀑布飞溅，

　　"尔等生者只需一人

登高一呼，——我等来也！"

怎奈活人漠然不屑。

也罢——也罢：另换调门；

　　杯中斟满萨幕美酒！　③

任凭土军豕突狼奔，　④

　　西奥葡酒如血横流！　⑤

且听一声酒肉号令——

人人争先个个响应！

---

① 斯巴勇卒：指希波战争时镇守温泉关的 300 名斯巴达士兵，他们与百倍于己的侵略者展
开血战，最后全军覆没。
② 温泉：指温泉关，位于希腊的中东部。公元前 480 年波斯大军入侵希腊时在此发生了一
场号称是人类史上最残酷的战争。
③ 萨幕美酒：指产于希腊萨幕斯的一种葡萄酒。
④ 土军：指土耳其军队。
⑤ 西奥：即上文提到的荷马出生地，此地盛产葡萄酒。

You have the Pyrrhic dance as yet,	皮军战舞代代相袭，[①]
Where is the Pyrrhic phalanx gone?	皮军战阵不知所终。[②]
Of two such lessons, why forget	二者为何只存其一？
The nobler and the manlier one?	胸无大志取轻忘重。
You have the letters Cadmus gave—	君有卡王亲授文字——[③]
Think ye he meant them for a slave?	岂可传于奴仆佣侍？

Fill high the bowl with Samian wine!	碗中斟满萨幕美酒！
We will not think of themes like these!	我等何必为此神伤！
It made Anacreon's song divine:	对酒当歌阿翁不朽；[④]
He served—but served Polycrates—	诗圣竟也屈尊波王[⑤]
A tyrant; but our masters then	彼时暴君虽为恶主
Were still, at least, our countrymen.	毕竟同胞血脉相属。

The tyrant of the Chersonese	切国暴君所向披靡，[⑥]
Was freedom's best and bravest friend;	捍卫自由英勇无畏；
That tyrant was Miltiades!	此君米氏人所共知！[⑦]
O! that the present hour would lend	今日若展堂堂神威

① 皮军战舞：即皮洛士战舞，古希腊流传下来的一种模拟格斗的舞蹈，两人手执兵器以搏斗方式对跳。
② 皮军战阵：为希腊著名将领皮洛士所创的步兵长矛盾牌方阵，亦称马其顿方阵，平原作战时几乎所向无敌。
③ 卡王：指卡德摩斯，希腊神话中的一位皇帝，以英勇著称，传说是他建立了古希腊重镇底比斯，故亦称底比斯王，他把腓立基字母传至当地，后而演化为希腊字母。
④ 阿翁：指古希腊著名诗人阿那克瑞翁（公元前563？—前478）。
⑤ 波王：指波利克拉特斯（或译波利拉底），古希腊萨摩斯岛的著名僭主，大约前538年开始统治，前522年去世。曾在东爱琴海上建立霸权控制爱奥尼亚群岛和大陆的城镇。他在位时，除提高萨摩斯的政治地位和发展商业之外，还提倡文艺，诗人阿那克瑞翁住在他的宫廷。
⑥ 切国：指欧洲古时色雷斯小国切索尼。
⑦ 米氏：指米提亚德，希腊著名军事家，马拉松战役雅典军队的总指挥，率部以少胜多，取得马拉松大捷。他早年曾以铁腕治理过切索尼。

Another despot of the kind!	当借雄主凛然气概！
Such chains as his were sure to bind.	锁链祭出同仇敌忾。

Fill high the bowl with Samian wine!	碗中斟满萨幕美酒！
On Suli's rock, and Parga's shore,	苏里之岩，帕加之滨，①
Exists the remnant of a line	壮士子孙一脉尚留，
Such as the Doric mothers bore;	忠勇无愧英雄母亲；②
And there, perhaps, some seed is sown,	力神或已在此播种，③
The Heracleidan blood might own.	生生不息勇者血统。

Trust not for freedom to the Franks—	法王沉湎买进卖出——④
They have a king who buys and sells;	自由事大莫信法国；⑤
In native swords, and native ranks,	国之利剑国之军卒，
The only hope of courage dwells;	勇气可嘉堪当重托；
But Turkish force, and Latin fraud,	拉丁狡诈土军兵强，⑥
Would break your shield, however broad.	军盾再宽亦难抵挡。

Fill high the bowl with Samian wine!	碗中斟满萨幕美酒！
Our virgins dance beneath the shade—	少女树下舞姿翩翩——

---

① 苏里：古时为爱琴海伊庇鲁斯地区一地名，今为希腊西部和阿尔巴利亚南部。该地山民以彪悍著称，在土耳其统治时期，曾长期坚持抵抗。帕加：古时为爱琴海伊庇鲁斯地区一海滨城市，位于希腊西北部。

② 英雄母亲：原文为 Doric mothers，直译为"多利安母亲"，指斯巴达勇士的母亲。因斯巴达城邦为多利安（Dorians）人所建，故"多利安"与"斯巴达"同义。

③ 力神：指希腊神话中的大力神赫拉克勒斯的后代。

④ 法王：指法兰克国王。法兰克人（Franks）系日耳曼人的一支，公元6世纪攻克高卢后，控制西欧大部分达数百年之久，因此法兰克人也泛指西欧人。"法兰克人"原意为"自由人"。

⑤ 法国：指法兰克国。见注④。

⑥ 拉丁：指拉丁人，在此指法国人，亦可联想到罗马人，进而联想到西欧。

I see their glorious black eyes shine;	黑眸华光流转幽幽；
But gazing on each glowing maid,	眼望丽人浮想万千，
My own the burning tear-drop laves,	热泪浴面黯然而泣，
To think such breasts must suckle slaves	美乳岂能哺育奴隶。

Place me on Sunium's marbled steep,	置身苏岬云石之巅，[①]
Where nothing, save the waves and I,	万物不存唯我与浪，
May hear our mutual murmurs sweep;	但听絮语喃喃耳边；
There, swan-like, let me sing and die:	我效天鹅歌尽而亡：
A land of slaves shall ne'er be mine—	奴隶之土不属我辈——
Dash down yon cup of Samian wine!	宁可砸碎萨幕酒杯！

以上是笔者用"以逗代步"的方法重译了"The Isles of Greece"，译文发表在了《译林》2014年的第5期上，受到了诗歌研究专家的好评（见张广奎、邓婕，2018：65-69）。

二、重译《西风颂》

用以逗代步的方式翻译的《希腊群岛》，读起来可能感觉会有点像诗经的节奏，因为大部分诗行是"四四式"的。但如果原文是抑扬格五音步的，用以逗代步的方法来译，译文势必会形成五逗十字的诗行，效果会怎样呢？

其实，在西方格律诗中，五音步的诗是最多的，因为西方格律诗中的经典十四行诗，主要就是五音步的。我们不妨以大名鼎鼎的"Ode to the West Wind"为例，来探讨一下"以逗代步"在五音步格

---

① 苏岬：指雅典半岛极南角的苏纽姆海岬。

律诗翻译中的应用。

"Ode to the West Wind"系英国著名浪漫主义诗人雪莱的名作，写于 1819 年。当时诗人正浪迹于意大利佛罗伦萨附近的亚诺河畔，忽见西风乍起，有感而发，遂成千古绝唱。

该诗由五章构成，每章是一首十四行诗，这是一种比较特别的十四行诗，叫三韵体（tersa rima），由四组三行诗（tersets）和结尾一组两行诗构成，韵式是 aba bcb cdc ded ee，此种韵式的特点是环环相扣，藕断丝连，回响不绝。意大利著名诗人但丁特别擅长这种诗体。雪莱在意大利用这种体写诗，也有对但丁表示敬意的意思。

原诗的节奏结构是抑扬格五音步，这是十四行诗的主要格式，但其中也有几行是 11 个音节，甚至还有一行是 12 个音节。从英语诗律学的角度看，格律诗多一个少一个音节，甚至多一个少一个音步，是很正常的节奏变体，往往不影响主体音步的计算。英语格律诗的分析基本上是以主要格律为依据，其主体音步基本上都是抑扬格的，即一个轻音和一个重音构成一个音步。个别出格的地方总会找到办法或理由让其顺着主要格律来做解读。因此，就此诗的翻译而言，由于节奏变体在原诗中不是规律性的出现，因此翻译时就没有给予这些诗行以相应的体现，还是按以逗代步的方式来统一体现。

除了节奏变体之外，这首诗的韵式中也出现了一些押韵变体。最突出的是最后一组两行诗的韵脚：Wind——behind。这是西方诗歌中特有的一种押韵方式，叫眼韵。顾名思义，也就是看着像押韵，但读起来韵音并不相同。就此例而言，若要在译文中体现，其实也不难，译成"……风哦，/ 冬天来了，春天还会远吗？"也不是不可以。汉语诗中虽没有眼韵的押韵传统，但"哦"和"吗"倒是具有视觉效果相近（口字边）和句法功能相同（语气助词）的特征，用来体现英语的眼韵，倒是一个不错的选择，只是考虑到汉语读者对于押韵的期待心理，同时考虑到英语诗中的眼韵也往往是为了最大限度地体现主体韵式的需要，故在翻译时还是采用了常规的押韵方式来体现。

　　原诗之中还用了大量的修辞格，尤其是比喻，用得特别多，仅比喻词 like 就用了八次。英语比喻词远不如汉语丰富，主要就两个 like、as，另外还有几个带 as 的组合，如 as if、as though。笔者在翻译时，没有刻意用汉语丰富多彩的比喻词去做美化。以明喻为例，译文用了八个"就像"，以体现原文由 like 构成的一个明喻链。从语篇的高度看，此类重复具有文体建构的重要意义，它可以视为作者的一种文体偏好，也可以视为作者为了营造某种特殊的效果而有意留下的语言痕迹。不过有些利用语言本身特征去建构的修辞格，则极难在翻译中体现，最突出的是"头韵"。例如，该诗伊始就"呜呜"地刮起了"西风"：wild West Wind；诗中还有"嘶嘶"的气流快速流动的声音：skiey speed / Scarce seem'd。对此，译者只能望"音"兴叹了。语音和语形的重复可以产生前景化的修辞和文体效果，语义的重复也同样可以造成前景化的效果，如该诗对于"枯叶"这个意象的营造就采用了同义重复的修辞手段，用了三个不同的形容词来描写这一意象。这三个词分别是：dead、decaying、withered（leaves），不可否认，这三个词语与"叶"搭配，都可以译成"枯叶"，但文体学则认为，意思相同或相近但用词不同的表达方式，其文体价值是不同的。就此诗而言，这三个形容词的使用，除了其他潜在的解读之外（如词语成色的丰富性等等），对笔者来说，有一点体验是很明显的，即这三个形容词实际上是从三个不同的侧面来描写"枯叶"的形态。因此，笔者在翻译这三个组合时不敢怠慢，也分别采用了不同的偏正组合，即"死叶""朽叶"和"枯叶"。

　　胡适认为，好诗只要有思想有情感就可以了，不必纠结什么形式，用什么格律。对此，笔者不敢苟同，以这首"Ode to the West Wind"为例，此诗之所以在世界诗坛独放异彩，并非仅仅是有思想有情感，更重要的是这思想和这情感是被诗的形式完美地体现出来的。如果这首诗是用散文体写的，它也绝无可能大放异彩于诗坛。正是由于这首诗强烈的节奏感（由均齐的音步节奏来体现）和丰富的联想性（由大量的比喻和借代来体现），才使得这首诗所携带的思想和情感得到了最大的宣泄，也才使这首诗具有了感人至深的思想、情感和声音冲击力和穿透力。同理，如果我们在翻译中不把这些使思想情感变成艺术的精美以艺术的形式体现出来，那么从艺术的角度看，就是有缺陷的。以往这首诗的翻译，虽然已经有了多个杰出的译本，但也有瑜不掩瑕的地方，那就是节奏的体现还不够到位，主要是因为大家用的是散体来翻译，因而没有把原文以双音节音步建构的均齐节奏感体现出来，此次重译就是要在节奏上进一步接近原诗，希望这节奏的加入能把这首名诗的诗意进一步地提炼出来。

以下拟用"以逗代步"的方法重译该诗：

Ode to the West Wind

Percy Bysshe Shelley

西 风 颂

王东风 译

I

1

O wild West Wind, thou breath of Autumn's being,	风啊，狂野西风，秋之呼吸，
Thou, from whose unseen presence the leaves dead	你虽无形，却把死叶横扫，
Are driven, like ghosts from an enchanter fleeing,	就像鬼魅遭遇巫师驱离，
Yellow, and black, and pale, and hectic red,	黄黑，苍白，潮红如患肺痨，
Pestilence-stricken multitudes: O thou,	似蒙灾疫漫天随风飘送：
Who chariotest to their dark wintry bed	你啊，昏暗冬原驾车飞翔，
The wingèd seeds, where they lie cold and low,	撒下草籽花种掩翅待动，
Each like a corpse within its grave, until	潜藏地下就像尸卧寒墓，
Thine azure sister of the Spring shall blow	只待春天妹妹风起碧空，

Her clarion o'er the dreaming earth, and fill　　吹响号角唤醒梦中泥土，

(Driving sweet buds like flocks to feed in air)　（催生甜芽就像羊漫天庭）

With living hues and odours plain and hill:　　活色生香溢满平原山阜：

Wild Spirit, which art moving everywhere;　　狂野精灵，山川大地穿行；

Destroyer and preserver; hear, oh hear!　　毁灭，也在守护；听啊，且听！

II　　　　　　　　　　2

Thou on whose stream, mid the steep sky's commotion,　长天缭乱你的流波翻涌，

Loose clouds like earth's decaying leaves are shed,　浮云散落就像朽叶坠地，

Shook from the tangled boughs of Heaven and Ocean,　是你，把那海天错枝摇动，

Angels of rain and lightning: there are spread　撼落天使裹雨挟电来袭：

On the blue surface of thine aery surge,　　你的蔚蓝气流涌动在天，

Like the bright hair uplifted from the head　暴雨将临云丝随风游逸，

Of some fierce Maenad, even from the dim verge　就像祭酒狂女①隐身天边，

Of the horizon to the zenith's height,　　昏暗之中凭高九霄之最，

The locks of the approaching storm. Thou dirge　撩起额前秀发如飘若翩。

Of the dying year, to which this closing night　你是挽歌诀别濒死旧岁，

Will be the dome of a vast sepulchre,　　年末长夜筑就大墓穹顶，

Vaulted with all thy congregated might　你的万钧之力在此际会，

Of vapours, from whose solid atmosphere　水汽积聚，大气浑然如凝

Black rain, and fire, and hail will burst: oh hear!　引爆黑雨、火焰、冰雹：且听！

---

① 祭酒狂女，英文是 Maenad，指古希腊神话中酒神狄俄尼索斯（Dionysus）的侍酒女祭司，
鹿装藤冠，长发飘逸，以狂放著称。

III	**3**
Thou who didst waken from his summer dreams	是你，唤醒蓝色地中海水，
The blue Mediterranean, where he lay,	不再安然入眠沉酣夏梦，
Lull'd by the coil of his crystalline streams,	拥着汩汩清流长卧不起，
Beside a pumice isle in Baiae's bay,	在那浮石岛旁巴亚湾^①中，
And saw in sleep old palaces and towers	梦里恍见旧时宫宇楼阁，
Quivering within the wave's intenser day,	丽日清波之下悠悠颤动，
All overgrown with azure moss and flowers	覆满碧苔开满鲜花朵朵，
So sweet, the sense faints picturing them! Thou	芬芳无比感官难以描述！
For whose path the Atlantic's level powers	西洋神威乍起斩浪劈波，
Cleave themselves into chasms, while far below	分开浩淼海水为你让路，
The sea-blooms and the oozy woods which wear	霍然露出海底憧憧花影，
The sapless foliage of the ocean, know	泥中森林枝叶精气全无，
Thy voice, and suddenly grow gray with fear,	听到你的声音失色震惊，
And tremble and despoil themselves: oh hear!	颤然之间凋败萎顿：且听！
IV	**4**
If I were a dead leaf thou mightest bear;	假如我是死叶被你吹起；
If I were a swift cloud to fly with thee;	假如我是流云与你同游；
A wave to pant beneath thy power, and share	假如我是波浪借你神力，
The impulse of thy strength, only less free	有了你的气势，只是没有
Than thou, O uncontrollable! If even	你的自由，你的无拘无束！

---

① 巴亚海湾，位于意大利那不勒斯附近，维苏威火山爆发时，大量因燃烧而中空的火山石落入湾中，形成浮石岛。

I were as in my boyhood, and could be	假如我还年少，我会携手
The comrade of thy wanderings over Heaven,	与你相伴一同长空漫步，
As then, when to outstrip thy skiey speed	那时年轻气盛勇往直前，
Scarce seem'd a vision; I would ne'er have striven	敢于上天与你飙风竞速；
As thus with thee in prayer in my sore need.	何至如今只能向你乞怜，
Oh, lift me as a wave, a leaf, a cloud!	吹起我吧，像浪、像叶、像云！
I fall upon the thorns of life! I bleed!	终落生活棘丛！头破血溅！
A heavy weight of hours has chain'd and bow'd	我本如你：敏快、桀骜、不驯，
One too like thee: tameless, and swift, and proud.	怎奈岁月锁链压弯躯身

V

5

Make me thy lyre, even as the forest is:	把我当作你的竖琴弹拨：
What if my leaves are falling like its own!	抚弦弄乐就像风掠莽林，
The tumult of thy mighty harmonies	撩落残叶几许又能若何！
Will take from both a deep, autumnal tone,	你的宏大合奏喧嚣深沉，
Sweet though in sadness. Be thou, Spirit fierce,	秋音袅袅忧伤而又甜蜜。
My spirit! Be thou me, impetuous one!	你啊，暴烈精灵，我的天神！
Drive my dead thoughts over the universe	你我交融，必当所向披靡！
Like wither'd leaves to quicken a new birth!	就像横扫枯叶催发新生，
And, by the incantation of this verse,	把我僵死观念扫落大地！
Scatter, as from an unextinguish'd hearth	有如吹开炉中灰烬火星，
Ashes and sparks, my words among mankind!	把我诗中咒语传遍万家！
Be through my lips to unawaken'd earth	苍茫大地仍在沉睡不醒，

The trumpet of a prophecy! O Wind,   让我吹响预言之号！风啊，

If Winter comes, can Spring be far behind?   冬天来了，春天还会远吗？

（雪莱，2012：168-174）（王东风，2014b：21-23）

* 本章作为本项目的阶段性成果以"以逗代步找回丢失的节奏——从 The Isles of Greece 重译看英诗格律可译性理据""《希腊群岛》重译记"和"《西风颂》译后记"为题分别发表于《外语教学与研究》2014 年第 6 期、《译林》2014 年第 5 期和 2015 年第 3 期。成书时略有改动。

第三章　调子的翻译：以平仄代抑扬

小引：诗歌翻译研究中的一个盲区

俗话说"得陇望蜀"。本以为能用"以逗代步"重译《希腊群岛》和《西风颂》就已经实现了卞之琳等老一辈对西诗汉译的愿景，走到了诗歌翻译的极限，但真的走到这一步时才发现这还不是终点。这就像是登山，本以为眼前的山峰是最高的，登顶之后才发现山外还有山，于是便有了新的、更高的目标。

前面提到，英语诗歌格律的元素之中除了拍律之外，还有声律，而无论是"以顿代步"，还是"以逗代步"，实际上解决的只是拍律问题，声律问题还完全没有涉及。于是，新的研究问题就被提出来了：汉语是否可以像英语移植希腊语和拉丁语的节奏那样，有效地移植包括声律在内的英诗节奏？

构成诗歌节奏的密码有二：一是拍律，二是声律。所谓声律，即节奏单位内的声音变化的规律。拍律关乎节奏的时值，声律则关乎节奏的调值，这是英汉诗歌格律中的一个必不可少的核心元素。诗歌的节奏与音乐的节奏一样，每个节奏单位都是既有节拍的重复，也有声调的重复。英语律诗的声律来自于音的轻重（抑扬），而汉诗的声律则来自于调的变化（平仄）。诗歌翻译界一直以来的主流译法是"以顿代步"，但这种方法所要解决的问题实际上只是拍律，完全不考虑声律问题。如果引入声律的视角，"以顿代步"的问题就更加明显了：原文的节奏是拍律和声律二元一体，"以顿代步"则只考虑拍律。

诗歌的声律问题一直以来都没有进入翻译界和翻译学界的视野，毕竟前面还有一个拍律的大山横在那里长久无法逾越，因而有关声律的翻译问题，在实践和理论两方面都处于悬置的状态。这是一个长期以来一直被翻译界避而不译、被翻译学界避而不谈的问题。

诗歌的节奏可以产生音乐美。节奏的构成，除了有节拍之外，还有声调的配合，就像音乐，除了拍子，还有调子。没有调子的拍子，就是没有配乐的拍子，就像是在有节奏地拍桌子，拍得再有节奏，也不及配上有审美设计的调子动听。格律诗的一个突出的审美特征就是它的音乐性，因此，若想在翻译格律诗时追求音乐美，就不能不考虑节奏之中的声律问题，否则诗歌翻译的音乐性就会有一个重要缺陷。上一章提出的"以逗代步"诗歌翻译方法解决的是诗歌节奏中的拍子的问题，关注的是节奏单位中音节数的对应，或"时值"的等值体现，而本章所要探讨的则是英语律诗节奏中的调子的翻译解决方案，关注的是如何用汉字声调（tone）的变化（平仄）来对应英诗节奏单位的音高（pitch）的变化（抑扬）。这一问题翻译学界一直没有实质性的探讨，实践上也从来没有人对这一明显的格律特征有过自觉的移植性努力。

诗歌之所以不同于散文，是因为诗歌与散文有着明显的形式区分，尤其是在格律诗时代，这一区分格外明显。只是在自由诗横空出世之后，自由诗与散文的区分才有了模糊不清的边界。不过，就在自由诗与散文之间出现边界模糊的时候，自由诗与格律诗之间的边界却变得清晰可见了，二者的区分就如同格律诗与散文之间的差别一样，前者有工整的节奏，后者没有。

就格律诗翻译而论，准确的诗学体现理应是在尽可能保全原文思想的前提下，尽可能地体现原文的格律特征。这一点对于跨语跨文化的诗歌交流来说，至关重要，因为唯其如此，才可以让目标文化的读者体验到异国他乡的诗人是如何用语言来创造艺术，如何让语言合上音乐的天籁。

五四新诗运动至今，已经百年有余，格律诗翻译在诗体上的唯一一个历史遗留问题就是节奏的翻译。英语格律诗以双音节音步为主，其中又以抑扬格为基调。以往的解决方案是"以顿代步"，但从诗学的角度看，这种音节数不整、组合方式没有规律的节奏单位，因无律可寻，并不符合西方律诗的节奏特征；从乐理的角度看，"以顿代步"中的"顿"的"时值"不稳定，长短不一，而英诗中的"步"（音步）则主要是双音节，时值是大体稳定的，长短基本一致，在诗行中是有规律的组合，因此上一章提出"以逗代步"的方式作为"以顿代步"的升级版，提出用时值等长的节奏单位"逗"来对应原文的音步，原则上是以二字逗对双音节音步，以三字逗对三音节音步，基本上解决了"以顿代步"所遗留下来的时值不对应的问题。

但是，无论是英语律诗的节奏，还是汉语律诗的节奏，其诗学结构并非只是节拍的简单组合，除此而外，还有声调的配合，可见，声律的翻译应该是英诗汉译的最后一个未攻克的堡垒了，翻译界和翻译学界对此问题一直保持沉默，说明这是英诗汉译的一个盲区，抑或是一个刻意回避的禁区。本章拟对这一问题展开专题研究，目的是抛砖引玉，以揭开笼罩在这一禁区上面的神秘面纱。

一、英汉诗歌节奏的结构比较

诗与音乐有关，无论是英诗，还是汉诗；而诗与音乐最大的共同之处，实际上就是节奏。音乐本身可以没有押韵，可以没有比喻，也可以没有语言，但不可以没有节奏；而音乐的节奏从来就不是单纯的拍子，而是节拍之中另有调子的配合。诗歌也是如此，只是拍子和调子的变化没有音乐那么丰富多彩、变化多端而已。

英语律诗的节奏一方面是由音节组成的拍子，即拍律，另一方面是由轻重音组成的调子，即声律；拍子与调子组合而成的节奏单位是"音步"（foot）。律诗的特点就是有"律"。"律"者，规律也。因此，律诗中的拍子和调子，都是有规律的，是可以预知的。但与汉语律诗不同的是，英诗的音步中的音节不一定是单词，也就是说音步不一定是语义单位，因为音步可以跨词合成；而且，绝大多数典型的声律体式是抑扬格，拍子是两拍，调子是轻重，即两个音节，一（拍）轻一（拍）重。布鲁厄（Robert Frederick Brewer）说，"英语诗歌十有八九都是抑扬格"（Brewer，1950：30）。偶尔一些变化，有双音节的，如扬抑格、抑抑格、扬扬格，也有三音节的，如抑扬抑格、扬抑扬格、抑抑扬格和扬扬抑格，但所有的变格基本上都可以视为是抑扬格的"节奏变体"，因而基本上都不会影响抑扬格的主旋律，以至于英诗理论对于出格的分析常常迁就抑扬格的主调：一首诗中只要大部分节奏是抑扬格的，那首诗基本上就可以定性为抑扬格的诗了。英语律诗中的音节数以偶数居多，即：抑扬‖抑扬‖抑扬‖抑扬‖/抑扬‖抑扬‖抑扬‖抑扬‖……

必须要指出的是，英诗里的轻重音与自然语言中的轻重音不同，前者按语义轻重和格律需求划分，其重读的音节被称为"节奏重音"（metrical accent），后者按自然轻重区分，其重读的音节是"口语重读"（speech stress）（McAuley，1966：3）。"节奏重音"是建立在"口语重读"基础上的，只是在格律分析时，个别地方如果按"口语重读"来分析格律会违背声律规则，就按"节奏重音"的方式来顺应声律的规则要求。这种规则汉语的诗歌理论中也有，王力就曾区分了"声律单位"和"意义单位"（王力，2001：134），并指出"节奏单位和语法结构的一致性也不能绝对化，有些特殊情况是不能用这个方式来概括的"（王力，2001：136）。如《诗经》中的"关关雎鸠，在河之洲"，按语法结构切分，是"关关‖雎鸠‖，在‖河之洲‖"，但按节奏单位来切分就成了"关关‖雎鸠‖，在河‖之洲‖"。

汉语律诗的节奏也同样由拍律和声律两个元素组成，一个节奏单位为一个"逗"（自由诗的节奏单位习惯上用"顿"这个术语）。逗也是由音节（即字）组成，但组成的逗大多是音组或意组；也就是说绝大多数逗是相对独立的语义单位，即词组；近体诗的拍律是上二下三（五律）或二二三（七律）。但王力提出另一种区分方法是：五言或七言诗的最后一个字"单独成为一个节奏单位"。（王力，2001：133）

与拍律相得益彰的是声律，声律由声调的变化组合而成；典型的声律体式是平仄律，基本单位也是二分式，但与英诗的抑扬律不同的是，在对格律要求最严谨的汉语近体诗中，平仄律基本上呈现两音一变，对句交错；且每逗内两个音节一般没有平仄音差的对比，平仄声是趋同配对，交替推进，对句交错，诗行的音节数主要是奇数。如七律的典型声律是：平平仄仄平平仄／仄仄平平仄仄平……，最后一个节奏单位一般认为是三字逗，所谓二二三式，但王力认为最后一个字是一个单独的节奏单位，即二二二一式。但不管是哪一种区分方式，二字逗无疑是汉语律诗的主要节奏单位。比较一下英汉律诗节奏单元的结构：

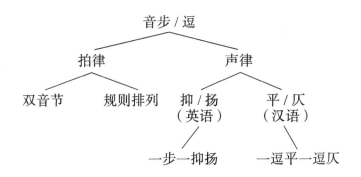

可见，英汉律诗的节奏结构具有明显的可比性，二者是有同有异。同的方面：首先是拍律，英汉拍律结构是基本相同的，基本节奏都是双音节式；其次是声律构件的二元化——英诗的抑与扬，汉诗的平与仄——抑扬成步（音步），平仄成逗（音顿），既有音节的规律性

排列，又有声调的回环性配合。不同的是声律在微观层面上的细节：英语抑扬格是整齐排列，顺势推进，音步之内有调值变化；而汉语近体诗的格律在声律的建构上与英诗最大的差异是汉语有四声，分平仄两种，节奏按调的变化来组合，调值变化多在逗与逗之间，而不在逗内，但也有一三五不论，二四六分明的中国式"节奏变体"。

英汉律诗在节奏的建构上，严格程度也有很大的不同。英诗格律对节奏的要求要远比汉语近体诗宽松。近体诗的节奏建构在理论上差不多不允许有出格，如"失粘"，但也有一三五不论，二四六分明的变通规则。而英语格律要求最严谨的十四行诗，在节奏的建构上差不多只要满足绝大部分是抑扬格就行了，理论上会有一长串"节奏变体"规则为出格来做开脱。对英语律诗来说，一行多一个音节少一个音节，甚至多一个音步少一个音步，那根本就不是事儿，但对于近体诗而言，一行多一个字少一个字，那可是岂有此理、贻笑大方的天大的事。

以上对比表明，抑扬和平仄只要按诗律进行组合就可以建构节奏，发挥诗学功能（poetic function），这也正是英诗汉译中声律形式对应的理论条件，如此，声律的翻译转换才具有音韵学和诗学的理据。因此，从理论上讲，声律的翻译对应可以采用以平对抑、以仄对扬的方法，反之亦可，即以仄代抑，或平代扬，我们称这一方法为"以平仄代抑扬"，简称"平仄化"。毫无疑问，这种对应只是功能上的，绝对不是语音上的等同，而是语音上的模拟。当初著名的诗歌翻译家同时也是著名的语音学家刘半农就是因为汉语和外语在语音上的不同而放弃了在声律翻译上的努力。他说：

声调是绝对不能迁移的东西：它不但是一种语言所专有，而且是一种方言所专有。所以 Thakkur（Tagore）[①] 把他自己的诗，

---

① 即泰戈尔。

从孟加拉语译作英语，他也不能把孟加拉语的声调，移到英语里来：我们要知道他的诗的声调上的真美，除非请一个孟加拉人来按着原本吟诵（Chant），或依了孟加拉的语音，合着 Thakkur 自己所编的曲谱唱。（1927b：364）

可能正是这种语音绝对论的观点导致了诗歌翻译界一直对诗歌翻译中的声律问题没有做进一步的探讨。其实，只要从功能的角度看这个问题，我们就不会那么想不开了：英诗格律通过声调的规律性变化来建构声律，汉诗格律也是通过声调的规律性变化来建构声律，足见二者的声律建构机制是相同的，不同的只是语音构筑材料和审美习惯。因此，抑扬与平仄，在理论上讲，存在着功能等值的理据。以平仄代抑扬，本来求的就是诗学功能或效果上的对应，完全不是语音上的等同。

然而，这样的对应，理论上讲讲可能比较容易，但实践上的操作，则一定会遇到很多问题和困难，比如说，在英诗汉译中实现平仄化的可能性就远比在汉诗英译中实现抑扬化的可能性要大得多，但本章主要探讨英诗汉译的声律对应，汉诗英译的形式对应问题不在本章的考虑范围之内。

二、英诗汉译的声律对应策略：以平仄代抑扬

根据以上对比，我们可以推导出英诗汉译格律转换的对应方法，即"平仄化"。胡适就曾说过，英诗的抑扬格就相当于汉语的"平仄调"（胡适，1991a：24）。对应潜式为"以平仄代抑扬"，或"以仄平代抑扬"。之所以有两个变体，是因为平仄所体现的调的起伏和抑扬格所体现的音的轻重没有多少语音上的可比性。二者的可比性在于其功能，即平仄和抑扬在声律建构上所起的作用。二者都是诗歌节奏的

建筑构件，都是在节奏建构的机制上利用音差的规律性变化，因此两种模式都是适用的。因此，无论是"以平仄代抑扬"，还是"以仄平代抑扬"，都可以在一定程度上反映出由声调的变化而形成的节奏效果，理论上讲，都可以用来体现原文的节奏，但具体采用哪种体式，在实际翻译中，则要视具体语境中译文的语言条件而定：如果译文所形成的大多数节奏单元都是平仄式的，那就以平仄来代抑扬；反之，就用仄平来代抑扬。

节奏对应模型是：

原诗：抑扬｜抑扬｜抑扬｜抑扬｜

译诗：平仄｜平仄｜平仄｜平仄｜

或：仄平｜仄平｜仄平｜仄平｜

这就是"平仄化"对应抑扬格的概念模型。但相比较"以逗代步"的方法，这种"以平仄代抑扬"的方法要难得多，说是语言的一种极限运动也不为过。如果所有的抑扬格诗行都要这么翻译的话，像96行的"The Isles of Greece"估计要经历极长时间的纠结与痛苦才有可能译得出来，但也很可能会译不下去。而如果是要译这首诗所在的那厚厚的大部头 *Don Juan*（《唐璜》），一个译者穷其一生可能也无法译得出来。

如此说来，是不是这种"平仄化"的译法就不具有可行性了呢？

上文提到，英语律诗在声律建构上有一个特点：宽松；只要一首诗的大部分音步是抑扬格的，那首诗的格律就算是抑扬格的。仍以"The Isles of Greece"为例，该诗的第一节确实十分严谨，一个抑扬走到底，一点也不含糊，但并非全诗都是这样。麦考利（James McAuley）就说过："一成不变的规律并不是英诗所追求的理想。"（1966：14）出格在汉语律诗中也比较常见，号称格律严谨的近体诗中就经常出现出格犯拗的现象，只是宋代以后的诗论家比较苛刻，才认为这是瑕疵，但实际上有很多著名诗人（如李白、杜甫等）的笔下都会有这种瑕疵。其实，太严苛了，也就不容易写出好诗了，因此即便是要求严格的近体诗，也还有"一三五不论，二四六分明"的出格许可证。

与近体诗论严于律己的态度相比，英语诗歌理论对于声律则采取了一种宽容的立场，这实际上为"平仄化"的翻译方法放开了可行性的限度。有鉴于此，"平仄化"的方法在使用时原则上只要满足绝大部分的节奏单位是"二字逗＋平仄／仄平"的条件就可以了，没有必要一个平仄走到底。

随机以"The Isles of Greece"的最后一节为例。我们先看看卞之琳的"以顿代步"法的译文和笔者的"以逗代步"法的译文：

	顿代化译文	逗代化译文
Place me on Sunium's marbled steep,	让我登|苏纽姆|大理石|悬崖|，	置身|苏岬|云石|之巅|，
Where nothing, save the waves and I,	那里|就只有|海浪|与我|	万物|不存|唯我|与浪|，
May hear our mutual murmurs sweep;	听得见|我们|展开了|对白|；	但听|絮语|喃喃|耳边|；
There, swan-like, let me sing and die:	让我|去歌唱|而死亡|，像天鹅|：	我效|天鹅|歌尽|而亡|：
A land of slaves shall ne'er be mine—	奴隶国|不能是|我的|家乡|——	奴隶|之土|不属|我辈|——
Dash down yon cup of Samian wine!	摔掉|那一杯|萨摩斯|佳酿|！	宁可|砸碎|萨幕|酒杯|！
	（卞之琳，1996）	

　　试在"以逗代步"译文的基础之上，以略带出格的平仄化译出，
出格部分用粗体标示：

　　　　　置我苏岬 ① **云石**之顶！
　　　　　　天地空杳唯我与浪，
　　　　　波涌随我低语相应；
　　　　　　甘效鹊鸣歌尽而丧：
　　　　　奴隶之土非属**我辈**——
　　　　　扬手砸碎沙面 ② **酒杯**！

　　以上这节译文中，只有三处出格，即"云石""我辈"和"酒
杯"。其实，再努力一下，做到完全平仄化也不是不可能，但既然英
语格律诗对抑扬的要求并非那么绝对；按英诗理论，这三处"出格"
都可以按"节奏变体"中的"替代式"（substitution）论处，即用
不同类型的节奏单元替代基本节奏中的某一节奏单元（见 McAuley,
1966：15-18）。因此，我们在汉译时也就没有必要把自己逼得太死。
毕竟，绝对平仄化的难度太大，如果连一点出格的空间都不允许，那
很可能也就无人能及了。而且，五四新文化运动后的白话文不再有入
声，中国新诗也已不再用平仄来写诗，当代中国人对于平仄已经没有
古代人那么敏感了，再加上一逗一平仄的"平仄化"格律本来就不是
中国人的诗歌审美记忆，因此，就节奏的翻译而言，拍律的乐感显示
度并不比声律有明显逊色，而且可操作性更高；这也就是说，英语律
诗的汉译，如果能在逗代化的基础上，更上一层楼，让译文的大多数
节奏单位都能实现平仄化，无论是从理论还是从实践上讲，就都已经

---

① 苏岬：指雅典半岛极南角的苏纽姆海岬。
② 沙面：指希腊 Samos 岛上生产的"沙面酒"（Samian wine）。

达到了最优化的诗律体现了。

三、诗歌翻译的难度量表

对于诗歌翻译而言，"逗代化"的难度已经不小，因此在"逗代化"基础上还要追求声律对应的"平仄化"，其难度自然更大，即便如上文所说容许一定程度的出格，也仍然极难极难。

为此，我们不妨在诗歌翻译方法的难度量表中把"平仄化"设为最高难度，不同的译者可以根据自己的能力等级在这一难度量表中选择适合自己能力的方法。据此，我们针对原文取向（source oriented）的诗歌翻译方法制定出四个等级的难度量表：

诗歌翻译方法难度量表（原文取向）

诗歌翻译方法	难度等级
平仄化	★★★★★
逗代化	★★★★
顿代化	★★★
自由化	★★

翻译的难度越大，星级越高；星级越高，诗学的保真度也越高。这里之所以还特别区分了"原文取向"，是因为在翻译方法上还存在着一种反向的方法追求，即"译语取向"（target oriented），也就是"本土化"或"归化"的取向。这完全是另一种取向和范畴的译法，与"原文取向"的翻译方法在难度上没有可比性，就不放在一起做比较了。

不同的译者可以根据自己的能力，选择不同星级的方法来从事诗歌翻译。可以试着用十四行诗的翻译来做参照，基本上三首十四行诗的翻译即可以大致测出一个人的诗歌翻译能力等级。比方说，如果能用"平仄化"的方法任意选择三首十四行诗来翻译，成功体现的标志是：平仄化＋语义保真，但平仄化的程度无须做到绝对，大部分对应就可以了。如果成功，即表明你的诗歌翻译能力等级达到了五星级。如果达不到的话，就降到四星的难度再试试，以此下推。

从英语诗歌理论的角度看，格律诗（metrical poetry）的精髓在于节奏，英语格律诗可以不押韵，但不可以没有节奏，如素体诗。英语 metrical poetry 中的 metrical 的词根是 metre，就是指格律诗的节奏。诗歌理论家甚至认为，没有节奏，即不成其为诗。足见节奏在诗歌创作中的重要地位，它是诗歌音乐美的核心元素。

但对于节奏问题，英诗理论家和当代中国诗人似乎有不同的见解。英诗理论家认为，节奏是有规律的音步组合，其特点是"规律性和可预知性"（regularity and predictability）（Fussell，1965：4）。但现当代中国诗人则认为节奏不一定要有规律，所以才有了可长可短无律可寻的"顿"的概念。此外，在现当代中国诗人心目中，节奏没有必要还劳动声调的大驾，汉语律诗以平仄而建格律的传统早已经随着五四时期的新诗运动被丢进了历史的垃圾箱。其实，这是两种不同的节奏：格律诗的节奏和散文的节奏。前者是有规律的、可预知的，后者是没有规律的、不可预知的。诗歌创作的时候，选择格律诗还是自由诗，那是诗人的权力，但诗歌翻译时，译者实际上是没有这个自由的，这应该是翻译的一个基本伦理：不欺骗读者，除非译者坦率地声明他的译文是就用散文体来翻译的，就像英国翻译家朗格翻译古希腊诗人忒奥克里托斯（Theocritus）等人的诗作时，他就直接把"翻译成英文散文"（Rendered into English Prose）（Lang，1880）写在了译作的书名之中。

正是由于中国新诗诗人对节奏的界定与格律诗对节奏的界定有分

歧，但却又没有把这个问题辩明白，所以中国翻译家在翻译西方格律诗时总是在节奏的转换上感到迷茫，抑或盲目自信。在现当代中国诗人以为是受了西方诗歌影响而放弃律诗转攻和专攻自由诗时，没承想西方仍有不少诗人至今还在做十四行诗和英雄偶句体这样的格律诗，仍然离不开抑扬，而且即便是作自由诗，西方诗人也有很多人仍然不忘对抑扬声律的运用。没错，中国现在也还有人在写五绝七律，但平仄玩得很辛苦，且无法形成影响了。

翻译毕竟不比创作。创作时，如果你觉得自由诗好写一些，你可以自由地书写自由诗；但翻译时，如果翻译无格无律的自由诗，用的是无格无律的自由体，毫无疑问，那是得体的译法，但翻译格律诗也仍然用无格无律的自由体，似乎就有问题了吧？有起码诗学意识或文体意识的译者都知道这么做是不得体的。其道理就像是草坪上的标识语 *KEEP OFF GRASS* 不该译成"别靠近草地"而要译成"勿踏草地"一样简单。道理是一个道理，但教学生不要把 *KEEP OFF GRASS* 译成"别靠近草地"而要译成"勿踏草地"的老师在翻译诗歌时，却常常会犯下同样的文体错误。因此在翻译格律诗时，如果对拍律和声律视而不见，见而不译，从理论上讲，也是不得体的翻译行为。

结语

对于诗歌翻译的节奏转换问题，诗歌翻译界一直不怎么敢直视。顶多就在节奏的问题上有过"以顿代步"的讨论，而对节奏中的声律问题则一直避而不谈，仿佛根本就没英语格律诗这东西似的。这种鸵鸟式的遁世方式显然不利于这一问题的探讨和解决，也不是应有的理论态度。

其实，从比较的角度看，英语律诗的节奏元素在汉语格律诗中

并非不存在功能对应体。从卡特福德对可译性的界定上看，既然二者
"在功能上具有相关的情景特征"（Catford，1965：94），那么就说明
英语格律诗中的节奏对汉语来说并不属于不可译的范畴，音形意兼顾
的诗学体现并非遥不可及。

---

* 本章部分内容作为本项目的阶段性成果以"以平仄代抑扬　找回遗落的音美：英诗汉译声
律对策研究"为题发表于《外国语》2019 年第 1 期。成书时有较大修改。

第四章　以平仄代抑扬的可行性验证

上一章论证了节奏的核心元素之一声律的可译性理据，论证表明，英语诗歌节奏中的声律对于汉语来说并非是不可译的元素。但是，理论上的可行并不等于实践上的可操作，需要实践的验证方可把高高在上的理论与实际的翻译联系起来。用"以逗代步"的方法翻译诗歌难度就已经很大了，"以平仄代抑扬"给人的感觉难度会更大。其实，正如上一章所论，根据英语格律诗对节奏的实际使用，"以平仄代抑扬"并不要求所有的节奏单元内都必须是一逗一平仄或一逗一仄平的配置，只要大部分满足这个条件即可。因此，这一方法操作起来难度确实很大，但还不至于达到不可操作的地步。本章将用这一方法再次重译《西风颂》，以验证这一方法的可行性。

一、再译《西风颂》

Ode to the West Wind　　　　　　　　　　**西风颂**

Percy Bysshe Shelley　　　　　　　　　　王东风 译

I　　　　　　　　　　　　一

O wild West Wind, thou breath of Autumn's being,　风啊，狂野西风，秋纵之气，

Thou, from whose unseen presence the leaves dead　形影不见，当把枯叶横扫，

Are driven, like ghosts from an enchanter fleeing, 活像魑魅遭遇巫祝驱离，

Yellow, and black, and pale, and hectic red, 黄色、黑色、白色，红落香杳，

Pestilence-stricken multitudes: O thou, 一片纷若杂杳，灾孽深重，

Who chariotest to their dark wintry bed 啊你，驱赶花籽催翅狂飙

The wingèd seeds, where they lie cold and low, 飞往昏暗冬床，飘落丘垄，

Each like a corpse within its grave, until 藏匿深土，俨若尸卧寒墓，

Thine azure sister of the Spring shall blow 当等你的春妹昂首碧空，

Her clarion o'er the dreaming earth, and fill 吹响螺号惊醒酣梦之土

(Driving sweet buds like flocks to feed in air) （花蕾初绽，浑似羊漫天庭），

With living hues and odours plain and hill: 活色生香，铺满原野山阜：

Wild Spirit, which art moving everywhere; 狂野精灵，天地随你穿行

Destroyer and preserver; hear, oh hear! 夷灭，却也呵护，听啊，且听！

II

二

Thou on whose stream, mid the steep sky's commotion, 天际巍耸之处风起云涌，

Loose clouds like earth's decaying leaves are shed, 是你，摇撼天海缠蔓错枝，

Shook from the tangled boughs of Heaven and Ocean, 云落而碎，形似枯叶飘动，

Angels of rain and lightning: there are spread 疑是雷雨天使：延亘千里，

On the blue surface of thine aery surge, 风染蓝韵如有天纵神遣，

Like the bright hair uplifted from the head

雷暴将至，天上云卷风起，

Of some fierce Maenad, even from the dim verge

浑若司酒狂女身隐天边

Of the horizon to the zenith's height,

昏暗深处高据九霄之最，

The locks of the approaching storm. Thou dirge

撩起额上云发，豪放无限。

Of the dying year, to which this closing night

你是挽歌，哀念濒死旧岁

Will be the dome of a vast sepulchre,

年末长夜犹作陵墓穹顶，

Vaulted with all thy congregated might

飙起狂暴之势于此际会

Of vapours, from whose solid atmosphere

蒸汽积聚，云海浑厚如凝

Black rain, and fire, and hail will burst: oh hear!

引爆黑雨、流火、冰雹：且听!

III

三

Thou who didst waken from his summer dreams

啊你，惊醒蓝色地中海水，

The blue Mediterranean, where he lay,

不再安卧，沉溺长夏之梦，

Lull'd by the coil of his crystalline streams,

听任清流缠绕拥浪而睡，

Beside a pumice isle in Baiae's bay,

身处浮石之岛巴亚湾中

And saw in sleep old palaces and towers

残梦犹见昔日宫宇尖塔

Quivering within the wave's intenser day,

清日洁水之下随波微动，

All overgrown with azure moss and flowers

苔藓青碧，花朵鲜艳姣娜，

So sweet, the sense faints picturing them! Thou

如此芬郁，言语难以描述!

| For whose path the Atlantic's level powers | 西洋辽阔苍溟，凝势而发， |

Cleave themselves into chasms, while far below	撕裂平静洋面为你开路，
The sea-blooms and the oozy woods which wear	洋底深处，海草一片凋零
The sapless foliage of the ocean, know	海树枝叶枯萎，精气全无，

| Thy voice, and suddenly grow gray with fear, | 风吼之厉让其失色震惊， |
| And tremble and despoil themselves: oh hear! | 花在发抖，枝在发怵：且听！ |

IV

四

If I were a dead leaf thou mightest bear;	如果我是枯叶由你吹起；
If I were a swift cloud to fly with thee;	如果我是飞云与你同游；
A wave to pant beneath thy power, and share	如果我是波浪随你神力；

The impulse of thy strength, only less free	分享你的威势，只是没有
Than thou, O uncontrollable! If even	你的潇洒，你的无拘无束！
I were as in my boyhood, and could be	如果我还年少，当会携手

The comrade of thy wanderings over Heaven,	与你同志，一起长空闲步，
As then, when to outstrip thy skiey speed	昔日年少无畏，勇往直前，
Scarce seem'd a vision; I would ne'er have striven	能闯天际与你飙风竞速；

As thus with thee in prayer in my sore need.	何至今日只能向你乞怜，
Oh, lift me as a wave, a leaf, a cloud!	吹起我吧，如浪，如叶，如云！
I fall upon the thorns of life! I bleed!	终落生活辣楚！头破血溅！

A heavy weight of hours has chain'd and bow'd　　　我本如你：轻快、桀骜、难驯，

One too like thee: tameless, and swift, and proud.　　无奈岁月枷锁压垮躯身。

V

五

Make me thy lyre, even as the forest is:　　　　把我权当一把琴瑟弹拨：

What if my leaves are falling like its own!　　　弦鸣音起犹似风掠莽林，

The tumult of thy mighty harmonies　　　　　撩落残叶几许又能若何！

Will take from both a deep, autumnal tone,　　你的宏大合奏嘹唳深沉，

Sweet though in sadness. Be thou, Spirit fierce,　秋瑟萧飒，悲戚而又甜蜜。

My spirit! Be thou me, impetuous one!　　　　多想如你，我的狂暴天神！

Drive my dead thoughts over the universe　　　与你合纵，将会一路披靡！

Like wither'd leaves to quicken a new birth!　　犹若横扫枯叶，催化新生，

And, by the incantation of this verse,　　　　把我僵死观念吹落于地！

Scatter, as from an unextinguish'd hearth　　　如像吹散炉内灰烬火星，

Ashes and sparks, my words among mankind!　　将我诗中符咒传遍万家！

Be through my lips to unawaken'd earth　　　寥廓大地仍在沉睡不醒，

The trumpet of a prophecy! O Wind,　　　　容我吹响预言之号！风啊，

If Winter comes, can Spring be far behind?　　冬天来了，春日还会远吗？

　　在以上译文之中，绝大多数的节奏单位都达到了一逗一平仄的配置，基本实现了以平仄代抑扬的诗学目标。像这样既有拍子又有调子的诗歌，朗诵起来，抑扬顿挫的效果就会更加突出，明显比散文体更有气势。

由此也不难看出，汉语的可塑性是极强的，相信在汉语语言能力更强的诗人笔下，会将此法应用得更有诗情画意。

二、在自由诗中的应用

前面提到，英诗的格律没有汉语律诗要求那么严，因此个别诗行中如果出现了多一个少一个的音节或音步以及不同类型音步混合之类的情况，理论上会有多种"节奏变体"的说法来为这种出格做辩解。在实际翻译中，有两种情况需要区别对待：第一种情况是，在工整的律诗（工整的律诗基本上都是抑扬格）中，如果偶尔出现出格现象的，诗行可仍按抑扬格对待；另一种情况是，在抑扬格为主节奏的诗歌中，节奏变体不是偶然现象，而是为了实现某种特殊的诗学功能和表情功能（expressive function），做了某种特殊设计，这时就需要区别对待了，但也只需要做到大多数对应就可以了。以下以迪金森的一首小诗为例，节奏图示中用"–"表示"抑"，"+"表示"扬"，来看一看该诗的节奏变化：

Wild Nights — Wild Nights,	– + | – + |
Were I with thee	– + | – + |
Wild Nights should be	– + | – + |
Our luxury!	– + | – + |
Futile — the Winds —	+ – | – + |
To a Heart in port —	– – + | – + |
Done with the Compass —	+ – – | + – |
Done with the Chart!	+ – – | + |

Rowing in Eden — $+--|-+|$

Ah, the Sea! $--+|$

Might I but moor — Tonight — $-+|-+|-+|$

In Thee! $-+|$

　　这首诗是自由诗，但其节奏很有特点：全诗四节，第一节和最后一节是标准的抑扬格诗行；但中间两节节奏有明显的不同。

　　不过，上面这首诗的节奏变化却并不是偶然的，而是明显伴随着情绪的起伏而变化的，这就要引起我们的重视了，其中所蕴含的诗学功能和情感功能不可不察：前四行是标准的抑扬格二音步，从内容上看，说的是诗人在憧憬与心爱的人彻夜狂欢的情景。紧接着下两节，憧憬逐渐到了激情澎湃的高潮，原本的一本正经的节奏顿时方寸大乱。至最后一节（两行），心情稍稍平复，心跳恢复到有规律的节奏，回归一轻一重的抑扬式，但心情仍然久久难以平静，因此倒数第二行是该诗中最长的一行，为了体现这种久久难以平复的心情，诗人甚至借助破折号来进一步拉长诗行，最后仿佛下了很大的决心来终止这段令人心旌摇曳的憧憬，用全诗最短的一个诗行结束了这段亢奋的"狂夜"历程：一个抑扬格，加一个戛然而止的感叹号。

　　可见，诗行中段之时，原来平稳的节奏"方寸"大乱，仿佛是心电图在显示严重的心律不齐；轻重音的配合上常呈颠倒状，如第二节第二行声律是"抑抑扬｜抑扬"，但紧接着第三行就是"扬抑抑｜扬抑"，正是诗人纵情"狂夜"的场景的别样写照。这首诗表面上看是一首自由诗，但又明显可以看出，这诗是有节奏的，还有一个若即若离的韵式。考虑到该诗中段密集出现的变奏与该诗的情感语境密切相关，因此该诗的节奏变化就具有了明显的诗学功能和表情功能，因此翻译时就不应该无视这些变化了：拍律上拟采用以二字逗对双音节音步、三字逗对三音节音步、一字逗对一音节音步的方法，声律上大部分以平代抑、以仄代扬。试译如下：

狂夜——狂夜
如若与你
狂夜相聚
何等奢逸！

暴风——何奈——
泊港的心旌——
要什么罗盘——
要什么图！

荡舟游伊甸——
大海兮！

多想夜泊——你的——
心里！

原诗声律与译文声律对比如下（"-"指抑/平，"+"指扬/仄）：

原诗声律	译文声律
- + | - + |	- + | - +
- + | - + |	- + | - +
- + | - + |	- + | - +
- + | - + |	- + | - +

原诗声律	译文声律
+ − | − + |	+ − | − + |
− − + | − + |	− + − | − + |
+ − − | + − |	+ − − | − − |
+ − − | + |	+ − − | − |
+ − − | − + |	+ − − | − + |
− − + |	+ + − |
− + | − + | − + |	− + | + − | + − |
− + |	− + |

从拍律看，译文完全跟随了原文的节拍；从声律看，译文有六处不对应，但绝大部分声律是实现了以平仄代抑扬。

这首诗已有多个译本，但都没有采用节奏等值的译法。有兴趣的读者可以找来对照一下，看看有节奏和没节奏的诗歌效果是不是有所不同。按照上文对"以平仄代抑扬"的规则的讨论，以上试译采取的是比较宽松的"平仄化"对策：所有节奏单位实现"逗代化"，大多数声律元素用"平仄化"做了等值对应，尤其是抑扬非常工整的第一节，全部做到了平仄对应，最后一节译文有两处出格，中间两节有四处出格，但因为在变奏区内，功能损耗相对较小。由此例也可见，英语的自由诗未必都是没有节奏的。节奏的艺术化运用更有利于诗人自由地抒发自己的情怀。英诗的这种带有明显变化的节奏也不是译不出来的。因此，译者在翻译自由诗时，不妨先看一看原诗是否有明显的节奏，如果有的话，不妨试试"平仄化"的译法。

也许，还有人会说，何必非要采用这种一逗一平仄的逗内交错的模型呢？何不套用中国律诗的节奏结构，采用一逗平一逗仄的那种逗际交错的模型（平平仄仄式）呢？因为后者可能更易引起中国读者的共鸣。

不可否认，熟读唐诗三百首的中国读者当然更容易接受这种近体诗的节奏模型，但也正因为如此，我们才没将这一带有较强归化色彩的译法纳入我们的解决方案，毕竟这不是原文的节奏模型。本研究的目的是探索移植英诗格律的可能性，为中国读者展示一种别样的节奏模型的存在与可能；由于一逗一平仄的译法对应的是英语格律诗一步一抑扬的模型，因此也只有采用这种方法，才会最大限度贴近原文的格律特征和音乐性。

结语

至此，无论是理论上，还是实践上，对"平仄化"的诗歌翻译方法已经完成了论证。但用这种方法译出来的诗，对于大多数中国读者来说，能不能读得出来其中的抑扬顿挫，还是一个问题，毕竟诗歌审美是有习惯性的。不过，这并不妨碍译者的诗学追求，就像文学作品中隐含着许多具有文学性的表达方式一样，并非所有的读者都能读得出来，但有诗学追求的译者还是不厌其烦、不辞劳苦地将其译出。至于读者读不读得出来其中的诗学之美，那是读者的"诗商"问题，而译者译不译得出来，则是译者的"诗商"加"译商"的问题。但有一点是不容置疑的，原文中的诗学元素，如果译者没有译出来，读者诗商再高也读不出来。

笔者在不同地区的高校和学术会议上都做过有关诗歌翻译的报告。听众在看到我用"以平仄代抑扬"的方法译出来的"The Isles of Greece"的第一节时，北方高校的师生并没有表现出明显的诗学共鸣，但在粤港地区的高校里就常会得到积极的审美响应。记得在2014年于福州召开的"传统与现实——当代中外翻译理论与实践研究高层论坛"上，著名文化人、香港城市大学中国文化中心的郑培凯先生听到笔者用"以平仄代抑扬"的方法翻译的《希腊群岛》第一节后，会间休息时过来特地跟我握了握手，说这样的译文用广东话朗诵特别好听，因为在广东话里，至今还有古汉语中的入声，平仄交错的诗行用广东话读来，抑扬顿挫就比较明显。也正是因为他的鼓励，才让笔者有了进一步探索这一问题的动力，因此也就有了这一研究成果。

＊　本章部分内容作为本项目的阶段性成果以"以平仄代抑扬 找回遗落的音美：英诗汉译声律对策研究"为题发表于《外国语》2019 年第 1 期。成书时有较大修改。

第五章 诗意与诗意的翻译

"诗意"，一个令人遐想、让人回味、引人入胜的词语。但有多少人真解其中之味、其中之美、其中之意？若不解其中之味、之美、之意，翻译诗歌的时候，岂不还未开译，就败局已定？本章就谈谈这诗意的形成和诗意的翻译。

一、诗意的生成

本章所要谈的诗意，取的是这个概念实指的狭义，即产生于诗的诗意，以区别于这个概念的喻意、喻指、引申义，如富有诗意的风景、写得很有诗意的散文，等等。

诗之美，来自于诗意。有意思的是，诗意并不等于诗的意思（sense）。

下面我们就从一首汉语名诗的语内翻译来看"诗意"是怎么建构的。为什么要用语内翻译来看"诗意"的建构呢？因为汉语是我们的母语，对母语中的诗歌是不是有诗意，我们与生俱来的母语敏感让我们拥有了无可置疑的发言权。如果是语际翻译，无论是英译汉，还是汉译英，都会涉及另一种语言，而我们对另一种语言写成的诗歌则往往没有对母语诗歌那样的审美敏感和审美习惯，因此做出的诗学价值判断也往往有欠信度。所以本章虽然讨论的是诗歌的语际翻译，但在切入诗意这个关键词时，却会从语内翻译说起，毕竟中国人对于汉语诗歌是不是有诗意，一看便心知肚明，不过，有意思的是：一问就莫衷一是。这也正是诗的妙处所在。且以李白的千古绝唱《静夜思》为例：

　　　　床前明月光

　　　　疑是地上霜

　　　　举头望明月

　　　　低头思故乡

此诗的意思是：

　　　　那透过窗户映照在床前的月光，起初以为是一层层的白霜。仰首看那空中的一轮明月，不由得低下头来沉思，愈加想念自己的故乡。

（网上无名氏译）

这样的网络译文还有很多。按雅柯布森（Roman Jakobson）的翻译三分法，这属于"语内翻译"，也是翻译的一种。但毫无疑问，如果李白当年的那首诗不是那么写的，而只是像这网上译文这么说的，我想这话早就被风吹得无影无踪了。李白的原诗和网络无名氏的译文其实分属两个不同的文本类型或语体，前者是诗歌体，后者是散文体。也就是说，诗这东西，仅仅把它意思说出来，就恰恰"没意思了"。怎么是"没意思"呢？那意思不是明摆着在那儿吗？非也，这里所说的"没意思"，并非是指那段话的内容，而是指"诗意"。

　　有不少人都说，新诗运动期间很多自由诗其实就是分行散文。如下面这段话：

　　　　十几年前，一个人对我笑了一笑。我当时不懂得什么，只觉得他笑的很好。

这话横着看只能是散文体，但分行写，原来是诗——胡适的《一笑》中的第一节：

　　十几年前，
　　一个人对我笑了一笑。
　　我当时不懂得什么，
　　只觉得他笑的很好。

　　　　　　　　　　　　　（胡适，2000f：61）

　　既然这么写就是诗，那是不是把《静夜思》的那个网络译文分行写一下，就会有诗意了呢？

　　那透过窗户映照在床前的月光，
　　起初以为是一层层的白霜。
　　仰首看那空中的一轮明月，
　　不由得低下头来沉思，
　　愈加想念自己的故乡。

这有诗意吗？拙以为，以诗意论，李白原诗正如那天上的月亮，而上面这首分行写的网络译文，顶多就是那月亮落在雨后街巷积水上的那似是而非的倒影，绝无可能成为千古绝唱。译诗与原诗的差异很明显：原诗有节奏有韵律，每行的节奏是上二下三，韵式是 aaba，但译诗没有了节奏，行尾音是 aabca，比原诗多出了一行；如果最后两行合成一行，虽韵式相同，但诗行就变得太长了。这世界上可能谁也没记住这首译诗，甚至要那个网络译者本人背诵一下他翻译的这首诗，保不准也会丢三落四。这其实就是诗意不足的一种表征。然而,值得注意的是:如果我们觉得《静夜思》这么译不是很靠谱的话,那么我们是不是应该意识到,很多西方的格律诗实际上都是这么翻译过来的——以分行散文体对格律体。

翻译界的一个常态是:一个原文可以有多个译本,尤其是文学作品。像上面这首诗的网络译文也算是一种译法,即散文体译法,而就英汉诗歌翻译而言,这种散文体的译法居然一直是主流的存在。假如我们采用与原诗的文本类型相应的方式来译,即以诗歌体对诗歌体的方式来译这首《静夜思》,情况又会怎么样呢?试在原诗的诗行中多加一字译之:

床前明亮月光
疑是地上寒霜
举头遥望明月
低头思念故乡

这显然就有了诗意。

也许会有人抬杠说,此译比原文多一字,不如原文简洁。那我们换四言试试,四言诗的存在总不会有争议吧?而且比原诗少一字:

床前月光
疑是寒霜
举头明月
低头思乡

如此处理,保留了原诗的节奏分明,韵式工整,故而诗意盎然。但是不是因为少了一个字变简洁了而就比原诗更美了,则一定又是扯皮之事，这不是本章的重点，不在这儿耽搁。不可否认的是，后两种以诗译诗的译文要比前面的散文体译文更有诗意。

　　不难看出，诗意是一个有灵性的东西，但在诗学的视野中，这个灵性并非只能意会不可言传。从以上比较可见，这诗的灵性显然与诗的形式、诗的乐感密切相关。闻一多说："格律就是 form。试问取消了 form，还有没有艺术？"（1993a：140）"form" 即形式。可见，"诗意"这一与诗的艺术性密切相关的概念并非仅仅是指诗的意思，而是指诗的意思加上诗的形式，即：诗＋意＝诗意。在这个等式里，"诗"指诗的形式，"意"指诗的意思。这个等式来自于"诗意"这个词，在此"诗"是第一性的。在我们这个曾经在政治上痛批过形式主义的社会里，在我们这个意识底层仍回响着道家的"得意忘言"的集体无意识中，称"形式为第一性"，很可能会遭到严厉的质疑。但我们能不能把讨论的语境仅限于诗学呢？想想人家宋人写词，换句话说是"填词"，不就是形式第一，内容第二吗？宋词的词牌就是形式约定，你如果要写的是宋词，对不起，必须按词牌的约定来写。其实，近体诗也是如此，七律也好，五律也罢，也都是按照特定的形式填写的。由此推演开去，西方人写十四行诗，乃至英雄偶句体、六行诗、八行诗、四行诗，不也是首先要遵守特定诗歌形式的游戏规则吗？由于审美习惯的惯性作用，用这些形式包装出来的意思，只有满足了这填词的游戏规则，满足了人们对这个游戏的期待，才有可能产生只有诗才特有的诗意。由此可见，诗意就是特定的意思在特定的诗形的作用下而产生出来的一种诗学效果（poetic effect），其阅读效应就是一种让人感动、令人难忘的诗歌艺术美。其中，"诗形"的诗体建构作用不可小觑，无此则所表达的意思可能就是一杯无味的白开水。因此，诗意的翻译就是要在尽可能保留原诗意思的前提下，尽量译出原诗的诗学形式特征。只有形与意的完美结合才能造就诗意，二者缺一不可；而翻译时，也只有尽可能地体现原诗的形与意的完美结合，才有可能尽量多地体现**原诗**的**诗意**。

茫茫诗海之中，几乎所有的证据都表明，诗意更多的是来自于形。这并不是说意不重要，而是在诗这一特定的体裁之中，形美的重要性一点也不在意美之下，因为形美才是凝聚诗意的关键，也是诗之所以是诗的关键所在，否则何必是诗呢？意再美，若无形美为其梳妆打扮，其素颜的颜值正如以上的网络译文那样是难以获得读者青睐的。这一点从翻译的角度来看，更容易看得清楚，因为译本往往有多种，比较之下，优劣毕现。

诗歌翻译与诗歌创作不同：诗歌创作可以自由选择表达的载体，包括选择自由体，但诗歌翻译却没有这样的自由，如果译者翻译的是格律诗，那么格律诗的形式就不是译者可以自由放弃的东西，因为格律诗的形式必定参与了诗意的建构，如《静夜思》，放弃形式就意味着放弃诗意。

诗歌的"形式"之所以这么重要，还因为这个与格律有关的形式归根到底是诗歌的音乐性所在。以散文体翻译格律体，之所以诗意惨淡，就是因为在这样的翻译转换过程中，原诗的诗形被破坏了，因而依赖形式而生成的音乐性也就被摧毁了：有的被摧毁得如同完全蒸发，有的被摧毁成一地碎片。

美国著名心理学家、认知心理学创始人之一米勒（George Armitage Miller）就认为，诗是一种游戏，在这个游戏中，不仅有语义的内容，而且还有音响（sound）的效果：

> 诗人，通过他的写作**形式**，向人们宣布，他的作品是诗；他的这一宣布实际上也是一个邀请，邀请读者不仅要考虑其作品中词语的意义，还要考虑这些词语的**音响**。如果我们想参与这个**游戏**，那我们就不仅要在语义上，而且还要在**语音**上，对于他的用词有足够的敏感。（1960：390）

这个邀请既是给读者的，也是给译者的，因为译者理应是作者最忠实的读者，而且在译入语文化中充当作者代言人的角色，因此如果他在代言某位诗人时，不遵守那位诗人的游戏规则，那么读者何以接受诗人的邀约、参与诗人的游戏？具体说来，如果我们在翻译那些有明显音效设计的诗歌形式时，只考虑并译出其语义内容，而置作者的音效游戏设计于不顾，我们实际上就已经在这个游戏中犯规或出局了。但问题是，译者自己的犯规或出局还损害到了译文读者的正当权益，因为译文读者在看到这首已经被抹去了"原声音轨"的诗歌译文时，他自得其乐也好，感觉味如嚼蜡也好，实际上他连这个游戏的门都还没进：因为翻译时的音效丢失，读者在看译文的时候，根本就没有体验到原诗通过语义和音响的有机结合而设计的游戏，更无法从这游戏化的诗学形式中体验作者刻意营造出来的诗意之美。如果我们买唱片，打开一听，没有音乐，只是歌词，我们会是什么感觉？

二、诗意是诗形对情意表达的诗化效果

诗意似乎是一个很抽象、很悬的东西，中国诗歌界对诗意的界定可以说是众说纷纭，莫衷一是：有意境说，有情思说，有方法说，有内容加意境说，等等，不一而足。

其实，从以上《静夜思》和各种语内翻译的比较中不难看出，诗意的形成离不开形式；或者就格律诗而言：格律诗的诗意是用格律凝聚起来的。因此，翻译格律诗，如果格律被无视，诗意往往就会流失。

西方诗学对诗意及诗意的形成极为重视。有一个与"诗意""诗性"相对应的术语是 poeticity。来看看西方学者是怎么界定 poeticity 的：费希洛夫（David Fishelov）用"诗学'气息'"（poetic "aura"）和"诗学效果"（poetic effect）来界定 poeticity（Fishelov, 2013/2014）；poeticity 这个概念的首倡者雅柯布森则用食用油（oil）来对这个概

念进行描述：虽不能当菜吃，也不能偶尔当饭吃，但它却会改变食物的"味道"（taste）。（Jakobson，1987：378）这种"味论"让我想到著名佛经翻译家鸠摩罗什说的一句话，他说，翻译时，如果"虽得大意"，却"殊隔文体"，那感觉就会"有似嚼饭与人，非徒失味，乃令呕秽也"（鸠摩罗什，1984：32）。显然，特定的文体之美是一种"味道"，而好的翻译则不在"意"，而在"味"。

再来看看人们对"诗意"的界定，在"百度百科"的"诗意"词条中，诗意被翻译成 poetic quality or flavour，译得准不准可以再讨论，但多少体现了一部分人对"诗意"的理解。poetic quality or flavour 直译成汉语是"诗学品质"或"诗学品味"。可见，西方诗学界对 poeticity 的界定与"百度百科"上对"诗意"的英译十分吻合。这种吻合在一定程度上说明，中国知识界对于"诗意"和西方知识界对于 poeticity 的界定大体一致，但二者对这个概念的研究在方法上却有很大的不同：中国学术界对诗意的研究多属经验主义，主观性比较强；而西方学术界对 poeticity 的研究则多依托号称是"文学的科学"的"诗学"（Todorov，1977：33），现当代诗学的研究路径上多从语言学入手，方法论上更注重实证和客观性。

托多罗夫（Tzvetan Todorov）认为，poeticity 实际上就是"文学性"（literariness）（同上）。由此可见，诗歌中的文学性就是诗意。无论是在中国，还是在西方，"诗意"这一概念都已经被隐喻化，已不是专指来自于诗的美感效应，但本章所讨论的诗意则回归这一概念实指之意，即纯粹来自于诗的美，不包括小说等其他文学体裁中可能含有的所谓"富有诗意"的语言表达。诗歌之外的优美语言乃至优美风景所具有的诗意是喻指的诗意，虽然那些喻指的诗意也基本上离不开"反常化"的美学本质特征，但相比较于诗歌中的诗意，它们之间的差别还是比较明显的。毋庸置疑，诗歌中的诗意自有其不同于其他文本类型的特征。

文学性是现当代西方诗学的核心概念，既然这一概念起自于诗学，自然与诗歌有着天然的血缘关系。毕竟在亚里士多德的《诗学》形成的时候，文学体裁主要以诗为主，虽然《诗学》中也对戏剧的创作进行了研究，但古希腊的戏剧都是诗剧，小说那时候还没有出世。因此，以诗学中的文学性为切入点来破解中国诗学中的关键词"诗意"，就有了一个很好的抓手，那是一个系统而坚实的理论体系，而不是一个众说纷纭、莫衷一是、只能意会不能言传的感觉。

文学的体裁有多种，不同的文学体裁有各自不同的文学性，其中以诗歌的特点最为卓尔不群。它一方面存在着与别的文学体裁共享的一些文学性，另一方面它也具有其独有的一些文学性，如节奏、韵式，等等。福赛尔（Paul Jr. Fussel）认为：

> 诗的节奏是诗意（poetic meaning）的首要物理与情感构件。
>
> （Fussel，1965：3）

在此，"物理构件"之说尤为重要，这意思是说：如果没有节奏，诗就失去了其物理形态。闻一多也有类似观点。前面曾引用过他说的这样一句话：

> 诗的所以能激发情感，完全在它的节奏；节奏便是格律。
>
> （1993：138-139）

西方诗学认为，诗意或文学性生成于语言运用的"反常化"。这里所说的"反常"是指偏离自然语言常规的表达方式。从诗歌的角度看，格律诗有固定的节奏和韵式，这就是反常化的语言运用，因为这并不是自然语言的常规，而是诗歌独有的文学性，它们会生成一种特有的音韵美或音乐美。语言要想诗意地栖息，离不了它。

诗学重视形式，但并非不讲究内容。道理很简单，诗歌的形式和内容是矛盾统一体；既然是统一体，二者就不可分。法国象征派大师、诗人瓦雷里就曾说过：

> 在别人看来是形式的东西，在我眼中就是内容（subject matter）。
>
> （转引自 Todorov，1981：xii）

这一点我们从前面的语内翻译的比较中就可以看得很清楚，没有诗的形式，也就没有了诗。空有内容在那里，哪还有什么诗意的美妙？现当代西方诗学的一大发现就是反常产生美，这可以说是道出了美的本质和共性，因为只有形式的反常才会吸引总在常规里摸爬滚打的人们的注意力，才会产生出一种吸引人眼球的前景化效果（foregrounding），所以什克洛夫斯基（Victor Shklovsky）才说：

> 艺术的技巧就是要使事物"反常化"（defamiliarized），使形式变得难解，加大感知的难度和长度，因为感知的过程就是审美目的本身，必须要予以延长。艺术是对事物的艺术性进行体验的一种方式，而这一事物本身并不重要。
>
> （Shklovsky，1994：264）

可见"事物"是一回事，"事物的艺术性"是另一回事，二者的不同，就在于形式。这也就是说，同样一件事，同样一个意思，会有不同的说法，而这不同的说法所产生的效果是不一样的。常规的形式因为常见而无法吸引人的眼球，而反常化的形式则因为其新奇而引人入胜，美即由此而生。

诗正是语言艺术技巧被用到极致的体裁，抑或说是把反常化的语言运用到极致的文学样式，诗也因此而难懂。因此读诗之人必是受过良好教育的人；而懂诗的人，自然会觉得诗的美妙非其他体裁所能比拟。

　　一句话的意思，是用散文体说，还是用诗体写，语言形式会有所不同，"效果"也往往很不一样。像《静夜思》，用大白话或散文体说，其形式就与自然语言的差别不大或没有差别，因此就失去了凝聚文学之美的反常化，"虽得大意，殊隔文体"，诗意苍白，但如果用诗歌体来体现，其形式就与自然语言或散文体有明显的不同，如平仄交错，音韵和谐，形体工整，正是这些不同于自然语言的地方建构了诗所特有的反常化，从而使这样的语言体现成为诗，形成了只有诗歌才会引发的独特效果，即诗意。这就是诗形对情意表达的诗化包装之后所产生的诗学效应。诗，就是对语言本身或语言质地的把玩，把形式玩得还能传达某种美妙的、动人心弦的意思，那就是意境，那就是诗意。

三、诗意来自于诗歌中独有的文学性

　　诗歌独有的文学性是什么？回答这个问题先要看诗是什么。美国诗人弗罗斯特一语道破玄机：Poetry is what gets lost in translation。这话是以定义体的话语来表述的，大有为诗歌下定义的味道，只不过这个定义有点别出心裁，居然拿诗歌翻译来作为诗与非诗的参照。意思是，"诗就是在翻译中丢失的东西"。这句话反过来说，就是在翻译中丢失的东西才是诗，没丢失的部分就不是诗。按弗罗斯特的意思，诗只要是被翻译了，实际上也就不是诗了。从翻译史的角度上看，这位诗人有此看法是有深刻的历史渊源的，也就是有根据的，因为一直以来，诗歌翻译的主流方法基本上都是"得意忘形"式，也就是前面所引《静夜思》的网络译文的那种样式，中西概莫能外。在翻译过程中，格律形式，尤其是节奏体系，往往会遭到重创，而这正是诗歌的音乐性的关键所在，也正是米勒所说的诗歌游戏的两大元素之一，而且是诗之所以是诗的"物理"属性。我们且用著名诗人郭沫若1923年翻译的《西风歌》来验证一下。以下是该译诗的第5章和原文：

Make me thy lyre, even as the forest is:	请把我作为你的瑶琴如像树林般样：
What if my leaves are falling like its own?	我纵使如败叶飘飞也是无妨！
The tumult of thy mighty harmonies	你雄浑的谐调的交流
Will take from both a deep autumnal tone,	会从两者得一深湛的秋声，虽凄切而甘芳。
Sweet though in sadness. Be thou, Spirit fierce,	严烈的精灵哟，你请化成我的精灵！
My spirit! Be thou me, impetuous one!	你请化成我，你个猛烈者哟！
Drive my dead thoughts over the universe,	你请把我沉闷的思想如像败叶一般，
Like wither'd leaves, to quicken a new birth;	吹越乎宇宙之外促起一番新生！
And, by the incantation of this verse,	你请用我这有韵的咒文，
Scatter, as from an unextinguish'd hearth	把我的言辞散布人间，
Ashes and sparks, my words among mankind!	如像从未灭的炉头吹起热灰火烬！
Be through my lips to unawaken'd earth	你请从我的唇间吹出醒世的惊号！
The trumpet of a prophecy! O Wind,	严冬如来时，哦，西风哟，
If Winter comes, can Spring be far behind?	阳春宁尚迢遥？

（郭沫若，1923：23）

用今天的眼光看，仍可以看出译文有一定的美感，尤其是意象的冲击力，还是比较感人的。原文中的一系列鲜明的意象，在郭沫若的笔下基本上都得到了生动而准确的体现。

意象对于诗无疑是非常重要的；从以上译文来看，除了极个别的意象没有完全体现到位，其他在翻译中基本上都没有丢失。但是，按弗罗斯特的意思，这些东西在翻译中既然没有丢失，那也就不是诗了。也就是说，这些意象在没有被那些"在翻译中丢失的东西"凝聚起来之前，只是一堆散乱的或简单排列的诗歌建筑材料。

那我们再来看看郭沫若所译的《西风颂》中丢失的是些什么东西吧：

首先是韵式：原诗融合了意大利的一种叫作"三韵诗"（terza rima）的格律，即每一诗节 14 行，前 12 行的韵式是三行一回旋，结尾以一个对句结束，韵式是 aba bcb cdc ded ee，这环环相套的格式（pattern）本身就是一种艺术，但译文各行的尾音杂乱无章，毫无规律可言——完全不是原诗的韵式。

其次是节奏：原文是抑扬格五音步，即两个音节一个音步的双音节奏，每行十个音节、五个音步；每个音步之内基本上是两个音节，前一个是轻音（抑），后一个是重音（扬）；虽有一行是十一个音节（第 9 行），但按英诗理论，这属于"超步式"（hypermetrical）（McAuley，1966：14）的"节奏变体"，多出来的一个音节不计入音步，诗行仍按抑扬格五音步计，但译文的节奏则是杂乱无章的——完全不是原诗的节奏。

可见，在这首译诗中，译文丢失的是原文的韵式与节奏，而弗罗斯特的意思所指也正是在此：被翻译丢失的这些东西才是诗之所以成为诗的东西，这"东西"就是诗的形式。但这首译诗是不是就因此而就没有了诗意呢？在中国的当代诗歌语境中，说这首译诗没有诗意，一定会被人吐槽，何况还是著名诗人和诗歌翻译家郭沫若的译文。不可否认，郭沫若的译文具有鲜明的意象美，这正是原文的一个突出的诗学特征。但从诗学和诗学翻译的角度上来讲，这并不是诗的美，而是散文的美，更不是原诗的诗学美。如果我们把观察的角度切换到音乐性这边来，我们还可以更加清晰地看出，被译者在翻译中给予整体性和系统性屏蔽的原来都是诗的音乐元素——韵式与节奏。实际上，在原诗之中，几乎每个音节都担负着建构诗歌音乐性的功能，因此原诗才具有了强烈的旋律感和节奏感：韵式构成的回环，节奏形成的重复，再配以诗人思想的飞腾和情绪的宣泄，整个诗篇读起来铿锵有力，荡气回肠；但在译文中，原诗赋予每个音节上的音符都被清除掉了，丢失了音乐性的译文朗诵起来"歌性"全无，效果大打折扣。诗歌没了"歌性"，诗意还能剩下多少，可想而知。

可见，郭沫若的译文只体现出了与散文体共享的文学性，即意象。因此，之所以我们觉得译文还有一定的美感，那是因为这一部分的文学性被译了出来，而为诗歌所独有的文学性则没有译出来，所以美感或诗意就被打了折扣。如果我们把郭沫若的这首译诗与本章第一节的网络无名氏所译的《静夜思》做个对比，二者的共性应该不至于进入不了我们的视线吧。

如果我们把《西风颂》这一部分原诗的节奏和韵式这些音乐元素都译出来，效果又会怎样呢？

把我权当一把琴瑟弹拨：
弦鸣音起犹似风掠莽林，
撩落残叶几许又能若何！

你的宏大合奏噤唳深沉，
秋瑟萧飒，悲戚而又甜蜜。
多想如你，我的狂暴天神！
与你合纵，将会一路披靡！
犹若横扫枯叶，催发新生，

把我僵死观念吹落于地！

如像吹散炉内灰烬火星，
将我诗中符咒传遍万家！
寥廓大地仍在沉睡不醒，

容我吹响预言之号！风啊，
冬天来了，春日还会远吗？

译文的韵式与原文一样；节奏也是双音节节拍，每行十个音节（字），由五个二字逗组成，以对应原文的五个双音节音步；大多数逗的声律是平仄组合，以对应原文的抑扬格；尽可能准确地体现了原文的诗体特征，那正是原诗节奏铿锵和气势恢弘的音乐构成，也正是原诗的诗意所在。

可见，孤立的意象之美若要获得诗的体现，还需与诗的形式密切配合。郭译《西风颂》的问题就在于：原诗的意象虽然译出来了，但在表现方式上没有采用原诗特有的诗体，而是采用了散文的文体，因此对比原诗，其诗意的体现就打了很大的折扣。

四、意象还需诗化才可凝聚起诗意

中国诗之美历来离不开意象，但诗中的意象并非是随意排列。即便是以意象叠加而著称的马致远的《天净沙·秋思》，也并非是简单的叠加意象："枯藤老树昏鸦 / 小桥流水人家 / 古道西风瘦马"，而是按照其词牌《天净沙》的形式要求，有明显的节奏和押韵建构，亦即诗化过程。从形式的角度看，只要偏离体式的要求，诗意顿时就会魂飞魄散。做个试验：如果我们把第一行的排列顺序做个调整，写成

"枯藤昏鸦老树"，行不行呢？意象还是那些意象，形式上也还是所谓的"叠加"，但诗意全无，因为韵脚被破坏了：走调了。如果我们将"瘦马"改成"瘦驴"呢？也不行。原因并不在于"驴"的意象能不能入诗，也并不因为"马"是不是会比"驴"更美，而是因为该字的字音破坏了《天净沙》的诗学结构，尤其是所生成的音响效果破坏了全诗的音韵美：又走调了。《天净沙》作为词牌有其固定的审美模型，读者对此有固定的审美期待，"驴"音在韵脚位置上的出现破坏了这种审美模型和审美期待，这就像是唱一首大家熟知的歌曲却唱走了调一样。可见，诗歌中的意象最终能否给人以诗意，并不完全是因为这些意象本身，而是因为这些意象能否被诗的元素所凝聚，或这些意象的语言体现能否满足诗化的要求。

　　这并不是说，诗意生成的唯一原因就是形式。本章一再指出，诗意是形与意的诗化合成体。仍以《天净沙·秋思》为例，杨晓荣教授在跟笔者讨论该诗的诗意构成时，曾提出：假如把"枯藤老树昏鸦"中的"鸦"改成"鸭"，该诗行的韵脚没有改变，是不是该诗的"诗意"就不会受影响呢？答案仍然是会受影响，但这一判断则主要来自于"意"，而不是"形"。虽然"鸦"与"鸭"同韵，满足了词牌的形式要求，但从"意"的角度上看，"鸦"与"鸭"虽同属禽类，但二者却分属不同的禽类，后者属于水禽，而前者不是。将语义与语境相关联，我们就可以清楚地看出为什么用"鸭"会破坏诗意："昏鸦"指黄昏归巢的乌鸦，归巢的乌鸦与"枯藤老树"形成"同现"衔接（Halliday，2004：576-577），是树与鸦之间的关系，恰如水之于鱼；而鸭是水禽，按其习性，黄昏时会往有水的地方去，它的巢不会在树上，因此在读者心目中与"枯藤老树"不构成语境期待，放在一起就显得牵强了，会破坏语境。意与境不合，就无法形成意境，诗如果没了意境，也就没了诗意。在中国传统诗学中，意境往往就是诗意的另一种说法。此外，"鸦"字在中国文化背景中有鲜明的联想意义，总与"悲""哀""苍凉"有关，"枯树""老藤"也有相近的联想，三个联想意义相近的意象构成了一个统一的语境关联，一个完整的画面，而"鸭"字在中国古代文学中却并未被赋予什么鲜明的文化联想；没有联想，也就更没有了意境，而没有意境的渲染，也就没有诗意了。由此可见，"意"在诗意的建构中同样意义重大。只是在诗歌翻译中，意象的翻译不可忽略其用词的诗学设计或功能。就"鸦"而言，其本意固然重要，但其诗学功能也同样重要，它的诗学功能就是它所参与的音效构成。也就是说，这个字放在这首诗里，它既有信息功能的语义内容，也有诗学功能的审美设计，是一个多功能的存在。诗歌翻译之难，就难在这里：它的理想境界是音形意兼顾。

可见，仅就意象而论，诗歌中有，小说、散文、戏剧，乃至大白话中也有，因此不能算是诗歌独有的特征，因此在翻译时没有被丢掉，那是情理之中的事。诗歌中的意象如果要获得诗歌之美，则还需要用诗的形式去凝聚。

从翻译和诗学的角度上看，诗歌翻译一直以来"丢失"最多的就是形式，形式之中的"丢失"又以节奏为甚。这种重意象而轻格律，重内容而轻形式的诗歌翻译方法是导致译诗诗意惨淡的关键所在。这一倾向所掩盖的一个认知上的预设是：只要把意象和意思译出来，顶多再把韵式译出来，就算完成诗歌翻译的任务了。在此集体无意识中，诗歌的节奏基本被忽略和无视了，音乐性被肢解了。这一意识显然是经不住诗学理论和翻译伦理的追问的。实践表明，诗歌翻译中最大的挑战不是意象和意思的翻译，意象和意思的翻译难度要远远小于诗歌所独有的文学性。诗歌翻译应该在保证意象和意思不走样的前提下，尽可能多地把原诗的诗学特征保留下来，而这一努力的终极目标则是要把原诗的诗意体现出来。

五、译诗也应有译诗的诗意

译诗，如果还能称得上是诗的话，那就必须要有诗意，否则也不会被视为是诗，至少不被认为是好诗。中国现当代的诗歌翻译因为被胡适当年的振臂一呼"诗须废律"，走了一个大大的弯路，至今都还转不回来。因此，无数被废了律的译诗寂寞地瘫在故纸堆中无人问津，无人传诵；其中接受上和美学上的理由很简单——不好听。麦考利认为，诗"是形式的艺术，是语词的舞蹈"（McAuley, 1966：45），但如果我们在翻译中，废掉了原诗艺术的形式，那诗的艺术也就不再动人；如果抹去了节奏，那词语也就不再舞蹈。为了诗能有动人的艺术魅力，能有舞蹈词语的律动，诗的翻译就一定要译出那艺术的形式、那舞蹈的词语，唯其如此，诗才会有感人至深、动人心魄的诗意。而就译诗本身而言，无论是译语取向的，还是源语取向的，只要译诗的本身能传达诗意，都是好诗。只是取向的不同，诗学上的贡献有所不同而已。

（一）译语取向——求效

在我国，从接受的角度看，译语取向的诗歌翻译成功的例子不多，也许只有一个成功的案例，即殷夫（白莽）翻译的《自由与爱情》[①]：

> 生命诚可贵，
> 爱情价更高；
> 若为自由故，
> 二者皆可抛！

[①] 这首诗一般认为是殷夫所译，但根据鲁迅的《为了忘却的纪念》一文，这首诗的真正译者很可能是殷夫的哥哥徐培根。

毫无疑问，这首归化的译诗是有强烈的诗意的。但也同样毫无疑问，该诗的诗意的形成也是形式促成的：译诗采用汉语五绝的体式；节奏是上二下三，二四行押韵，而且是近体诗常用的平声韵，音乐性体现完整。不足之处是，平仄上有失粘的现象。

裴多菲的原诗是用匈牙利语写的，而上面这首中文译诗则是从德语译本转译的，以下是匈牙利原文和德语译文：

匈牙利原文	德语译文
Szabadság, szerelem!	Die Liebe, die Freiheit!
E kettő kell nekem.	Der beiden bedarf ich; —
Szerelmemért föláldozom	Für Liebe geb gern ich
Az életet,	Das Leben, so ärmlich;
Szabadságért föláldozom	Für Freiheit opfr'ich
Szerelmemet.	Die süßeste Liebe.

（Sándor, 1849: 349. Tr. Kerbeny）

根据匈牙利原文，这首诗的格律是：

节律：一节

行律：六行

韵律：尾韵 aabcbc（其中，b 为词语重复，严格地说不能算是韵）

头韵：一三行、五六行（一五行和三六行首词词根重复）；

拍律：一二行六音节（三音步）

三五行八音节（四音步）

四六行四音节（二音步）

声律：抑扬格

德语版的译文基本无视了原文的格律，译文本身也没有什么典型的格律特征，最明显的形式特征莫过于几处重复。中译本依据的原文是德译本，译文没有保留原文自由诗的诗体，而是采取了归化的方式，用五言旧诗体译之。从诗学的角度看，这种归化法译诗也算是一种"译诗须像诗"的翻译策略，追求的是诗学效果的等效再现，也正因为如此，这首译诗在中国才有那么好的接受效果。由于译诗采用了与原诗不同的语言技巧，而且语义上也有新的指向，因此无论从细节还是从效果上看，与原文相比其实都已经是一首不同的诗了：匈牙利文原诗的诗意来自于复杂而刻意的诗学结构，文字游戏的特征十分明显，因此读来并非那么庄重，有点绕的感觉；德译本基本放弃了原诗的格律；译自于德译本的中译本部分改变了原文的意思，采用简洁的五言诗的格式，语义表达显得更为坚决，尤其是在译文的诗眼之处，"若为自由故"中的"故"字，给人不同联想，因为从语义上看，这个"故"字是一个有歧义的地方，既可作"亡故"解，也可作"缘故"解。虽然这恰恰是一个诗学所追求的多义性解读，但却毕竟不是原诗的语义特征。无论哪种联想都能给人以一种视死如归的悲壮而豪迈之感。这正是原诗所没有的庄重和大气。但在单纯的诗学对比语境中，译文给人的这种印象和感觉实际上是译文制造的一种假象，因为原诗的语义表达并非这么坚决，诗意的效果也并非如此大义凛然。

不可否认，在特定的历史语境中，诗学伦理很可能会让位于意识形态的诉求。裴多菲这首诗在译入中国时，正值政治剧烈动荡的时期，广大人民的革命热情高涨，那时候翻译这首诗的一个重要目的就是要唤起人民的斗志，因此比较原诗过于追求艺术形式的做法，译文采用了简洁的五言诗形式，其所营造的诗学效果正是当时的革命需要。

对照原文的诗体形式和内容，这首诗的汉译本与其说是翻译，不如说是创作。抑或，用德莱顿（John Dryden）的分类（Dryden，1992：17），这是一种亦译亦创的"拟作"（imitation）。

（二）源语取向——求真

源语取向的或异化的诗歌翻译，指将原诗按原诗的格律形式翻译。源语取向的诗歌翻译追求的理应是移植原诗的体式，以便让译文读者能领略异域诗歌的风采，但在实际翻译中，由于语言能力和诗学认识上的问题，大多数这一派的译者虽然主观上有体现原诗音美意美形美的追求，但客观上还是把求真的目标多放在诗歌的意思上了，如上文所引的郭沫若的译文。从一百多年来的西诗汉译的历史来看，由于诗歌翻译界在保留原诗格律的问题上，存在认识分歧和认识盲区，同时受五四时期新诗运动的影响，译者们普遍不太重视原诗的格律问题，尤其是节奏问题，基本被无视，从而导致这种原本应该是源语取向的诗歌翻译并没有完整地把原诗的格律元素体现出来，导致原诗的格律元素在译文中呈碎片状体现。比如郭沫若译的这首《西风颂》，它保留了原文的行律、节律和意象，却系统性地抛弃了音乐性的构成元素——节奏和韵律，而只有将原诗的这些格律元素都尽可能地体现出来，同时尽可能地保留原文所表达的意思，才能尽可能多地把原文的诗意之美展现出来，这并非是不可能的事，如上文对《西风颂》所做的改译。

再以上引裴多菲的那首诗为例，采用源语取向的翻译策略，比较接近匈牙利原诗格律的汉译应该是：

爱情还是自由！
二者皆我所求。
为了爱情我会牺牲
我的生命，
为了自由我会牺牲
我的爱情。

德译本是自由体，用汉语直译如下：

> 自由，爱情
> 二者都是我的所求
> 为了爱情我可以牺牲
> 我的生命
> 为了自由我可以牺牲
> 我的爱情

笔者不懂匈牙利文和德文，以上译文均是根据中、匈、英、德、法的多个译本的交叉比较、又根据"谷歌翻译"对匈牙利文原文的中、英、德、法翻译的交叉比较之后做出的。准确不敢说，只能大致做个参考。毫无疑问，以上译文语义的表达绝对没有殷夫的译文那么坚决，但实际上，无论是语义还是诗学，以上译文更能反映该诗的原生态面貌。译自德译本的译文，尊重其自由诗的诗体，以译意为主，基本体现了德译本的语义分布与组合。译自匈牙利原文的译文在尽量保全原文基本信息的前提下，体现了原文的节律、行律、拍律、韵律中的尾韵，部分体现和模拟了原文韵律中的头韵。对比匈牙利原文，不难看出原诗大致的格律轮廓；由于译文诗学形式比较明显，音乐性也有所呈现，因此译文也别有一番诗意和情趣，与译语取向的译文相比，可谓是两种不同的诗意。但从接受效果上推断，一定不如殷夫的译文。虽然这一价值判断显然是主观的，但却是不难理解的，因为笔者毕竟是中国人，对于五言诗有一种本能上的喜爱。但从文化交流上看，尽可能贴近原诗的译法也是必不可少的。而从诗意的形成上看，无论是殷夫的译语取向的译诗，还是笔者源语取向的译诗，其诗意的形成都离不开诗的形式。由此也可以看出，诗的形式对诗意的形成有着决定性的意义。

虽然在现代西方诗歌中，人们早已不再千篇一律地写工整的格律诗了，诗歌的创作往往会追求情绪的个性化体现，但很多优秀的诗歌在貌似自由的挥洒之中，那不羁的诗意仍往往与形式密切相关。

源语取向和译语取向的译诗可以说各有所长，从诗学上看，二者都追求音形意并重，因此二者的诗学追求都是符合诗学原理的。这个追求背后的一个理念是"译诗须像诗"，只是译语取向的译诗是像中国诗，源语取向的是像外国诗。但可惜的是，在实际上的诗歌翻译领域内，这两种译法处在两极，大多数的翻译还是不太重视形式上的诗学建构。

结语

为什么弗罗斯特会说"诗就是在翻译中丢失东西"呢？而诗意又为什么会在翻译中丢失呢？答案是：这"东西"难译。

从以上的分析可见，诗意难译是因为携带诗意的词语要同时担负着多种功能，除了要为诗的整体思想做出贡献之外，它们还要同时担负起建构意象、音韵、形态的作用。诗的翻译之难，就难在这音形意兼顾之上。实践表明，诗歌翻译中最难译的诗学成分是节奏。节奏难译不假，但并非不可译。

从诗学的角度看，诗中词语的功能实际上首先是诗学功能，因此诗歌翻译若要想不把诗意丢失，那就要把词语的诗学功能体现出来，不过要注意的是，诗学功能多与形式有关；与此同时，原诗的意思也尽量不要丢失。也就是说，如果要留住诗意，意思不要丢，形式也不能扔：节奏、押韵、意象、排比、对仗等所有作诗的修辞手段，留得越多，体现得越符合诗的原理，诗意也就留下得越多。

但翻译家们似乎总是纠结于词语的信息功能，因此一直以来，被翻译的诗歌总是内容远多于形式。也正因为没有重视形式，诗歌的很多译文就很像本章第一节所举的《静夜思》的网络译文的那个样子，即把诗歌体翻译成了散文体，且误以为只要是分了行就可以摇身一变而成为诗似的。译者当然有权坚持他那样的翻译也有诗意，不喜欢格律束缚的读者也有权认为散文体的诗更美，但有一个冰冷的事实是：诗歌，有格律和没格律，是诗的两种不同的类型；是诗歌体还是散文体，则更是两种不同的体裁。翻译时如果错位，其实就是不准确，而且还是类型性错位。以追求准确为毕生目标的译者，这个道理应该不难理解。而对那些只能读译文的读者而言，他们并不知道原文的诗歌之美究竟是怎么构成的。对他们来说，译文就是原文，更多的时候，他们相信的只是原作者和译者的名气。译者名气越大，那译文似乎就更美，也想当然地更加准确。但另一个冰冷的事实是：西方诗歌被大举译入中国至今的一百年里，可以说，所有的西方格律诗在译入汉语时被译者抹去了原有的节奏。

　　也正因为读者不懂原文，并相信译者，译者就不应该欺骗读者，无论是有心还是无心。译者有责任把原文的诗学真相尽可能完整地展现给读者，而不要让诗歌的翻译总把诗意遗落在西风古道之上……

＊　本章作为本项目的阶段性成果以"诗意与诗意的翻译"为题发表于《外语研究》2018 年第 1 期。成书时略有改动。

第三部分

译 者 篇

第一章 刘半农：诗体的纠结

刘半农（1891—1934），翻译家、文学家、语言学家，被周作人誉为五四时期文学运动的主要健将和最出力者。其 22 年的文学生涯，成绩斐然，翻译了许多诗歌、小说、戏剧、童话、寓言，并创作了大量的诗歌和杂文；在学术研究中，语音学方面也取得了令人瞩目的成就。对于新文学运动而言，刘半农最大的贡献莫过于他的白话诗的创作和用白话自由体所作的诗歌翻译。朱自清对他曾总结性地评论道："新诗形式运动的观念，刘半农氏早就有。他那时主张（一）'破坏旧韵，重造新韵'，（二）'增多诗体'。……后来的局势恰如他所想。"（朱自清，1935：6）在这一破坏、重造、增多的过程中，翻译无疑扮演了重要角色。

诗体（poetic form），主要指诗歌形式、类别或体裁。从诗体历时演变看，中国新文化运动时期的诗歌翻译与创作正处于破坏旧诗体，草创新诗体的阶段。胡适称此为"诗体大解放"（胡适，2000f：147）；以胡适为首的一批知识精英提出，要用白话文作没有束缚的自由诗，不再受"五言七言句法"的束缚，"打破了五言七言的整齐句法，……改成长短不整齐的句子"，"认定一个主义：若要做真正的白话诗，若要充分采用白话的字，白话的文法，和白话的自然音节，非做长短不一的白话诗不可"。（同上，147）"古诗中只有《上山采蘼芜》略像这个体裁"（同上：182）。胡适所说的"诗体"实际上就是诗歌的"体裁"，如格律诗、自由诗等。具体说来，"诗体大解放"就是从"古诗"的体裁向"自由诗"的体裁解放，因此，解放的对象，从诗学的角度看，主要是形式范畴的格律。胡适提倡的白话新诗，说白了，就是用白话作的自由诗。

白话自由体的新诗和译诗最早都是出现在《新青年》上的，刘半农是在《新青年》上发表译诗最多的译者和最早发表白话新诗的诗人之一，因此作为五四新文化运动的急先锋，他在那场诗体大解放运动之中做出了不朽的贡献。在机构性的历史结论中，当时的诗体大解放深受西方诗歌的影响，因此一个问题浮出了水面：刘半农在其诗歌翻译活动中是如何处理诗体的？既然刘半农在新文化运动中的一个重要身份是诗歌翻译家，那么他在翻译中对诗体的翻译策略必定会在那个诗体大变革的时代发挥重要的参照作用，因此这一问题的研究便具有了重要的学术价值。

一、刘半农译诗的三个阶段

作为翻译家，刘半农的翻译生涯实际上可以分为四个阶段：小说翻译期、诗歌翻译的韵体期、诗歌翻译的散体期和诗歌翻译的歌体期。本章讨论的是他的诗歌翻译，因此他的小说翻译将被悬置。根据其诗歌翻译在选材和方法上的变化，我们将他的诗歌翻译历程分为三个时期：韵体－归化翻译期、散体－自由化翻译期和歌体－准异化翻译期。且无论是早期的小说翻译，还是后来的诗歌翻译对于不同诗体的选择，都可以看出，刘半农一生的纠结都在文学作品体裁的选择之上：一开始是从小说体裁转向诗歌体裁，然后又先后纠结于诗歌的三种不同诗体。这种纠结的由来与上面提到的他的一个诗学理想密切相关。1917 年 5 月，刘半农也发表了一篇题为《我之文学改良观》的文章。文中提出三条革新韵文的建议，第一条和第二条分别是"破坏旧韵重造新韵和"增多诗体"（刘半农，1917b：7-9）。为此理想，刘半农可谓奋斗了一生。

刘半农从事诗歌翻译的时间大约有 13 年，以下是他诗歌翻译的一个大致汇总：

出处	出版时间	原作者	国家	数量
《中华小说界》	1915 年 7 月	I. Turgenev	俄国	4
《新青年》	1916 年 10 月	J. Plunkett, P. Pearse, T. Macdonagh	爱尔兰	4
	1916 年 12 月	G. G. Byron	英格兰	1
	1917 年 2 月	C. J. R. de Lisle	法国	1
	1917 年 4 月	E. Waller, T. Moors, G. G. Byron, E. C. Dowd, H. Smith	英国	6
	1917 年 6 月	T. Hood	英国	1
	1918 年 5 月	S. Paramahansa	印度	1
	1918 年 8 月	R. Tagore	印度	2
	1918 年 9 月	R. Tagore, S. Naidu, I. Turgenev	印度，印度，俄国	7
《小说月报》	1921 年 5 月	O. Wilde	爱尔兰	5
《语丝》	1925 年 5 月—1927 年 7 月	法国，土耳其，朝鲜，蒙古，柬埔寨，中亚，西班牙，美国		75
		O. Khayyam	波斯	1
		R. Behmel	德国	1
《世界日报副刊》	1926 年 7 月—1926 年 10 月	波斯，法国，希腊，中亚，英国，尼泊尔，罗马尼亚		16
		B. Touriam	阿美尼亚	1
《国外民歌译》	1927 年			85
总计	1915—1927 年			131

1913 至 1916 年刘半农在上海，此期以小说翻译为主，鸳鸯蝴蝶派的主流刊物《中华小说界》是他发表译作的主要期刊，因此他交流的人士也多出自鸳鸯蝴蝶派。

1916 年与陈独秀相识成为他文学翻译与创作的转折点，1917 年与钱玄同、周作人、鲁迅、林语堂、胡适等的交往进一步影响了他的文学生涯。这时期，《新青年》成为他发表译作的主要刊物。翻译的作品主要为诗歌。

1920 年出国留学。1921 年从英国转赴法国研究实验语音学直至 1925 年回国；他以原名"刘复"所做的有关汉语语音学方面的研究已成经典，至今仍是汉语语音学研究的必读参考书。在此之后，刘半农的诗歌翻译与创作风格出现了明显的变化，翻译作品主要转为歌谣；依托的期刊主要是周氏兄弟、钱玄同、林语堂等共同创办的《语丝》和由刘半农自己亲任主编的《世界日报副刊》。

根据刘半农在翻译外国诗歌时对诗体和翻译方法的选择和变化，我们将他的诗歌翻译活动分为三个时期：

韵体—归化翻译时期：1916—1918 年；

散体—自由化翻译时期：1918—1921 年；

歌体—准异化翻译时期：1922—1927 年。

其实，在这三个时期之前，他就翻译过了"杜瑾讷夫"（即屠格列夫）的散文诗，只是被他当作小说来翻译了，发表于《中华小说界》。

二、韵体-归化翻译时期

所谓"韵体-归化"，"韵体"是指此期刘半农所选择的原诗体裁多为有韵的格律诗，"归化"是指他的翻译方法多为采用中国旧诗体。刘氏比较多用的是四言诗、五言诗和七言诗的节奏模型。

1916 年与陈独秀相识，在其鼓励下，刘半农将翻译重点转向诗歌，并在《新青年》上连续发表诗歌翻译札记《灵霞馆笔记》，几乎每篇中都附有诗歌翻译。这一时期，他所选译诗歌的主题多是讴歌革命精神和浪漫主义精神，在诗体上有突出的旧诗体特征，多采用中国传统四言、五言、杂言、骚体以及赋体来翻译。刘半农用这种归化的翻译方法主要是在 1918 年之前，也就是胡适发表"建设的文学革命论"之前，即新诗运动的前夕。新诗运动爆发之前，用白话文作诗的理念还没有成型。刘半农亦如旧文人一样，用归化的方法翻译西方诗歌——这也是新诗运动之前国人诗歌翻译的主流策略。下文是刘氏于《新青年》第二期第二号上发表的第一期《灵霞馆笔记》中爱尔兰爱国诗人约瑟·柏伦克德（Joseph Plunkett）的"The Spark"前两节原文及刘氏的译文，以此为例可以很好地分析说明刘氏这一时期的诗歌翻译特点。

BECAUSE I used to shun	我昔最惧死，
Death and the mouth of hell	不愿及黄泉。
And count my battles won	自数血战绩，
If I should see the sun	心冀日当天。
The blood and smoke dispel.	日当天，
	血腥尽散如飞烟。
Because I used to pray	我昔祷上帝，
That living I might see	极口求长生。
The dawning light of day	长生如可得，
Set me upon my way	愿待天色明。
And from my fetters free,	天色明，
	毁桎折梏任我行。

（刘半农，1916：2）

原诗的诗体特征是五行，抑扬格（iambic）三音步，如果用音节和音步符号标示，其实是一个方块诗；韵式为：ABAAB，是很工整的格律体。刘半农的译文，在诗体上与原文完全不同：六行，前四行五言，第五行三言，第六行七言，其中第四行末三字与第五行三字重复；五言和七言部分依照了中国传统诗歌节奏的体式，即二三式和二二三式；韵式是 ABABBB，看上去有点疑似宋词的感觉，尤其是四五六行，读上去颇有点《忆秦娥》的味道。但原诗是一个组诗，由七节组成，每节的格律相同，但刘半农只是对该诗的前两节采用了相同的格律，但对余下的五节分别采用了不同的格律。因此，严格地说，译文用的是两汉时期的杂言古诗体，亦称乐府长短句。以下是第三节和第四节的原文和译文：

Because I used to seek	我昔祷上帝，
Your answer to my prayer	哀哀乞帝怜。
And that your soul should speak	帝应如答我，
For strengthening of the weak	铁石我心坚。
To struggle with despair,	我心坚，
	我力虽弱，
	何惧虎狼挡我前。
Now I have seen my shame	吁嗟往日事，
That I should thus deny	重提大可耻。
My soul's divinest flame,	灵魂当吐神圣焰，
Now shall I shout your name,	奈何趑趄独畏死？
Now shall I seek to die	我今重呼上帝名，
	矢身直进死不止。

（刘半农，1916：2-3）

由此翻译方法也可以看出译者此时对西方诗歌的态度：他看中的是让他肃然起敬的原诗之中的革命豪情，即内容，并不是诗体；译者的潜意识，毫无疑问，还是认为我们的传统诗体是优于原诗的。如果他对原诗的诗体也是这么肃然起敬的话，就不会采取这种不尊重原诗诗体的翻译方法了。但同时我们也可以看到译者的一个纠结而矛盾的心态：一方面仍念念不忘中国的旧诗体，但另一方面又明显不愿意被这个旧诗体所束缚。他的译法既不拘五言，也不拘七言，有一种向往宋词的潇洒，但又不愿意被刻板的词牌套牢；一方面所译之诗是外国的格律诗，但另一方面在翻译时又用中国的传统诗体来压制原诗的诗体特征。因此在这首诗中，我们仿佛看到一个向往自由的人在极力地挣扎着要摆脱束缚手脚的枷锁，而且是一种双重的枷锁——中西两种诗歌传统；同时，也可见此时他心中已经有"增多诗体"的意识了，只是此时"增多诗体"的方式还未完全摆脱中国传统诗体的桎梏：他只是在尝试用杂言诗的方式融合四言、五言、七言和宋词这些中国传统诗歌的元素。

1917 年 1 月，胡适于《新青年》第二卷第五号发表了著名的《文学改良刍议》，号召用白话文写诗。与胡适相见恨晚并在 1918 年也加入《新青年》编辑班子的刘半农不可能不受胡适的影响，但那时谁也不知道白话写诗怎么写，更不知道白话译诗应该采用什么诗体。就在这新旧观念交替的历史断裂处，刘半农的译诗是何表现，值得关注。

1917 年 5 月，继胡适、陈独秀之后，刘半农也发表了他的《我之文学改良观》。文中提出他的一系列诗学主张，其中以"增多诗体"的主张最为引人注目。为了阐述他的这一观点，刘半农还特地对英法诗歌的历史进行了一番比较：

> ……**英国诗体极多，且有不限音节不限押韵之散文诗。**故诗人辈出……若法国之诗，则戒律极严。任取何人诗集观之，决无敢变化其一定之音节，或作一无韵诗者。

> （刘半农，1917b：9）

不可否认，那个时候，刘半农对西方诗学的了解还比较有限，因此言论中常有可商榷之处，比如这里的"英国诗体极多"之说，这在中国的诗歌语境中显得多少有点夸张。中国传统诗体中仅宋词一体，其诗体（词牌）之多似乎就可以超英国诗体不知多少倍了。此外，上面这句话还给人的一个感觉是当时英国"散文诗"已经"诗人辈出"，并俨然是英国诗坛的主流了。在 1917 年的历史背景中这么说英国的散文诗，也不是很准确。实际情况并非如此，当时及之前的英国诗坛从来也没有出现过"散文诗"成为主流的现象，更没有过散文诗诗人辈出的局面。一个简单的例证是，就在中国新诗诗坛急需西方所谓的散文诗来为白话新诗摇旗助阵时，却没有在这一时期的诗歌翻译中见到英国"散文诗……诗人辈出"的现象。

刘半农所说的"英国诗体极多"一语也是一件很值得玩味的事，因为他认为诗体多的原因是诗律不严，"诗律愈严，诗体愈少"（同上）。如果这是事实，多如牛毛的宋词词牌该如何解释呢？我们知道，宋词不同的词牌对于押韵和平仄的组合都有严格的限制，但并不影响宋词有那么多不同的诗体。在该文中，刘半农接着说道：

> 倘将来更能**自造**，或**输入他种诗体**，并于有韵之诗外，**别增无韵之诗**。……则在形式一方面，既**可添出无数门径**，不复如前此之不自由。

（刘半农，1917b：9-10）

值得注意的是，当新诗运动终于让"无韵之诗"登上大雅之堂以后，想做诗人的人有了充分的"自由"，"诗律"也没那么严了，但刘半农所期待的那种诗律愈宽诗体愈多的预言却并没有出现。

刘半农上述诗学观一时之间还仅限于他的理论思考和诗歌创作，他的诗歌翻译暂时还没有受到他诗学理念的影响。

　　搜索 1917 至 1918 年 5 月之间的刘半农的诗歌翻译，我们发现，他的译法还是一如既往地走旧诗化路线，但却不时地采用不同的诗体。可见，在胡适发表《文学改良刍议》后的一年左右的时间内，刘半农还始终遵循着他的译诗理念——译诗须像诗，而且要像中国诗——既然中国新诗还没出现，就只能是像中国的旧诗了。

　　刘半农在紧接胡适《文学改良刍议》之后的那一期《新青年》（第二卷第六号，1917 年 2 月）上发表了他翻译的法国《马赛曲》。以下是原文和译文的片段：

Allons enfants de la Patrie,	我祖国之骄子，趣赴戎行。
Le jour de gloire est arrivé!	今日何日，日月重光。
Contre nous de la tyrannie	暴政与我敌，血旆已高扬。
L'étendard sanglant est levé! (bis)	君不闻四野贼兵呼噪急，欲
Entendez-vous, dans les campagnes,	戮我众，欲歼我妻我
Mugir ces féroces soldats?	子，以勤王。
Ils viennent jusque dans nos bras,	（合唱）我国民，秣而马，
Egorger nos fils, nos compagnes!	厉而兵。整而行伍。冒
{Refrain:}	死进行，沥彼秽血以为
Aux armes, citoyens! Formez vos bataillons!	粪，用助吾耕。
Marchons! (bis) qu'un sang impur abreuve	（刘半农，1917a：9）
nos sillons!	

原诗是法语，法语诗节奏的计算跟英语不一样，前者按音顿计，后者按音步计。判断一首法语诗是不是格律诗，最简单的方法是看其音节在各诗行的分布是否有规律。《马赛曲》的这一段前八行是每行八音节诗（octosyllabe），后两行是每行十音节诗（décamètre），如果用音节符号来表示的话，该诗的节奏结构实际上是一个方块诗，严格地说

是两个长方形叠加，上面一个纵向长方形，下面是一个横向长方形，韵式是 ABABCDDCEE，可见原诗是有明显格律的。

但刘半农的译诗让我们联想到的仍是中国的杂言古诗，也有点像赋体，文言特征依然明显。至于为什么用这种体，联系到刘半农后期的歌体翻译的理念，不难看出他的想法：因为原诗实际上是歌词，所以他想用中国的旧诗体来对应，诗学理念上是以歌译歌。

值得注意的是，就在这期《新青年》上，胡适发表了他本人认为的中国第一组白话新诗。以下是其中的第一首：

<blockquote>

两个黄蝴蝶，

双双飞上天

不知为什么，

一个忽飞还，

剩下那一个，

孤单怪可怜

也无心上天，

天上太孤单。

</blockquote>

（胡适，1917b：1）

比较胡适的这首原创诗和刘半农《马赛曲》的译文，可以清楚地看出，这两位新文化运动的急先锋此时都还没有摆脱中国旧诗体的束缚，但二者也各有所突破：刘半农在诗体上更灵活一点，胡适的诗歌在白话程度上要略高一筹。

此后不长的时间内，刘半农又连续发表了多首译诗，选择的仍是外国的格律诗，采用的文体仍是中国的传统诗体，且大多用五言诗的体式，如《咏花诗》《寄玫瑰》《最后之玫瑰》《哀尔伯紫罗兰》《同情》《不忘我》《缝衣曲》等，另有一首《颂花诗》，用的是夹杂着四言和五言的杂言体。

　　从这一时期刘半农诗歌翻译来看，他对原诗诗体的态度是不予理会。诗歌译作中所采用的诗体以中国传统的五言诗居多，另有多首杂言体。从译文的诗体和翻译的方法看，不难看出，他这一时期的翻译目的并不是想引进新的诗体。

三、散体－自由化翻译时期

　　所谓"散体－自由化"，"散体"是指刘半农此期所选择的诗歌体裁主要为散文诗或具有散文特征的自由诗；"自由化"是指其译法从诗体角度而言既不是归化也不是异化，而是自由化或自由诗化。受胡适和周作人新诗理念的影响，刘半农几乎是立刻抛弃了早期的韵体－归化的翻译方法，转而采用"散体－自由化"来翻译。在刘半农这一时期的诗歌翻译中，有两个比较突出的特征：一是将散文诗译成散文，一是将格律诗或格律不太严的诗译成分行散文，文体上呈自由诗状。

　　新文化运动的爆发让刘半农看到了在诗歌创作上追求"自由"的希望，于是他把目光更多地投向了没有格律的散文诗和格律不严谨的"俚曲体"。以下是他发表的一首译诗《倚楼》的第一节，译自印度诗人 Sarojini Naidu 的 *In a Latticed Balcony*。

How shall I feed thee, Beloved?	我所爱，我将何以饲汝？
On golden-red honey and fruit.	以金红色之蜜与果。
How shall I please thee, Beloved?	我所爱，我将何以悦汝？
With th' voice of the cymbal and lute.	以铙与琵琶之声。
(Naidu, 1912: 61)	（刘半农，1918b：233）

　　刘半农称原诗这一诗体为"俚曲体"（1918b，234），该诗体有

格律，节奏为抑扬格四音步，但一三行做了"掐头"（headless）处理，即句首省去了一个抑音；韵式是 abab，a 韵为重复（此为俚曲体特征，因严谨的格律诗中同词不押韵），同时一三行句首重复。译文以分行散文体来对应原文诗体，只体现了一三行的句首重复和尾音重复，这其中有句法对应的偶然因素，因为原文用的是重复句式，不存在翻译困难，因此不能以此断定是译者刻意要体现原诗的格律特征；译文未体现原文二四行的押韵，也未体现原诗的节奏。这些都是明显的诗体特征，译者为什么不体现？难道他在格律诗的翻译中也要追求他的"不限音节不限押韵之散文诗"的理想吗？

与胡适的译文《老洛伯》比较，刘译的白话程度不如胡适高，但与刘半农前期译文相比，一个重要的特征已豁然显现：译文的诗体已不再采用中国的旧诗体式。因此从翻译方法上看，与胡适在《老洛伯》中的译法和理念都是一样的，其诗学特征都是：[－原诗韵式][－原诗节奏][－中国旧诗体]，连续三个"－"号表明译诗方法上已经自由得无拘无束了。

抑或，这就是"诗体大解放"的理想所在？刘半农在欣喜若狂地享受这种散文体带来的"自由"之时，大概已经忘记了他先前说过的话："诗律愈严，诗体愈少。"新诗发展的结果是诗律越来越不严了，但诗体却没见到他所希望的"增多"，久而久之居然出现了自由诗独大的局面。这个结果无情地否定了他的"诗律愈严，诗体愈少"的断言，事实正好相反：诗律愈松，诗体愈少。

如今的一个机构性的共识是：中国新诗是受了西方诗歌的影响。既然如此，在经历了刘半农等人所倡导的西诗汉译之后，为什么刘半农所说的"英国诗体极多"的现象没有在中国诗坛上重现？另一方面，刘半农认为"诗律愈严，诗体愈少"；既然如此，如今的中国新诗已经"散"得几乎没有任何诗律了，为什么获得自由的诗人们却只能写一种诗体——自由体？细观中国新诗，不难看出其突出的特征就是刘半农所梦寐以求的那种"不限音节不限押韵之散文诗"。因此，中国新诗中仅这种诗体独大是否与刘半农、胡适等新文化运动的急先锋们在西诗汉译过程中追求散文化的做法存在关联？在中国新诗受了所谓西方诗歌的影响之后，中国诗坛上出现了两个划时代的现象：1. 中国传统诗歌从此没落；2. 中国白话散体新诗横空出世，但诗体基本上就一种——散文体，即"不限音节不限押韵之散文诗"，亦即更常见的说法"白话自由诗"，或者"分行散文体"。其实，西方诗歌不可能直接影响到中国诗坛，在中国 20 世纪初那个国民教育严重不发达的时代，能懂西文的人很少，而能懂西方诗歌的人更是少之又少，因此西方诗歌要对中国诗坛产生影响，只能依赖于当时的一批懂西文的知识精英的翻译。但问题是，如果这批精英在翻译西方诗歌时，一心想展现给国人的并非是西诗的诗体，而是他们心中已经预制好了的那种"诗须废律"的"不限音节不限押韵之散文诗"，那么这个所谓的"影响"究竟是来自于西方诗歌，还是来自于那些已经被废了律的译文？这似乎是一个让我们想起来就很别扭的事，别扭得让不少先入为主的学者一遇到这问题就绕着走，唯恐深入探究之后，得出真的让人别扭的结论。

四、歌体-准异化翻译时期

所谓"歌体-准异化"，"歌体"是指民歌，亦称歌谣、民谣；刘半农此期所选译的外国诗歌体裁主要是民歌；"准异化"，是指他的翻译方法，有异化的倾向，但并不彻底。

根据《新普林斯顿百科全书之诗歌与诗学》（*The New Princeton Encyclopedia of Poetry and Poetics*）的定义，民歌是一种口语诗歌，指"人们代代口耳相传的传统诗歌体，主要可以划分为三大类：仪式类民歌、抒情类民歌和叙事类民歌。而仪式类中非叙事类民歌又包括咒语类、童谣类、婚庆类、哀丧类、特殊节日类、美赞类等"

（Preminger，1993：863）。而民歌的节奏、语音组合和诗行复沓结构都是为了加强语言的力量并最终服务于这些仪式。（同上：863）

1918年，刘半农在与沈尹默的闲聊时意识到"歌谣中也有很好的文章"（刘半农，1927a：自序1），从此刘半农致力于民谣的研究。1918年初，刘半农与周作人、顾颉刚等成立北大歌谣征集处并倡议收集全国民谣；同年六月中旬，回江阴，并采集江阴民歌；1919年，以江阴方言创作出他的第一首民歌《拟儿歌》。作为"中国文学上用方言俚调作诗歌的第一人"（乌尔沁，2002：73），刘半农早期民歌收集和编写为他之后的民歌翻译奠定了坚实的基础：不同的民歌体为他日后翻译外国民歌提供了丰富的想象空间。

1920年，刘半农远赴欧洲留学，中断了他在国内的民歌征集活动，但这丝毫没有影响到他对民歌的热情。这期间他将目光转向国外民歌。在欧洲从事实验语音学研究之余，展开了对国外民歌的收集和翻译。

在欧洲留学的刘半农一方面努力收集并翻译国外的民歌，另一方面随着学术意识的进一步加深，他终于开始理性的思考诗学和翻译问题了。1927年，刘半农在《语丝》上发表了一篇题为《关于译诗的一点意见》的文章，从中可以看出他的诗歌翻译理念已经发生了一定的变化，开始意识到"语言的方式"的重要性了，因此他的翻译主张开始出现了异化的倾向。他说：

> 我们的基本方法，自然是直译。因是直译，所以我们不但要译出它的意思，还要尽力的把原文中语言的方式保留着；又因直译（literal translation）并不就是字译（transliteration），所以一方面还要顾着译文中能否文从字顺，能否合于语言的自然。在这双方挤夹中——sandwich——当然不免要有牺牲的地方。
>
> （刘半农，1927b：363）

回看刘半农前期的诗歌翻译，对于"原文中语言的方式"他似乎从来也没有放在心上。如今，他有了这样的学术观点，应该说与他在西方所接受的学术训练有关。因为西方诗学向来重视诗歌的诗学形式，甚至说形式是西方诗学的核心元素也不为过。刘半农在经历了差不多十年的随心所欲的诗歌翻译之后，终于开始理性地考虑诗歌的艺术问题了。那么他的实际翻译是否真的在这方面尽力了呢？

1927 年，刘半农出版了他的民歌翻译集《国外民歌译（第一集）》，在这个集子的"自序"中，他列举了多首他喜欢的民歌，比较明确地表达他对民歌的审美理想。例如：

> 人之初，鼻涕拖；
>
> 性本善，捉黄鳝；……
>
> （刘半农，1927a：自序 6）

再如：

> 热头要落又不落，
>
> 小妹有话又不说，
>
> 小妹有话只管讲，
>
> 热头落坡各走各[①]。
>
> （刘半农，1927a：自序 7-8）

这些民歌之所以脍炙人口，主要的诗学原因正是语言的表达方式符合诗学的原理——反常化；具体说来，一个不变的特征就是音乐性强，而这些音乐性的形成也正是反常化手段运用的结果。中国民歌如

---

① 各：在刘半农老家的江阴方言中读"国"音。

此，外国民歌也一样，因为都是歌：是歌至少就有节奏，会押韵，还会时不时玩点文字游戏。因此，从诗学的角度看，很容易看出其语言艺术的构成：节奏明快，韵式灵动；这些就是反常化的语言表达，因为不同于自然语言的大白话，虽然貌似大白话，这似与不似之间正是反常化的关键之处。"反常化"译自英文的 defamiliarization，其中 de- 是否定性前缀，常译为"反"或"去"，familiarization 意为"常见"，其实就是大白话的意思；de- 与 familiarization 合成的妙处就是常见之中见反常，而该术语的另一译法"陌生化"，严格地说，并不准确，且会产生误导。此时，已颇受西方诗学影响的刘半农已不再跟着感觉走，他开始对原诗的诗学形式有所尊重了，于是翻译方法上开始走直译路线，出现了明显的异化倾向。

以下为他所译法国民歌 "Ronde D'Enfants" 的前两节：

Quand J'etais chez mon pere	当初我还跟着我父亲住一起，
Garcon z'a marier,	我正急着要结婚。
Je n'avais rien a faire	什么事都不要我做得，
Qu'une femme a chercher.	要我做的只是找女人。
Verduron verduronnette,	Verduron, Verduronnette,
Verduron dondon.	Verduron, dondon.
Je n'avais rien a faire	什么事都不要我做得，
Qu'une femme a chercher.	要我做的只是找女人；
Maint'nant que j'en ai une	如今我已找到了一个，
Ell'me fait enrager.	她可害得我发了疯。
Verduron...[①]	Verduron，（下同）

（刘半农，1927a：20—21）

[①] http://www.bm-dijon.fr/documents/ANNALES%20BOURGOGNE/1939/1939-011-22-333-350-1358906.pdf

原民歌每节六行，前四行为主歌，后两行为复唱，每节的复唱部分相同。与刘半农在他民歌译文集的"自序"中所引用的几首中国民歌一样，原诗也有明显的节奏、韵式和文字游戏。刘半农的译文部分地体现了原诗的韵式：第一节二四行如原文一样押韵，第二诗节则完全押了原文的韵 abab。但从没有引用的后面译文看，译者对押原诗之韵还并不是很在意，押得不是很严谨。从诗体的角度看，在异化方面完全没有到位的是节奏。法语诗歌的节奏单位是音节。原诗的节奏是比较工整而有规律的：单数行主要是七个音节，偶数行主要是五个音节，因此音乐性很强，但译文的节奏则是凌乱而无规则的，原诗的音乐性因此而受损。但也不难看出，这首译诗所呈现出来的翻译策略上已有明显的异化倾向了。

再来看他翻译的另一首法国民歌"Les Grandes Vérités"。以下是原文的前三节：

Oh! Le bon siècle, mes frères,
Que le siècle où nous vivons!
On ne craint plus les carrières
Pour quelques opinions;
Plus libre que Philoxéne.
Je déchire le rideau;
Coulez, mes vers, de ma veine;
Peuples, voici du nouveau.

La chandelle nous éclaire,
Le grand froid nous eng'ourdit,
L'eau fraîche nous désaltère.
On dort bien dans un bon lit.

On fait vendange en Septembre,

En Juin viennent les chaleurs.

Et quand je suis dana ma chambre

Je ne suis jamais ailleurs.

Rien n'est plus froid que la glace;

Pour saler il faut du sel.

Tout fuit, tout s'use et tout passe;

Dieu lui seul est éternel.

Le Danube n'est pas l'Oise

Le soir n'est pas le matin,

Et le chemin du Pontoise

N'est pas celui de pantin.

(Delloye, 1843: 152)

原诗是民歌体，音乐性还是很明显的：韵式工整，ababcdcd；节奏方面每行多是 7 个音节，个别为 6 音节和 8 音节，第三节则全部是 7 音节，可见主要节奏是 7 音节。

以下是刘半农所译该诗的前两节：

弟兄们，好世界！

我们遭逢到了这么个好世界！

我们要说什么就说什么，

再没有谁来把我们拉到牢里去。

我们真比菲罗克生 ① 还自由，

---

① 菲罗克生 Philoxène，希腊诗人，曾以作诗刺 Denys 王下狱。——原注

让我撕破了窗帘说亮话。

我的诗句在我血管中流，

民众们，哪，这就是新鲜诗句哪：

照我们的是蜡烛；

冻僵我们的是大冷天；

清水解我们的渴；

有了张好床就可以好好的睡着了。

九月里收葡萄；

六月里是大热天。

有时我在屋子里，

我就断然不在屋外了。

（刘半农，1927a：4-6）

　　刘译只有第一节的后四行押了原诗的韵，这对在前期无视原诗诗体特征的刘半农来说，已是一个进步，但对于原诗的节奏，译者还是采取了不予理睬的态度。因此，译文读起来远不如原诗具有音乐美。

　　对于特别讨厌被格律束缚的五四那一代新诗人来说，他们的最爱永远是没有格律或韵律不严的诗篇。以下为刘半农所译 "Women's Harvest Song" 的前两节：

I am waving a ripe sunflower,	我正在这里摇动着一颗已经成
I am scattering sunflower pollen to the	熟的向日葵，
fourworld-quarters.	我把向日葵子撒向世界的四方去。
I am joyful because of my melons,	我看了我的瓜很快乐，
I am joyful because of my beans,	我看了我的豆很快乐，
I am joyful because of my squashes.	我看了我的南瓜很快乐。

The sunflower waves.	向日葵摇动着。
So did the corn wave	谷也摇动着，
When the wind blew against it,	当风来的时候。
So did my white corn bend	我的白谷也弯下头去，
When the red lightning descended upon it,	当红的电光闪耀着它的时候；
It trembled as the sunflower	它颤动得好像向日葵，
When the rain beat down its leaves.	当急雨打落了它的叶子时候。
(Lowell, 2001:3)	（刘半农，1927a：124–125）

这是一首仪式类民谣，是普韦布洛族印第安人在收获时唱的歌谣。全诗共四个诗节，每一诗节内诗行数量不尽相同，各行音步数量也不尽相同，也不押韵，是一首口语化的民歌。以上两节中，第一节五行，第二节七行，不押韵，但第一节有一个突出的诗学特征，即五行均是句首重复，而且从第三行到第五行，整个句式重复，仅最后一个词不同；第二节的三、五、七行句首重复。可见，这首民歌的突出的诗学特征是重复。其实，重复就是节奏的来源，只不过这种节奏不是格律诗的节奏，而多是散文诗或自由诗的节奏。这些重复特征基本上被刘半农完美地体现了，但这多少也与原文的这一形式特征不存在翻译困难有关。

　　刘半农在民歌翻译中所体现出来的与前期翻译策略不同的异化倾向，还可以从下面他翻译的这首民歌的对比中看出来。原文是：

Little Jack Horner,

Makee Sit inside corner,

Chow-chow he Clismas pie;

He put inside t'um,

Hab catchee one plum,

"Hai yah! What one good chilo my!"

刘半农的译文是：

> 小小子儿，
>
> 坐屋角，
>
> 吃年糕。
>
> 年糕里，
>
> 吃出干葡萄
>
> "好呀！我这小子多么好！"

（刘半农，1927a：144）

一读起来，乍听之下，活脱脱是一首中国的童谣。有节奏，有押韵，但却不是原文的节奏和韵式，这是典型的归化译法。在刘半农对民歌的翻译已经形成异化倾向的时候，为何这首民歌的译法又回归到了归化翻译呢？原来，在刘半农看来，这是一首被翻译到"海外的中国民歌"（1927a：141）。比较一下原生态的一首中国童谣：

> 小小子儿，
>
> 坐门墩儿，
>
> 哭着喊着要媳妇儿，
>
> 要媳妇干嘛？
>
> 点灯，说话儿，
>
> 吹灯，作伴儿，
>
> 早上起来梳小辫儿。

其他归化的特征还有：把英国人名 Jack Horner 译成汉语童谣的标志

性用名"小小子儿";把 Clismas pie（圣诞派）归化成了中国文化特有的"年糕"。

其实，刘半农在他的《国外民歌译（第一集）》一作中，将上面这首诗归为中国民歌应该是他的一个误解。他以为英语中的这首民歌是从中文翻译过去的，但原诗实际上就是一首英国民歌，而且非常有名；不仅有历史，有渊源，还有多个变体。"维基百科"对这首童谣有专门的介绍，诗名就是该民歌的第一行"Little Jack Horner"[①]。

顺便提一下，刘半农对这一童谣的翻译方法很特别，提供了两种译法；除了上述译文之外，还有一种译法采用了近乎当年费诺罗萨（Fenollosa）标注中国诗的做法[②]，对原文进行了隔行对照式的标注：

LITTLE JACK HORNER.

（小小子儿）

小　　（小孩名）
Little　Jack Horner,

〇　坐　里　角
Makee　sit　inside　corner.

　吃　那　圣诞　糕
Chow-chow　he　Clismas　pie;

他　放　里面　？
He　put　inside　t'um

已　找到　一　干葡萄
Hab　catchee　one　plum,

（惊喜词）　怎么　一　好　小子　我
"Hai yah!　what　one　good　chilo　my!"

（刘半农，1927a：144-145）

他说："……凡不能拟为何义者，用？号；姑拟为某义，而未能决定者，于所拟之字后加（？）号；助字无关于语句之机能者，用〇号。"（刘半农，1927a：143）可见，刘半农此时的身份已经不再是"诗人翻译家"了，而是"学者型诗人翻译家"了。

再回到归化和异化的问题上来：刘半农将这首他误以为是流传到海外的中国童谣翻译成汉语，作为"学者型诗人翻译家"，这首童谣的翻译在他看来实际上是让这首民歌回归故里，因此采用的是一种"回译"。如果不采用归化的译法，那么这首诗即便译成了汉语，也无法回归故里了。因此他采用归化的译法，完全是可以理解的。以此作为参照，我们更可以清楚地看出，他在翻译其他那些外国民歌时所采用的翻译策略带有明显的异化倾向。由此可以看出，此时的刘半农作为学者型的翻译家，对于翻译策略上的归化和异化在他的认知中俨然已经有了清晰的界定。

民歌介于诗与歌之间，因此往往有着诗的格律和歌的乐感。格律上有时很严谨，有时又很宽松，但由于它又是歌，因此即便没有韵式，也往往是很有节奏的，否则唱不起来；有时又会有很明显的文字游戏，民族性和趣味性比较强。刘半农此期翻译在体裁和方法上的选择变化，一方面表现出了他对民歌的喜爱，另一方面也与他所受的正统的学术训练有关：语音学。关注民歌，正是他开始关注声音的真实体现。从他的相关论说中还可以看出，西方诗学对他产生了一定的影响，但同时也可以看出，他显然还是没有系统地研究西方诗学，因此，在处理原诗的诗学特征（尤其是节奏）时，还是显得有点考虑不周。因此，所译外国民歌，总体而言节奏感都不是很强，音乐性与原文差别比较大。从诗学的角度看，他似乎更重视原诗的信息功能，对诗学功能较之"散体−自由化时期"有明显的重视，但仍重视得还不够。就民歌翻译而言，没有译出节奏，就如同唱歌走了调。不过，若他不是英年早逝，假以时日，这位有着语音学博士学位的诗歌达人一定能想出走出困境的好办法。

结语

刘半农的三次诗歌翻译转型反映了二十世纪早期中国诗歌翻译的一个侧面,同时也是他积极探索新诗体的心路历程的表征,而且每次转型都是选材和方法同时发生变化,标志着他对诗学和诗歌翻译的认识不断加深。这种选材与方法同时转向的现象在国内其他翻译家身上还并不多见,诚如他自己所说:"我在诗的体裁上是最会翻新鲜花样的。当初的无韵诗,散文诗,后来的用方言拟民歌,拟'拟曲',都是我首先尝试。"(刘半农,1926:自序4)他的诗歌翻译的不断转型也为中国诗坛不断带来新的冲击,对他本人的诗歌创作和同时代人的诗歌创作均带来了源源不断的诗学灵感:中国诗坛上先后上演的散文诗、无韵分行散文诗、有韵分行散文诗、新拟民歌,等等,无不留下了他的印迹。而对于中国白话诗歌的节奏缺陷问题,作为语音学家的他早就纠结于心,一生苦寻答案,终无完美结论,他曾写道:"至于白话诗的音节问题,乃是我自从一九二零年以来无日不在心头的事。虽然直到现在,我还不能在这上面具体的说些什么……"(同上)

总之,刘半农的诗歌翻译和创作对中国新诗产生了深远的影响,他的三次诗歌翻译转型成为研究中国二十世纪早期诗歌翻译的典型之一。

＊　本章作为本项目的阶段性成果以"诗体的纠结:刘半农诗歌翻译的三次转型"为题发表于《外语教学》2019年第2期。中山大学外国语学院博士生赵暇同学参与了本课题的研究。谨在此表示感谢。成书有一定的修改。

第二章 朱湘：节奏的牵挂

上文的论证已经清楚地表明，自新文化运动以来的汉译西方格律诗最大的诗学缺陷是没有跟上原文的节奏，而这一缺陷并非是不可纠正的。

中国大规模翻译西方诗歌始于新文化运动，至今已经有一百多年的历史了。最初被译入的诗歌门类主要是格律诗。格律诗突出的诗学特征是有严格的形式限定——节奏严整，韵式严谨。就英诗汉译而言，韵式不是难题，事实证明，只要译者愿意，一定会体现出来。但节奏就不一样了，英语格律诗的节奏一般都比较单调，往往是一个节拍走到底，抑扬格匀速推进，基本上都是"嘣嚓嘣嚓嘣嚓嘣嚓，嘣嚓嘣嚓嘣嚓嘣嚓……"的节奏，因此各诗行大多是偶数音节。相对而言，中国诗歌最突出的节奏特征是讲究变化。中国古典诗歌的突出代表当属近体诗，其诗学特征是诗行为奇数音节，平仄交错，如"平平仄仄平平仄，仄仄平平仄仄平"。就艺术性而言，显然近体诗的节奏艺术品质更高，难度更大。也正因为如此，习惯于这种节奏的中国译者在翻译英语格律诗时最不愿意跟从原文的节奏，一直以来都是用散文体的节奏来翻译英语格律诗，导致译诗的形态以长短句为主，节奏也失去了原有的齐整。虽然曾有孙大雨、卞之琳等学者号召用以顿代步的方式来体现原文的节奏，但由于"顿"本身就不像英语诗歌的音步那样有严格的音节数限制，因此用以顿代步的方法翻译的英诗仍然没有克服与原文节奏不合拍的翻译缺陷，这也成了西诗汉译领域近一百年来一直难以释怀的遗憾。

其实，对中英格律诗的节奏结构做一比较，我们不难发现，二者之间有一个重要的共同点，即主要节奏单位都是由双音节构成，这就为英诗汉译的节奏转换提供了强有力的诗学和语言学理据。在中国，双音节节奏早在《诗经》时代就已确立了强大的诗学基础，历经两千多年至今对汉语的节奏仍有重大的影响。难道这样清晰的诗学记忆在西诗汉译过程中就真的找不回来吗？

其实，在朱湘的译诗中，我们就可以找到这样的记忆留存。

一、朱湘翻译的一首莎士比亚十四行诗

第一部分第二章提到朱湘翻译过莎士比亚的一首十四行诗：

Shall I compare thee to a Summer's day?	我来比你作夏天，好不好？
Thou art more lovely and more temperate:	不，你比它更可爱，更温和：
Rough winds do shake the darling buds of May,	暮春的娇花有暴风侵扰，
And Summer's lease hath all too short a date:	夏住在人间的时日不多：
Sometime too hot the eye of heaven shines,	有时天之目亮得太凌人，
And often is his gold complexion dimm'd;	他的金容常被云霾掩蔽，
And every fair from fair sometime declines	有时因了意外，四季周行，
By chance or nature's changing course untrimm'd:	今天的美明天已不美丽：
But thy eternal Summer shall not fade,	你的永存之夏却不黄萎，
Nor lose possession of that fair thou owest;	你的美丽亦将长寿万年，
Nor shall Death brag thou wanderest in his shade,	你不会死，死神无从夸嘴，

When in eternal lines to time thou growest;　　因为你的名字入了诗篇：

　So long as men can breathe, or eyes can see,　　　一天还有人活着，有眼睛，

　So long lives this, and this gives life to thee.　　　你的名字便将与此常新。

　　　　　　　　(Shakespeare, 1905: 59)　　　　　（朱湘，1986：71-72）

十四行诗的节奏特征一般是抑扬格五音步。

在诗歌翻译方面，朱湘曾经尝试过多种方法，其中最有名的一种方法就是上面用的这种：用每行十个字对应原诗的每行十个音节。他自己并没有为这一方法做过命名，但根据其实际所采用的方法，姑且称其为"以字代音节"：原文是抑扬格五音步，每行有十个音节，朱湘的译文则用十个字／音节来做对应，并跟随原文的韵式。

其突出的特征是对节奏的处理，但采用这种"以字代音节"的节奏处理方法则经不住诗学的推敲。罗念生在给《朱湘译诗集》所作的序中对朱湘诗歌翻译的节奏问题是这样评价的：

> 朱湘讲究"形体美"，为求整齐起见，把每行的字数严格限定。这是一个错误，因为诗是时间艺术，与空间无关，诗是拿来朗读或默读的，而不是拿来看的。古希腊人认为抒情诗属于音乐，是有道理的。在格律诗中，每行诗字数整齐，如果音步不整齐，就会破坏各行所占时间的均称。而且限定了字数，往往会拉掉一些字或塞进一些字以求整齐，这就会破坏诗的意义或音韵。朱湘的译诗有些生硬，原因就在这里。
>
> 　　　　　　　　　　　　　　　　　（罗念生，1985：6）

罗念生一针见血地指出朱湘这一译法的诗学缺陷所在。但如果我们细看这首译诗，会发现一些十分有趣的地方，如中间七行：

他的‖金容‖常被‖云霾‖掩蔽‖，

有时‖因了‖意外‖，四季‖周行‖，

今天‖的美‖明天‖已不‖美丽‖：

你的‖永存‖之夏‖却不‖黄萎‖，

你的‖美丽‖亦将‖长寿‖万年‖，

你不‖会死‖，死神‖无从‖夸嘴‖，

因为‖你的‖名字‖入了‖诗篇‖：

如分节号所示，这一部分基本上都可以读成双音节节奏。像这样的双音节节奏诗行，译诗中共有八行（包括最后一行），占了全诗的多数；只有六行难以断成双音节节奏，如一开始的五行：

我来‖**比你作**‖**夏天**‖，**好不好**‖？

不，‖**你比它**‖**更可爱**‖，**更温和**‖：

暮春的‖**娇花**‖**有暴风**‖**侵扰**‖，

夏‖**住在**‖**人间的**‖**时日**‖**不多**‖：

有时‖**天之目**‖**亮得**‖**太凌人**‖，

如此，译文八行齐整的双音节节奏和六行凌乱的节奏合于一体，整体的节奏实际上就乱了。而十四行诗的节奏则基本上是整饬的，差不多是一个"嘣嚓"走到底；因此，译诗与原诗的整体节奏就对不上了。比较译诗与原诗，仿佛是朱湘在跟莎士比亚跳舞：一开始朱湘找不准莎士比亚的舞步，跳了五小节，都没找准节奏，莎士比亚跳的就像是两步舞，朱湘则一会儿两步，一会儿三步，还有两次是一步，其间应该是经常踩到了莎士比亚的脚，但到第六行终于对上了莎士比亚的节奏，而且两人几乎一直是"嘣嚓嘣嚓"地跳到了最后，只是在倒数第二小节时朱湘又错了一次。给人的感觉是朱湘终于学会了跳莎士比亚的这种两步舞，只是还不太熟练而已——这大概是五四时期英诗汉译最接近原诗节奏的一次尝试。

也许，当时朱湘太专注于译诗的"形体美"，而没有注意到其中八行的节奏特征与原诗的节奏十分合拍，否则他也许会据此对其他六行稍加改动，对上原文的节奏，从而也合上译诗中那八行的节奏，这样实际上就可以完美地合上原诗的节拍，而且会更加完美地实现他对"形体美"的追求。但最终朱湘没有这么做，他的这种译法在翻译史上最终给人们留下的记忆是"以字代音节"——译诗方法进化过程中的一个短暂的中继。

假如，朱湘将这首译诗中六行"走调"的节奏改成如其他八行那样的整齐节奏，那么中国的诗歌翻译史就会是另一番景观了。

其实，这样的修改并不是什么难事，试在原译的基础之上做一微调：

朱湘原诗	改译
我来比你作夏天，好不好？	我来把你比作夏天可好？
不，你比它更可爱，更温和：	你比夏天更加可爱温和：
暮春的娇花有暴风侵扰，	暮春娇花时有暴风侵扰，
夏住在人间的时日不多：	夏之人间租约时日不多：
有时天之目亮得太凌人，	有时天目闪亮太过凌人，
……	……
一天还有人活着，有眼睛，	只要有人活着，就有眼睛，

将改译融入原译：

> 我来把你比作夏天可好？
> 你比夏天更加可爱温和：
> 暮春娇花常有暴风侵扰，

夏之人间租约时日不多：

有时天目闪亮太过凌人，

他的金容常被云霾掩蔽，

有时因了意外，四季周行，

今天的美明天已不美丽：

你的永存之夏却不黄萎，

你的美丽亦将长寿万年，

你不会死，死神无从夸嘴，

因为你的名字入了诗篇：

只要有人活着，就有眼睛，

你的名字便将与此常新。

（粗体部分是改译）

一首双音节节奏的十四行诗就完整地浮现在了我们的眼前。虽然从内容的准确性和表达的艺术性来看，原译还有多处可以改进的地方，但那样的改进就脱离了朱湘当时的翻译思维轨迹。本章的修改只是想说明，按朱湘对原文的理解和所生成的译文，改成双音节节奏难度并不是很大。

二、对朱湘译诗的误读?

张旭在研究朱湘译诗时发现，"在《番石榴集》全部 101 首译诗中，追求诗行字数相对整饬的有 81 首，占总数的 80.2%"（张旭，2008：195）。因此，像本章所引的这首译诗的译法，在朱湘的译笔之下并非偶然，而在这 81 首"字数相对整饬"的译诗中，存在着大量的节奏"整饬"的诗行。朱湘的这种翻译方法被学界解读成是对"形体美"的追求或是对闻一多提出来的诗歌"建筑美"的响应，但细读朱湘留下的不多的文献可见，他的译诗和写诗对"音乐美"有着更明确而强烈的追求。与朱湘同属同一诗歌阵营"新月派"的闻一多就曾提出过诗歌创作的三美原则，即"音乐美、绘画美、建筑美"。朱湘对"音乐美"的追求是追随闻一多，还是二人对这一问题有相同的看法，现在已经难以求证。之所以这么说，是因为痴迷于诗歌"音乐美"的朱湘曾直指闻一多的诗歌中缺乏"音乐美"：

> 闻君的诗，我们看完了的时候，一定会发见一种奇异的现象，便是，音乐性的缺乏。无音乐性的诗！这决不是我们所能想象得出来的。诗而无音乐，那简直是与花无香气，美人无眼珠相等了，那时候如何能成其为诗呢？在闻君的诗集中，只有《太阳吟》一篇比较的还算是有**音节**，其余的一概谈不上。至于《渔阳曲》的章尾（refrain）完全与美国叶仑坡（Allan Poe）的 Bells 一样，只是一种字音的有趣的试验，谈不上**音节**，因为**音节**是指着诗歌中那种内在的与意境融合而分不开的**节奏**而言的。正因为他缺乏音乐性的原故，我们才会一直只瞧见他吃力的写，再也没有听得他自在的唱过的。这是闻君的致命伤，……（朱湘，2009a：128-129）

朱湘在批评闻一多的诗歌缺乏音乐性的同时，也明白无误地表明了他自己的诗学主张，这一主张还突出地表现在他对两个术语的运用上：一个是"音节"，另一个是"节奏"。这里需要解释一下，新诗运动期间诗人们所用的"音节"往往并不是英语的 syllable 的意思，而是相当于 foot（音步）。当时英诗中的"音步"的概念刚进入中国，大家所用的术语不尽相同。在朱湘之前，胡适对这个节奏术语有一个译法，叫"尺"（胡适，2001a：571）；闻一多所说的"音尺"则译自 metre（闻一多，1993d：149），后来新诗诗人们还用过"音组""拍子""意组",最终新诗的节奏通用为"顿"。由上述引文,可以看出朱湘对于诗歌节奏的重视。其实,这反映了中外诗人们的一个共识。闻一多就说过:"诗的内在的精神"就是节奏(闻一多,1993a:144),"诗的所以能激发情感,完全在它的节奏;节奏便是格律"(同上,138–139)。朱光潜称节奏为诗的"命脉"(2012b:158)。美国著名文学理论家布鲁克斯和华伦称"诗的本质在于节奏"(Brooks & Warren,2004:494)。

关于新文化运动时期的译诗、节奏和无视译诗的节奏所造成的危害,上面引过的朱湘的一番宏论值得我们关注:

我国如今尤其需要译诗。因为自从新文化运动发生以来,只有些对于西方文学一知半解的人凭借着先锋的幌子在那里提倡自由诗,说是用韵犹如裹脚,**西方的诗如今都解放成自由诗了,我们也该赶紧效法**,殊不知音韵是组成诗之节奏的最重要的分子,不说西方的诗如今并未承认自由体为最高的短诗体裁,就说是承认了,我们也不可一味盲从,不运用自己的独立的判断。**我国的诗所以退化到这种地步,并不是为了韵的束缚,而是为了缺乏新的感兴,新的节奏**——旧体诗词便是因此木乃伊化,成了一些僵硬的或轻薄的韵文。倘如我们能将西方的真诗介绍过来,使新诗人在感兴上节奏上得到鲜颖的刺激与暗示,并且可以拿来同祖国古代诗学昌明时代的佳作参照研究,因之悟出我国旧诗中那一部分是芜蔓的,可以铲除避去,那一部分是菁华的,可以培植光大;西方的诗中又有些什么为我国的诗所不曾走过的路,值得新诗的开辟?

(朱湘,1928:456)

从朱湘的这些言论来看,他对诗歌的节奏还是有比较深刻的认识的，尤其是他的翻译目的："将西方的真诗介绍过来"，"使新诗人在感兴上节奏上得到新颖的刺激与暗示"，值得我们关注和反思。尤其是他对"真诗"和"节奏"的关注，其实包含了对当时诗歌翻译不重节奏的不满；显然，在他看来，译诗而不译节奏，译出来的就不是"真诗"了。

然而，他那么重视节奏，却又为什么他的译诗中还有罗念生所指出的那种只顾"空间"不顾"时间"（即节奏）的"错误"呢？而且，持这种批评态度的不止他一人。

然而，这会不会是大家对朱湘的一个误读呢？

英语诗歌的格律理论有这样几个常识：

1. 抑扬格是一个双音节节奏单位；
2. 绝大多数的英语诗都是抑扬格的（Brewer，1950：30），因此只要大多数音步是抑扬格的，即可判定那首诗的节奏是抑扬格的；
3. 抑扬格不完全是按词典的轻重音划定的，而是根据具体语境中语义的轻重来区分的，因此具有一定的主观性；
4. 格律诗中允许有节奏变体。

也就是说，在英诗分析中，判断一首诗是不是抑扬格的，并非像我们的近体诗那样近乎苛刻。只要大多数音步是抑扬格的，即可判定这首诗是抑扬格的；个别的变通是允许的，甚至会在理论上想方设法让其算作抑扬格。我们再来看看这首诗的原文：

Shall I compare *thee* to a Summer's day?

Thou art more lovely and more *temperate*:

Rough winds do shake the darling buds of May,

And Summer's lease hath all too short a date:

Sometime too hot the eye of heaven shines,

And often is his gold complexion dimm'd;

And every fair from fair sometime declines

By chance or nature's changing course untrimm'd:

But thy eternal Summer shall not fade,

Nor lose possession of that fair thou owest;

Nor shall Death brag thou wanderest in his shade,

When in eternal lines to time thou growest;

So long as men can breathe, or eyes can see,

So long lives this, and this gives life to thee.

(Shakespeare, 1905: 59)

　　至少，这首诗中用斜体的地方（七行）都不是严谨的抑扬格格式；倒数第五至倒数第三行，这三行都是十一个音节。如果从中国传统诗论的角度看，这样写诗就是不严谨了；假如写七律的时候，有一行是八个字，那简直会被认为是没有文化的表现。但在英诗理论中，这样的变化则是天经地义，其中一个重要的理据是：英语格律诗以抑扬格为主，但诗人们常会在抑扬格的节奏之中来点变化；英诗理论也配合这种变化，有种种的分析方法为这种变化开脱。于是，一个明白无误的事实此时已经摆在我们面前：从整体上看，朱湘译诗的节奏单位上绝大多数是双音节的。那是不是可以说，朱湘的译文已经准确地体现了原诗的总体节奏特征了呢？

　　中西诗歌理论都认为，人们在朗诵诗歌时，会在主导节奏的影响下，把个别不规则诗行中的节奏按主导节奏读出。诗歌理论正是根据这个节奏惯性的原理为不规则的节奏找到了开脱的说辞，英诗里区分了"口语重音"（speech stress）和"节奏重读"（metrical accent）

（McAuley，1966：3），中国诗里区分了"声律单位"和"意义单位"（王力，2001：134）。也就是说，到了诗歌里，我们对节奏的切分不是按自然语言或者语法结构，而是要按主导节奏的需要去切分。如《诗经》中的"关关雎鸠，在河之洲"，按语法或口语，此句应断成"关关‖雎鸠‖，在‖河之洲‖‖"，但受《诗经》的双音节节奏的影响，这行诗在朗诵和分析时就被断成了"关关‖雎鸠‖，在河‖之洲‖‖"。

如此说来，朱湘这首译自于英语的诗歌，是不是也可以一直用双音节节奏一路朗诵到底呢？

然而，理论上能讲得通的道理，实际上行不行得通，常常是一个问题。具体情况需要具体对待。以这首译诗的第一行而论："我来‖比你作‖夏天‖，好不好‖"，朗诵时似乎只能是按自由诗的节奏，读成四顿，与原文的五音步诗行无法形成节奏对应。虽然诗歌理论认为，诗行的朗诵或"节奏重读"或"节奏单位"不同于自然语言的读法，但无论如何，这行诗也无法断成"我来‖比你‖作夏‖天好‖不好‖"这个样子吧，至少暂时不行。为何这么说呢？这是因为：英诗中的这种五音步的双音节节奏，还没有在中国诗歌读者的记忆之中形成节奏习惯；在不习惯这种节奏的前提下，这首诗是无法按这个节奏读下去的，何况这一行还是一首诗的第一句，而且一连五句都是没有规律的节奏，无法形成一种主导性的节奏惯性，因此对于这前五句按五音步节奏来切分至少暂时不具可行性。

毕竟，英语和汉语在语音上有很大的不同：英语可以是一个词一个音节（syllable），也可以是一个词多个音节，音节在长度上有长有短，因此诗行朗诵起来有些音可以一滑而过，有的可以省音，有的可以拖长，而且词与词之间可以连读，常常造成省音式滑读，以缩短音步的时间长度；而汉语只能是一词一音，且音与音之间没有天然的长短之分，因此朗诵诗行时，每个字都会交代得清清楚楚，虽然现代汉语中的一些虚字在朗诵时也有一滑而过的快闪效果，或可以轻读，但与英语相比，仍不可同日而语。因此，英语格律诗的诗行中多一个少一个音节，并不影响整体节奏的效果，但汉语诗歌多一个字少一个字，节奏很可能就乱了。朱湘这首译诗中的几个节奏不规则的诗行大多是四个节奏单元，难以断成五个节奏组；尤其是这些节奏不规则的诗行连续有五行出现在诗的前半段，占了全诗的三分之一强，这就意味着这首译诗从一开始就没有建立起一个节奏惯性，而十四行诗在西方已经形成了一个众所周知的节奏记忆。从这个角度看，朱湘这首诗的译文虽然大多数节奏单位是双音节的，但整体效果并没有建立起一个清晰可感的双音节节奏主旋律，否则学术界也不会一直认为他的译诗在节奏上有问题了。从这个角度上看，以罗念生为代表的针对朱湘译诗的批评还是有道理的：仅仅字数整齐，"音步"或节奏不整齐，"就会破坏诗的意义或音韵"。从诗学的角度看，节奏不仅参与诗的情感意义（affective meaning）和表情功能（expressive function）的建构，其本身也具有文体意义（stylistic meaning）和诗学功能（poetic function），因此没有理由将其当作可有可无的附加物，甚至在翻译中将其当作可以随意抛弃的外壳。

由以上分析可见，朱湘的这首译诗可以说在很大程度上接近了原诗的节奏，甚至可以说是新文化运动时期最接近英语格律诗的一次实战性尝试。其中，有八行成功的范例，也还有六行不太成功的遗憾。其成功之处给我们以启迪，聚焦这些节奏与原文如出一辙的诗行，打破了节奏不可译的魔咒，让我们真切地感受到了汉语强大的诗学包容力和表现力。它也明白无误地告诉我们，诗歌的节奏在翻译中的同步转换并非是遥不可及的痴心妄想。

＊　本章作为本项目的阶段性成果以"朱湘翻译的十四行诗：五四时期距英诗格律最接近的尝试"为题发表于《外国语文》2017 年第 1 期。广东仲恺农业工程学院的陈春燕老师参与了本课题的研究，谨在此表示感谢。成书时略有修改。

第三章　朱生豪：莎剧的再生

1936 年，朱生豪开始着手翻译《莎士比亚全集》，至 1944 年去世，完成了 31 部剧作的翻译。他所翻译的莎剧至今仍是国内最经典的译本。译本中无处不在的精美译文，感动了一代又一代中国的外国文学爱好者。莎剧中很多脍炙人口的名句多是出自朱生豪之手。因此，朱生豪对莎剧的翻译也就成了中国翻译界一个几乎自成一体的研究领域。本章将以《哈姆雷特》中的一段著名独白为例，探讨朱译莎剧的翻译奥秘。

莎剧创作于欧洲的文艺复兴时期，是用素体诗（blank verse，亦译"无韵诗"）的方式写成的。素体诗是英语格律诗的一种，其格律形态是抑扬格五音步不押韵，也就是说，莎剧实乃诗剧，戏文是有节奏的，但朱生豪是用散文体来翻译的，这也与新文化运动时的诗歌翻译主流规范有关。

《哈姆雷特》中有一段著名的独白，出现在《哈姆雷特》第三幕第一场，整个独白共计 33 行（Shakespeare，1988：64-65；以下原文出处不再另注）。舞台上，国王和波格涅斯这边刚下，那边哈姆雷特独自一人从幕后走出：此时，哈姆雷特的父王去世未久，且死得不明不白，叔父继位，父亲尸骨未寒，母亲就改嫁叔父。父亲的死让他生疑，叔父的继位让他不满，母亲的改嫁让他愤怒，但他面对这一切，却又束手无策，为了自保，只好装疯卖傻。在极度矛盾的心态中，他用自言自语的疯话道出了心中的苦闷与踌躇。这就是这段著名独白的一个大致的语境。

朱生豪对于这段独白的翻译（1978：63-64；以下原文出处不再另注），正如他那句著名的译文"生存还是毁灭"一样，自始至终都处在这样一种纠结之中：是让原文的表达方式在译文中继续"生存"，还是将其"毁灭"，再造一个新的乾坤？

一、*To be or not to be*

哈姆雷特的这段独白以一句让人难以琢磨的"To be, or not to be: that is the question"开场，引出了一段著名的关于生死的独白。这段富有哲理的美文中的这句谜一样的开篇词从此成了《哈姆雷特》这一悲剧的名片。

这句话貌似十分简单，但却暗藏诗学乾坤：这是一行素体诗；按道理说抑扬格五音步的诗行应该是十个音节，但这一行却有十一个音节。这是什么道理？这是因为此行中有一个"超步式"（hypermetrical syllable）的"节奏变体"。这种变体往往出现在超出常规音步数的那个音节上，而且这个音节还多是轻音（抑音），因此超步式音节也叫多余音节；在有韵脚的诗行中，往往出现在"阴韵"（feminine rhyme）之上；它的出现并不影响节奏的抑扬格身份。在这一行中，超步式音节就是最后一个音节 -tion。由于朱生豪是用散文体译的，因此他的译文只是译出了原文的意思，而并没有体现其节奏的特征：

生存还是毁灭，这是一个值得考虑的问题。

原文的意思很含糊，因为动词 be 在英语中虽然是个高频词，但本身有好几个意思，而原文在此所用的并非是这一高频词的最常用的意思，因此在后文还没有充分展开的情况下，它的意思很难判断。朱生豪的翻译正是仔细斟酌了后文的意思，再在动词 be 的相关含义的基础之上，做了适当的引申，才形成了这样的译文。

译者的分析过程应该是这样——to be, or not to be: that is the question 提出的是一个选择性的问题，只是具体选择什么并没有说清楚，但紧接着下一句就是一个具体的选择，而且也是由选择性连词 or 来连接的：

2[①] Whether 'tis nobler in the mind to suffer	默然忍受命运的暴虐的毒箭，
3 The slings and arrows of outrageous fortune	或是挺身反抗人世的无涯的苦
4 *Or* to take arms against a sea of troubles,	难，通过斗争把它们扫清，这
5 And by opposing end them.	两种行为，哪一种更高贵？

这里所体现出来的选择是 suffer... or take arms against（忍受还是反抗），刚好与上文的 to be or not to be 形成结构性重复，可以视为一种关联。只是这里是两个实义动词，从衔接的角度上看无法被 be 动词所替代，因为前句中的 be 是用作不及物动词的，不能够像 be 作系动词一样具有替代衔接的功能。因此，suffer...or take 没有被译者视为上句里两个 be 的语义照应或衔接纽带，故对前句中 be 的取义没有以此为参照。再接下来的一句是：

5 ...To die: to sleep;	死了；睡着了；什么都完了；
6 No more; and by a sleep to say we end	要是在这一种睡眠之中，我
7 The heart-ache, and the thousand natural shocks	们心头的创痛，以及其他无数血肉之躯所不能避免的打
8 That flesh is heir to, 'tis a consummation	击，都可以从此消失，那正
9 Devoutly to be wish'd. ...	是我们求之不得的结局。

---

① 每行的编号及斜体着重为本书作者所加，后同。

此句以 to die 加一个冒号引起，类似于讨论问题时提出关键词，从后面的内容看，这也确实是这句和这段独白的核心关键词，整句内容围绕这个关键词展开。to die 的位置紧接着上句的第二选择"反抗"之后，可以视为是对这一选择引发的进一步思考，其潜在的逻辑关联有二：其一，反抗的结果就是死亡；其二，不反抗而选择自杀。再接着往下读，一直读到

15 For who would bear the whips and scorns of time, … 20 When he himself might his quietus make 21 With a bare bodkin? who would these fardels bear, 22 To grunt and sweat under a weary life, 23 But that the dread of something after death, 24 The undiscover'd country, from whose bourn 25 No traveller returns, puzzles the will, 26 And makes us rather bear those ills we have 27 Than fly to others that we know not of?	谁愿意忍受人世的鞭挞和讥嘲、……要是他只要用一柄小小的刀子，就可以清算他自己的一生？谁愿意负着这样的重担，在烦劳的生命的压迫下呻吟流汗，倘不是因为惧怕不可知的死后，惧怕那从来不曾有一个旅人回来过的神秘之国？是它迷惑了我们的意志，使我们宁愿忍受目前的磨折，不敢向我们所不知道的痛苦飞去。

至此我们可以清楚地看到哈姆雷特在这里想的是第二种选择，即自杀。再联想到第一幕第二场哈姆雷特的另一段独白中的一句话：

O, that this too too solid flesh would melt Thaw and resolve itself into a dew! Or that the Everlasting had not fix'd His canon 'gainst *self-slaughter*!	啊，但愿这一个太坚实的肉体会融解、消散，化成一堆露水！或者那永生的真神未曾制定禁止自杀的律法！

由此可以看出，哈姆雷特此时是在做激烈的思想斗争，斗争的焦点：是要自杀，还是不自杀。于是，译者便将这恍然大悟后的解读引申到了对 to be or not to be 的翻译之中："生存还是毁灭……"，因为除了语境理据之外，其语义理据是：be 作不及物动词时可以表示 exist，即"存在"。

在众多《哈姆雷特》的译本中，朱生豪的这句译文被公认为是最权威，也是最精彩的。

在翻译教科书中，这种化含糊为明晰的翻译技巧叫引申法。译者在此将一个肯定结构和一个否定结构，译成了一对反义词，以体现原文的深层含义，且节奏分明，语气铿锵，颇富哲理，从而就被无数翻译教科书所收录，成为成功翻译的典范。

然而，毕竟原文是一句含糊其辞的话，对其理解自然会仁者见仁，智者见智，因此，围绕这句话的理解与翻译也成了中国莎学界、翻译界和外语界的一个热门话题。其汉译在朱生豪前后出现了多种版本，且大多出自名门，如

田汉：还是活着的好呢，还是不活的好呢？——这是一个问题。（2000：100）

梁实秋：死后还是存在，还是不存在，——这是问题；（2001：135）

曹未风：生存还是不生存：就是这个问题。（1979：79）

孙大雨：是存在还是消亡，问题的所在；（2006：66）

林同济：存在，还是毁灭，就这问题了。（1982：72）

方平：活着好，还是死了好，这是个难题啊；（2000：303）

卞之琳：活下去还是不活，这是个问题；（1996：19）

王佐良：生或死，这就是问题所在。（1996：143）

在朱生豪译《哈姆雷特》之前，国内至少已有两个译本，一个是田汉的译本《哈孟雷特》（1922），一个是梁实秋的译本《哈姆雷特》（1936）。就此句的翻译而言，朱生豪的理解多少受了这两个译本的影响，而后来其他译者的翻译都明显地受到了这前三个译本的影响，均未跳出早期译本的翻译策略——引申，而且都是把含糊引申成明晰。

其实，几乎所有这些翻译家似乎都没有想明白一个简单的道理：语言是线性结构的，表现在舞台上的台词，就有先说和后说的区别。值得注意的是，在这句话的后面部分还没有出现之前，英文读者或听众一定不明白哈姆雷特在这儿自言自语嘀咕的是什么；虽然 be 表示"存在"确实是该词众多的含义之一，但却完全不是这个词的标志性的或常用的意思。即便有明眼人一开始就能从 be 在此的不及物动词用法听出或看出该词意指 exist（存在），但我们也要想到，这个意思与"生存"或"死"还是有区别的。我们总不至于把英语口语中的"just let it be"（就这样吧）翻译成"就让它存在吧"；或把披头士当年一首著名的歌曲"Let it be"翻译成"让它存在吧"。

在没有一定前文的引导下，突然来这么句 to be or not to be，读者或听众是不可能知道哈姆雷特此时的这句"疯话"想表达的是什么意思，只有等到后面的话都说出来之后，人们才会若有所悟。而上述种种汉译文，皆是在悟出了后文的意思之后，再把那悟出来的意思像填空一样填到了前面的理解空白处。从文学的角度看，一处原本需要读者参与"填充"的"空白"（gap）（Iser，1974：280）就被译者事先给填上了，一处本来被设计为需要"延长"其解读过程的"艺术目的"（Shklovsky，1994：264）就被缩短为零距离的一目了然了。从对这句话的认知过程来看，作为译者，你可以像朱生豪们这样去理解，但却似乎不应该把这由后文的引导而启发的理解直接翻译出来。从译文接受者的角度想一想，不难看出，中国读者或观众在此一定是

"被翻译掉了"一个从"莫名其妙"到"若有所悟"的戏剧性的渐悟过程。从诗学的角度看，这是一个让读者或受众去享受的审美过程，但最终却因译者的干涉而被消解于无形了。

日常生活中，我们看见别人在自言自语，尤其是看到一个"疯子"在那里说着自言自语的"疯话"，往往也是不解其中意，因为人在自言自语的时候，自有其别人所无法参透的心理语境，因此发生在特定心理语境中的一段破口而出的自言自语，一开始很有可能让人不知所云，只有耐心听下去，获得了更多的语境信息之后，我们才能建构起那一开始让人不知所云的话语的意义。

这句翻译引发了一个很有意思的现象：早期的翻译左右了所有后来者对这句话的解读方向，以至于忽略了一个简单的问题——既然大家的理解都是朝着生存毁灭死呀活的去理解的，那为什么哈姆雷特自己在这里不这么明说呢？人家没有明说的意思，你译者何必替人家挑明呢？难道说英语中就没有表达生与死的语言搭配吗？难道生与死抑或生存还是毁灭是英语的禁忌？事实并非如此，英语同汉语一样，也有这一对立范畴的语言表达，如美国著名音乐家韦伯（Andrew Lloyd Webber）的音乐剧《约瑟的神奇彩衣》中有一首名为"Close Every Door"的歌曲，其中就有这样一句歌词是"Will I live or die？"美国著名电视连续剧 Nikita（《尼基塔》）第一季第 17 集中尼基塔的一句台词中也有这一短语："You win whether I live or die。"不难看出，live or die 在英语中并不是什么难以启口的禁忌。那么，难道说是哈姆雷特忌讳说死吗？事实是，to be or not to be 之后不久，他就在那里大谈特谈死了，说得还很具体：…he himself might his quietus make / With a bare bodkin...（只要用一柄小小的刀子，就可以清算他自己的一生）。难道说他忌讳说自杀吗？事实是，早在一幕二场，他就已经大谈特谈过自杀（self-slaughter）了。

从文体学的角度看，既然原文是含糊的，而且明显是故意含糊的，那为什么偏要把它翻译得那么明晰呢？那岂不是对原文风格的破坏？文体学是不会把同义词看作同一词的，利奇和肖特就说过，当两种表达方式表达同一个意思时，这两种文体变体的文体价值是不一样的；"比较作者的选择和其他的同义选择，即'作者本来可能会说但却没有说的话'，你就知道什么叫文体价值了"（Leech & Short，1981：34）。可在对哈姆雷特的这句独白的翻译中，译者却把"作者本来可能会说但却没有说的话"给说了出来，那读者、观众，还有那些没看原文只看译文的评论家们还能区分得出来这里的文体和诗学价值有什么不同寻常的地方吗？

从语用学的角度看，既然作者这里是故意要违反方式准则（Grice，1975：46），因而生成了隐含（implicature，亦译"蕴含"），那么译者何必非要把原作者对方式准则的故意违反改成遵守，把隐含译成明说（explicature），从而消灭原文的言外之力（illocutionary force）于无形呢？那岂不是对语用与修辞的不尊？

如果译者们换个思路，从文体学、语用学、修辞学、认知语言学和解构主义等等等等的角度看，试着保留原文的含糊，即以含糊对含糊，那效果又会怎样呢？当我们在翻译过程中经历了无数次"这样还是别这样"的取舍之后，也许原文那种犹豫不决、含含糊糊的言辞就在我们的口边以"自言自语"的方式脱口而出了。在这里，本文所说的"这样还是别这样"其实就是想暗示这句话可以这么译。本章曾以"朱译莎剧的两大特点：引申与重组——以朱生豪译《哈姆雷特》中的著名独白为例"为题发表于《外国语》2014年第2期。没想到同年年底，姜文导演的一部影片《一步之遥》开场白的画外音给出了这句话的类似译法。这个带字幕的画外音是："To be or not to be，这么着还是那么着，这是莎士比亚的问题呀。"莎剧本来就是剧作，而姜文作为导演和演员，似乎更能理解剧本中的语言之妙吧。

二、引申还是不引申

按传统翻译教学理论的理解，引申就是一种变形不变义的翻译技巧，常用于将含糊、抽象的词语翻译成明晰、具体的词语，或者反过来，将明晰、具体的词语翻译成含糊、抽象的表达方式。从语言学的角度看，同一个意思可以用不同的表达方式来表达。引申法的语言学理据就在这里，即换个说法（in other words）。其适用范围，一言以蔽之，即所有有翻译困难的地方，且多用于词语翻译。

在朱生豪的翻译中，我们可以看到这位翻译家对于这种技巧的运用已经到了出神入化的境地。他把 to be or not to be 翻译成"生存还是毁灭"，就是典型的化含糊为明晰的语义引申。仔细分析他翻译的这段独白，我们不难发现，凡有词语翻译困难（难以准确体现和难以流畅体现）的地方，他总是会求助于这一技巧。

原文第一句纵跨五行，从译文看，每一行都有这样的引申，足见译者对这种翻译技巧的倚重：

1 To be, or not to be: that is the question:
2 Whether 'tis nobler in the mind to suffer
3 The slings and arrows of outrageous fortune
4 Or to take arms against a sea of troubles,
5 And by opposing end them.

生存还是毁灭，这是一个值得考虑的问题；默然忍受命运的暴虐的毒箭，或是挺身反抗人世的无涯的苦难，通过斗争把它们扫清，这两种行为，哪一种更高贵？

第 1 行除了 to be, or not to be 在翻译时做了引申之外，还有后面的那句 that is the question，其中一个小小的定冠词、虚词 the，就被他引申成了七个字："一个值得考虑的"。从功能语言学的衔接理论来看，定冠词 the 具有指称（reference）功能，一般多用于前指照应

（anaphora），所隐含的结构意义是其后的名词与前文的某一名词具有同一性，但这里的问题是，此句前面并没有什么在结构上可以直接指涉的名词。在独白的特殊语境之中，其所指涉的意思只能存在于说话人的心里，因此这里的指称功能是并不太多见的外指（exophora），即话语之外的某个所指，也就是说话人在心里一直在想着的问题，这显然就是"一个值得考虑的问题"了，这一引申的理据也就在这里。如果把原文直接译成"这是问题"，那么凝聚在 the 中的语义张力就被打消了；此外还有句法平衡上的问题："生存还是毁灭，这是问题"，显然前重后轻。英语和汉语句法多是前轻后重（end weight），原文读起来就完全没有轻重失衡的现象，但如果这里译成"这是问题"，译文整句读起来感觉就不像原文那么铿锵了。朱生豪在此所做的引申，既把原文中的 the 的内涵引申出来了，具体化了，又使句子结构获得了尾重平衡，从而使语句读起来更加上口。如此说来，仅第 1 行，就有三处引申了：to be——存在，not to be——毁灭，the——一个值得考虑的。

原文第 2 行的 in the mind 被译成"默然"，同样也是一个引申的案例。in the mind 即"在心里"的意思，憋在心里不说，也就是"默默地"；再进一步，"默然"比"默默地"更有文采，因为其使用频率较低，且"然"字带点古风，更适合于曲高和寡的大文豪的语言。

原文第 3 行是 The slings and arrows of outrageous fortune，是上一行 suffer 的宾语，译文是"命运的暴虐的毒箭"。不难看出，the slings and arrows 被引申成了"毒箭"。结构的变化很明显：原文是并列结构，译文是偏正结构。原文的 arrows 被如实地译成了"箭"，但这个"毒"字显然不是来自于并列的另一个词 slings，该词有多个意思，但与 arrows 并列，也就在逻辑上限定了它的词义必与 arrows 同属一个上义范畴，即武器。这个词表示武器的意思是"（投石器投出来的）石头""弹弓"。译者在此显然犯难：用"投石器投出来的石头"吧，语句太长，与"箭"做并列，不太平衡，用"石头"吧，"投石器"的意思又出不来；既然是由 outrageous fortune（"暴虐的命运"）发出来的 the slings and the arrows，一定是箭箭入肉、石石见血的伤人之物，又既然 slings 无法直译，干脆就将这两个词做概括性引申——"毒箭"。

原文第 4 行 Or to take arms against a sea of troubles，被译作"挺身反抗人世的无涯的苦难"。译文对原文有两处引申，一处是把 take arms 译成"挺身"，一处是把 a sea of 译成"无涯的"。take arms 直译是"拿起武器"之意，译者可能是觉得太具体了，因此做了抽象一点的引申——"挺身反抗"；a sea of 虽然表示"多"，但其联想意义并不限于此，sea 的存在不可能不让人想到"大海"，而大海的典型特征就是"一望无际"，于是引申为"无涯的"。这两处具体的形象就被引申成抽象的概念了。

再看第 5 行的前半段，And by opposing end them，被译作"把它们扫清"。译者在翻译 end them 的时候，必定遭遇了文采受限的问题，因为这两个词的直译是"结束它们"。译者不甘词穷，遂将 end 做具象引申，译成"扫清"。

值得关注的还有第 26 行 And makes us rather bear those ills we have 中的 ills 和最后一行（第 33 行）And lose the name of action 中的 names，都是常见词，看似简单，其实不然，因为在此特定的语境之中，这两个词的词义都已经超出了其常见的语义范围：ills 不是"病"，names 也不是"名"。译者根据这两个名词所分别受制的动词 bear（忍受）和 lose（失去）的语义选择限制（selection restrictions）（Leech，1981：137-142），分别将两个名词引申为"磨折"（忍受目前的磨折）和"意义"（失去了行动的意义），准确地体现了原文的内涵。

准确，是所有译者追求的目标。为了准确地体现原文的内容和风格，译者首先要对原文有一个准确的理解。然而，必须指出的是，有了准确的理解并不等于一定就会有一个准确的表达。这是两个层次的问题，或者说，是两种能力的问题——理解能力与表达能力。理解能力往往可以通过培养实现，但表达能力则多与译者的阅读积累和语言天赋有关。大凡优秀的翻译者都同时具有这两种能力。朱生豪就是这样一个翻译家。把他的译文与原文互勘，我们每每被他准确而贴切的表达所折服。

如第 14 行的 That makes calamity of so long life，就被他别出心裁却又准确贴切地译成了"甘心久困于患难之中"。显然，译者是把全句细细咀嚼之后，用自己的话把自己的理解重写了一遍。表面上看，译文中的几个字，除了一个"久"可以直接对得上原文的 long，其他都不是直接对应的，但从整体看，它却又是原文所要表达的意思。在这里，"甘心久困于"主要来自于 so long life，其核心在于 long，被译作"久"；既然是 calamity（灾难；不幸），却又持续那么久，且已成了"生活"（life）的本身，必是"甘心"使然，而且既然是 calamity，又"甘心"其"久"，这人也必定是"困"在其中而不能自拔矣。这应该就是他把这句如此引申的认知历程。第 20 行中的一个小句及其译文也颇值得玩味：...he himself might his quietus make（清算他自己的一生）。注意这里的 quietus，这是个多义词，主要意思有二：死；（债务）偿清，义务解除。可见，在该文的语境中，这是一个双关语。这也是作者用这个偏僻词，而不用 death（死）或 debt（债务）之类常见词的原因。双关语公认是不可译的，但在这里我们却看到，译者用"清算……一生"巧妙地体现了原文的双关。"清算"与"一生"搭配，实际上就成了一个拟物的修辞格，也就是说，受"清算"这个词的搭配联想的影响，"一生"实际上就被比作了"债务"，同时"清算"所具有的"了结""结束"的含义，与"一生"搭配，又暗示了"死"的含义。一语双关由此而生。此译之妙，妙在译者根据此句的句意引申出"一生"，形成"清算一生"的动宾搭配，形义兼顾地完成了此句的翻译。再看原文第 28 行及其译文：

> Thus *conscience* does make cowards of us all
>
> 这样，**重重的顾虑**使我们全变成了懦夫

注意原文这里的 conscience，译者没有用该词在汉语中的对应语"良心"来翻译，而是将其译作了"重重的顾虑"，在该词所处的特定语境中，显得非常准确而贴切；如果译作"良心"，反倒费解，甚至不通了。想必译者并不是仅仅靠着英汉词典来翻译的，而应该是参考了英英词典的解释。*The New Oxford Dictionary of English*（《新牛津英语词典》）对这个词是这样解释的：

> An inner feeling or voice viewed as acting as a guide to the rightness or wrongness of one's behaviour.

意即"一种内在的感受或声音，被视为鉴别人的行为正确与否的准则"。在哈姆雷特所说的这句话中，"人的行为"已不是泛指，而是特指哈姆雷特正在思考的行为，即"自杀"。对这一行为"正确与否"的斟酌，正是他此时的"内在的感受或声音"（即独白）。但在英汉词典中，这层意思一般都被概括成"良心，良知；道德心"（《新牛津英汉双解词典》）。显然，英汉词典提供的这些对译词并不符合这里的语境关系。只有充分考虑到 conscience 这个词在此的深厚的语境积淀，才有可能把它的内在含义引申出来。朱生豪正是做到了这一点。

　　朱生豪的译文之所以这么富有文采，在很大程度上，与他出神入化的引申技法有关，因为引申使他得以摆脱原文字面的束缚，为他的文采介入创造了更大的空间。

必须要指出的是，引申法的使用一定要建立在符合逻辑的理据之上，否则就会出现引申过度或不足，甚至错误的情况。在这段独白的译文中，有一处引申就属于这种情况：原文第 12 行的 shuffled off this mortal coil，被译成了"摆脱了这一具腐朽的皮囊"，其中，mortal coil 被引申成了"腐朽的皮囊"，就显得理据不够充分。首先，mortal 意为"凡人的""世间的""死的"，素无"腐朽的"之意；原文在此其实是一语双关，既有"死"的意思，又有"世间"的意思；在上文中，哈姆雷特一直在为死还是不死做思想斗争，同时也提到一连串尘世间的烦恼，如 troubles、outrageous fortune、heart-ache、the thousand natural shocks，等等。其次，coil 也不具备做"皮囊"的喻体条件，因为 coil 是线性的东西，在此比喻纠缠；而"皮囊"则不是线性的，因此，mortal coil 在此既有"死的想法的纠缠"之意，也有"尘世间的羁绊"之意。但朱生豪对此的引申则并没有体现出这两层含义。卞之琳的译文是"摆脱了尘世的牵缠"（1996：21），在很大程度上既体现了原文的意思，也保留了原文的形象。

引申是意译法的核心技术，因而也是翻译家必备的技能之一。引申法的优点是常能化平常为神奇，但这种方法也有其与生俱来的弊端。因为这种译法追求的是变形不变义的效果，但这种观念还是翻译研究的经验主义时期的理念，而现代语言学、诗学和语言哲学则认为，形和义是密不可分的，形不同，则义不同，形变则义变，因为义是多维的，不同的形可以表达同一个概念意义（conceptual meaning）（Leech，1981：9-12），却往往又同时蕴含着不同的联想意义（associative meanings）（同上：18-19），具有不同的历史性和文化色彩，如果引申不当，也会损害真意的传达或文学性的体现。因此，只要不存在不可逾越的翻译困难，就尽量不要诉诸引申法，尤其对于原文中的形象的表达方式，应想方设法地保留其形象特征。如上面讨论过的 the slings and the arrows，孙大雨作"横施失石"（2006：

66）、卞之琳作"矢石交攻"（1996：21）；*take arms*，梁实秋作"拔剑"（2001：135）；而 a sea of troubles，则不妨译为"苦海"或"无涯的苦海"。

三、重组还是不重组

如果说引申是索绪尔所说的纵聚合轴上的选择性操作的话，那么这里所说的重组就是横组合轴上的组合操作了，也就是指翻译时对原文语义资源在句法结构上的重组，因为在很多情况下若按照原文的句法结构，译文难以最大限度地体现原文的内容和风格。

《哈姆雷特》原文是诗剧，英语诗表面上看分行而写，但并非一行一句，经常是多行一句，且英语结构极易形成长句。而汉语的句法结构在一句之内无法容纳太多的词，因此在翻译中，碰到长句一般都不得不做句法重组。在朱生豪翻译的这段独白中，就有多处精彩的句法重组，如独白的第一句共有五行，从第二行开始到第五行的结束是一个名词性从句：

2　Whether 'tis nobler in the mind to suffer

3　The slings and arrows of outrageous fortune

4　Or to take arms against a sea of troubles,

5　And by opposing end them.

其中有个由 *or* 连接的选择结构，这种表示选择性的结构汉语中也有。像上面这句，其主体结构在汉语中很容易找到对应：

是默然忍受高贵些，还是挺身反抗高贵些。

但问题并不这么简单，因为原文中还有一些其他的成分，如果直接套进这个结构，就成了：

> 是默然忍受命运的暴虐的毒箭高尚些，还是挺身反抗人世的无涯的苦难，通过斗争把它们扫清，高贵些？

此句中的"还是"与其结构关联成分"高贵些"之间相隔的距离太远，二者之间的关联就显得很勉强。朱生豪对此句的处理就非常具有翻译的观赏性：

> 默然忍受命运的暴虐的毒箭，或是挺身反抗人世的无涯的苦难，通过斗争把它们扫清，**这两种行为**，哪一种更高贵？

他将两个并列的动词短语前置，然后加了一个概括性的外位结构"这两种行为"，最后再来一个概括："哪一种更高贵。"这里的神来之笔就是这额外加进来的外位结构，它的植入，使译者成功地将一个长句非常流畅地断成了五个小截，充分发挥了汉语流水句的句法优势，使译文读来非常流畅，而加入的部分，只是对前面部分的概括，并没有增加额外的内容。

这种句法重组的窍门就在于先要透彻理解全句。长句之所以长，是因为其中包含了若干层次；理解时，应首先析出这些层次，再分析这些层次之间的逻辑和时间关系，最后在不损害原文内容的前提下，按汉语的语法逻辑对这些层次进行句法重组。汉语句法正常的逻辑关系是偏前正后，正常的时间关系是顺序驱动。汉语句式不适合于长句，因此对于长句的翻译，必然要采用以短驭长的办法，但这却并不只是化长为短这么简单。从朱生豪对长句的翻译来看，他的方法是：你长我更长，但长中有短。为了形成流水句的短句组合，他将本可一句说完的话，分开数截，尤其是为了避免每小截太长，他有时不惜将原文的单词扩展成短语，将原文的短语扩展成短句，然后再对各小截内在的逻辑和时间关系进行重组，最终形成一连串的短句流。我们来看下一段：

11 For in that sleep of death what dreams may come	因为当我们摆脱了这一具朽腐的皮囊以后，在那死的睡眠里，究竟将要做些什么梦，那不能不使我们踌躇顾虑。人们甘心久困于患难之中，也就是为了这个缘故；
12 When we have shuffled off this mortal coil,	
13 Must give us pause: there's the respect	
14 That makes calamity of so long life;	

这段译文中有两处较大的结构性调整。第一处发生在第 11 和第 12 行，译者将这两行做了逆序翻译处理，把由 when 引导的时间状语从句译成了由"因为"引导的原因分句，调整成第一个分句，符合汉语的偏前正后的语法规则，因此译文读来很流畅。第二处发生在第 13 和第 14 行，译者的巧妙在于敏锐地析出了 the respect 和其后的定语从句（That makes calamity of so long life）之间的逻辑关系。从语法上看，这里的从句是定语从句，但译者并没有按定语译出，而是解读出了先行词 respect 和定语从句之间也同样隐含着一种因果关系，并按这种关系，重构因果两部分的句法结构，将原文一个不长的句子，一分为二；与原文相比，语序也正好颠倒，追求的正是因前果后的汉语语法逻辑。

　　由以上分析可见，结构重组的翻译手段多见于英汉语序或结构有差异之处，由此我们可以看出一个规律：凡英汉语序或结构有差异之处，结构重组往往成为化解这一差异的有效手段。

　　在哈姆雷特的这段独白中，我们发现还有一处英汉语序存在明显差异的地方，但朱生豪对此并没有采取重组的翻译方法，那效果如何呢？

15 For who would bear the whips and scorns of time,

16 The oppressor's wrong, the proud man's contumely,

17 The pangs of despised love, the law's delay,

18 The insolence of office, and the spurns

19 That patient merit of the unworthy takes,

20 *When he himself might his quietus make*

21 *With a bare bodkin?*

谁愿意忍受人世的鞭挞和讥嘲、压迫者的凌辱、傲慢者的冷眼、被轻蔑的爱情的惨痛、法律的迁延、官吏的横暴和费尽辛勤所换来的小人的鄙视，**要是他只要用一柄小小的刀子，就可以清算他自己的一生**？

　　原文 15—21 行是一个问句，译者在此采用的是顺序翻译，没有做重组处理，但我们会发现，译文中的问句怎么读都读不出问句的效果来，因为这一由疑问词"谁"发出的问句，其问句的语气没有把全句贯穿，以至于读到后面，已经无法建构起问句的语义。造成问句的语气流失的原因：一是因为问句太长，不符合汉语问句的习惯。二是因为在问句语气还没有到达问号之前，译文结构内出现了一个由"要是"引导的条件分句，由此而造成了对问句结构的干扰，以至于问句的语气不能贯穿到底；译文的这一条件分句对应的是原文从 20 行开始的一个由 when 引导的时间状语从句。英汉复合句的语序差异由此而生，汉语复句的表达习惯是"偏前正后"，而在英语复合句中，从句在后是常规，因此翻译时如果采用顺序法会造成表意障碍，则应该考虑采用重组的方式，将原文的从句译成汉语的偏句调到句首。梁实秋在翻译这句时就意识到了这一点。比较一下：

　　否则**在短刀一挥就可完结性命的时候**，谁还甘心忍受着时代的鞭挞讥嘲，高压者的横暴，骄傲者的菲薄，失恋的悲哀，法律的延宕，官吏的骄纵，以及一切凡夫俗子所能加给善人的欺凌？

（2001：135）

相比之下，梁实秋的译文在句法结构上显然要比朱生豪的略胜一筹：将那个会干扰问句语气的分句由句末调到句首，完成了偏前正后的结构归化。

　　接下来的一句仍是一个较长的问句，而且同样包含英汉结构的差异，但朱生豪仍没有做重组处理，因此译文的问句效果依然不如人意：

21 … who would these fardels bear,	谁愿意负着这样的重担，在烦劳的生命的压迫下呻吟流汗，
22 To grunt and sweat under a weary life,	
23 *But that the dread of something after death,*	倘不是因为惧怕不可知的死后，惧怕那从来不曾有一个旅人回来过的神秘之国？是它迷
24 *The undiscover'd country, from whose bourn*	
25 *No traveller returns, puzzles the will,*	惑了我们的意志，使我们宁愿
26 *And makes us rather bear those ills we have*	忍受目前的磨折，不敢向我们
27 *Than fly to others that we know not of?*	所不知道的痛苦飞去。

根据英汉语序的差异规则，综合此句的内在逻辑，对译文可以做如下重组：

　　倘不是因为惧怕不可知的死亡，惧怕那从来不曾有一个旅人回来过的神秘之国，**谁愿意负着这样的重担，在烦恼的生命的压迫下呻吟流汗？** 对死亡的惧怕迷惑了我们的意志，使我们宁愿忍受目前的磨折，**也**不敢向我们所不知的痛苦飞去。

改译把由 *but that* 引导的条件句的主语部分移至句首，首先保证由"倘不是"引导的条件句处于偏句在前的位置；其次，因为只是原文条件句中的主语部分提前，从而保证了译文的条件分句不至于太长，做好了承接主句的结构准备；然后顺势把由"谁"引导的主句移至该条件分句之后；最后根据衔接的需要增补一个重复性词汇衔接"对死亡的恐惧"，以连接被断开并挪后的剩余部分，即原文条件从句中的未译部分；再在最后一句增补一个衔接词"也"，进一步加强与前句的照应。如此读来，效果是不是会更好些呢？读者可以自己判断。

由以上分析可见，在翻译中若碰到英汉语序或结构差异时，重组往往是克服翻译困难的一个有效手段。尽管在文学作品中语序经常被赋予强大的诗学能量，但如果保留语序会造成表意障碍或文学性流失，那就要考虑做重组了。

翻译之难，无非词语找不到对应，结构找不到匹配。从朱生豪的译文中不难看出，凡遇词语对应之难，他便求助于引申，而凡遇结构匹配之难，他便诉诸重组调整。虽然这种翻译手段往往会在一定程度上伤及原文的形式美或文学性，但内容的体现还是得到了较大的保证，译者本人的语言表现力也因此而得到了较大的施展空间，使他得以用流畅优美、凝练睿智、又略带点洋味的散文体语言和适合于叙事的文体最大限度地提取了莎剧里的叙事情节，满足了译文读者对莎剧最直接的好奇。尽管在朱生豪之后，有诗人用诗体的语言来翻译、有教授用学究的语言来翻译、有戏剧表演家用舞台的语言来翻译，但终究还是朱译莎剧的影响最大。在莎剧众多的翻译家之中，也只有朱生豪的名字是与莎士比亚紧紧绑定在一起的，他的唯一身份似乎就是莎剧的译者。正是朱生豪用他生花的妙笔使莎剧在中国文化中获得了重生。

朱生豪翻译的这段哈姆雷特的独白，细细品来，精妙之处俯拾皆是，但瑕疵也不是没有，限于篇幅，本章只能择其典型，点到为止。①

＊ 本章作为本项目的阶段性成果以"朱译莎剧的两大特点：引申与重组——以朱生豪译《哈姆雷特》中的著名独白为例"为题发表于《外国语》2014年第2期。此次成书时有所修改。

第四章　查良铮：自由的诱惑

引言

英国著名翻译家和翻译理论家德莱顿（John Dryden）说："只有具备诗人才华且精通源语和母语的人，方可译诗。"（Dryden，1680/1992：20）英国另一位著名翻译家和翻译理论家泰特勒（Alexander Fraser Tytler）认为，"只有诗人才能译诗"（Tytler，1797：198）。这一观点在很大程度上已成为翻译界的共识。本章将以著名诗人查良铮翻译的《西风颂》（Ode to the West Wind）为例，从诗学的角度来考察一下一位诗人在诗歌翻译中的诗学乾坤。

《西风颂》系英国著名浪漫派诗人雪莱（Percy Bysshe Shelley）的代表作之一。著名翻译家查良铮、卞之琳、王佐良、江枫、傅永林等都翻译过此诗。由于该诗充满了革命的浪漫主义气息，比较符合20世纪中国的文化氛围，因此深受中国诗人和读者的喜爱。

《西风颂》在中国有众多译者，查良铮是其中之一。

查良铮（1918—1977），笔名穆旦、慕旦、梁真，九叶诗派诗人，生于天津，与著名作家金庸（查良镛）为同族的叔伯兄弟。20世纪80年代之后，许多现代文学专家推其为现代诗歌第一人[1]。查良

---

① http://baike.baidu.com/view/318910.htm［2014-01-27］

铮 1929 年入南开中学读书，从此对文学产生浓厚兴趣，并开始写诗。
他 1935 年考入清华大学地质系，半年后改读外文系。在清华大学期
间，他以笔名穆旦继续写作现代诗，并在《清华学刊》上发表。抗日
战争爆发后，查良铮作为护校队队员随清华大学南迁长沙，1938 年
春又和三校师生两千余人一起步行西迁昆明，1940 年毕业并留校任
教。但狼烟四起的中国已经使这位年轻的诗人无法安居于象牙塔之
中，1942 年他毅然放下了清华大学的教鞭，参加中国远征军，任司
令部随军翻译，出征缅甸抗日战场，经历了那场气吞山河、九死一生
的铁血之旅。作为诗人，他深受雪莱式的浪漫派诗歌的影响，作品带
有强烈的抒情气质，又有很强的现实感。1949 年赴美国留学，入芝
加哥大学攻读英美文学和俄罗斯文学。1952 年毕业，获文学硕士学
位。20 世纪 50 年代起，他开始从事外国诗歌的翻译，主要译作有俄
国普希金的作品，英国诗人雪莱、拜伦、布莱克和济慈的作品，还翻
译过一些苏联的文艺理论著作。可见，他早年是诗人穆旦，五十年代
后是文学翻译家查良铮。

一、韵脚的设置

上世纪新文化运动的一个划时代的成果就是颠覆了旧体诗，创
立了新诗。在这一过程中，翻译起了举足轻重的作用。旧体诗被推翻
后，新体诗就面临一个棘手的问题——格律。要不要格律，要什么样
的格律，遂成新诗诗人无法回避的问题，并由此而分成了两派。胡适
号召以白话文取代文言文，明确提出"诗当废律"和"不摹仿古人"
（胡适，1991b：137；1991c：145），但 1923 年成立的新月社则主张
新诗也应该有格律。查良铮显然受此影响，因此他写的虽然是新诗，
但却并不拒绝押韵，下面是他原载于北平《文学》杂志 1937 年 1 月
诗歌专号的《古墙》的前两节：

一团灰沙卷起一阵秋风，

奔旋地泻下了剥落的古墙，

一道晚霞斜挂在西天上，

古墙的高处映满了残红。

古墙寂静地弓着残老的腰，

驮着悠久的岁月望着前面。

一双手臂蜿蜒到百里远，

败落地守着暮年的寂寥。

从这两节诗中可以看出，这诗是有韵的，但并没有模仿中国的古人，只是这种 abba 的抱韵却明显是在模仿外国的古人。抱韵是西方诗歌的一种典型韵式。中国古诗之中虽然也有抱韵，但却很是少见。中国律诗的韵式通常是二四押韵，首行有时亦可入韵。《古墙》中的韵式无疑是诗人在清华读英语专业时的习得。像这样一位精通两种语言和通晓两种诗歌传统的诗人，在那样一个翻译文化繁荣和新诗运动高涨的年代，他的新诗创作不可能不受到西方诗歌的影响。一般认为，新文化运动中的新诗运动就是在西方诗歌的促动下发生的。作为一名熟读西方诗歌的新诗诗人，查良铮在翻译外国诗歌的时候，就非常注意引进外国诗歌的格律。他早在翻译《西风颂》的几十年前，就已经是著名的新诗诗人穆旦了，因此他译诗，纯粹是诗人译诗，这是翻译诗歌的最理想的条件。从他的译文中，我们不难看出，他就十分重视对原诗的韵式的体现。

本书第二部分第四章专门介绍了《西风颂》的结构，该诗的英文全文可见该章，因此这里只简单地概括一下。该诗由五首十四行诗组成，采用的是意大利的一种叫作"三韵诗"（terza rima）的格律，即每一诗节 12 行，韵式是三行一回旋，结尾以一个对句结束，构成一种新的十四行诗体，韵式是 aba bcb cdc ded ee。音步数为五个，抑扬格。

为了体现引进和移植原文的格律，查良铮基本上采用了与原文相同的诗体形式。首先保留了原文的韵脚，以该诗的第五章为例：

Make me thy lyre, even as the forest is:	把我当作你的竖琴吧，有如树林：
What if my leaves are falling like its own!	尽管我的叶落了，那有什么关系！
The tumult of thy mighty harmonies	你巨大的合奏所振起的乐音
Will take from both a deep, autumnal tone,	将染有树林和我的深邃的秋意：
Sweet though in sadness. Be thou, Spirit fierce,	虽忧伤而甜蜜。呵，但愿你给予我
My spirit! Be thou me, impetuous one!	狂暴的精神！奋勇者呵，让我们合一！
Drive my dead thoughts over the universe	请把我枯死的思想向世界吹落，
Like wither'd leaves to quicken a new birth!	让它像枯叶一样促成新的生命！
And, by the incantation of this verse,	哦，请听从这一篇符咒似的诗歌，
Scatter, as from an unextinguish'd hearth	就把我的话语，像是灰烬和火星
Ashes and sparks, my words among mankind!	从还未熄灭的炉火向人间播散！
Be through my lips to unawaken'd earth	让预言的喇叭通过我的嘴唇
The trumpet of a prophecy! O Wind,	把昏睡的大地唤醒吧！要是冬天
If Winter comes, can Spring be far behind?	已经来了，西风呵，春日怎能遥远？

韵脚也同样是 aba bcb cdc ded ee。为了体现原文三韵诗的诗学结构，译者还特地外化了这种格式，采用三句一小节，结尾一个对句的方式来再现原文的诗体。

就格律诗的翻译而言，韵式是一个极为重要的诗学特征，关系到一首诗的音乐性的建构，理想的翻译是没有明显凑韵的勉强，一切均仿佛是水到渠成、手到拈来。查良铮的译诗最令人叹为观止的就是这一点，如上面这段引文的第一小节：

Make me thy lyre, even as the forest is:　　把我当作你的竖琴吧，有如树林：
What if my leaves are falling like its own!　　尽管我的叶落了，那有什么关系！
The tumult of thy mighty harmonies　　　　你巨大的合奏所振起的乐音

译文以"林"和"音"押韵，以对应原诗的隔行韵。译文流畅自如，铿锵有力，韵式对应，完全没有凑韵的痕迹，但这表面的流畅、准确、和谐，并不是那么容易获得的，其中必定凝聚着译者绞尽脑汁的辛苦，如第三行的"乐音"，如果不是充分考虑了上下文，仅从这一行的语义内容中是不太容易联想到这个词的。因为这一节所处的隐喻链里，"音乐"是核心：lyre（竖琴）——harmonies（和声），由此而引申出"乐音"，即符合语境的需要，又符合押韵的要求。

　　但必须指出的是，原文全诗一共有五章。查良铮的译诗基本上保留了原文的韵式，但并不严谨，以该译诗的第一章为例：

O wild West Wind, thou breath of Autumn's being,　a　哦，狂暴的西风，秋之生命的呼吸！　a
Thou, from whose unseen presence the leaves dead,　b　你无形，但枯死的落叶被你横扫，　b
Are driven, like ghosts from an enchanter fleeing,　a　有如鬼魅碰上了巫师，纷纷逃避：　a

Yellow, and black, and pale, and hectic red,　b　黄的，黑的，灰的，红得像患肺痨，　b
Pestilence-stricken multitudes: O thou,　c　呵，重染疫疠的一群：西风呵，是你　a
Who chariotest to their dark wintry bed.　b　以车驾把有翼的种子催送到　b

The wingèd seeds, where they lie cold and low,　c	黑暗的冬床上，它们就躺在那里，　a
Each like a corpse within its grave, until　d	像是墓中的死穴，冰冷，深藏，低贱，　c
Thine azure sister of the Spring shall blow　c	直等到春天，你碧空的姊妹吹起　a
Her clarion o'er the dreaming earth, and fill　d	她的喇叭，在沉睡的大地上响遍，　c
(Driving sweet buds like flocks to feed in air)　e	（唤出嫩芽，像羊群一样，觅食空中）　d
With living hues and odours plain and hill:　d	将色和香充满了山峰和平原：　c
Wild Spirit, which art moving everywhere;　e	不羁的精灵呵，你无处不远行；　d
Destroyer and preserver; hear, oh hear!　e	破坏者兼保护者：听吧，你且聆听！　d

原诗与译诗的韵式对比如下：

原诗：aba bcb cdc ded ee
译诗：aba bab **aca** cdc dd

严格地说，译诗与原诗的韵式是不一样的，但原文独特的隔句韵的方式还是体现出来了。就中国的诗歌理论而言，严格的押韵只能押书中同一韵部的韵，并不是韵母相同就可以押韵的，古时的韵还包括声调的成分，同韵的字必须同声调。英语诗歌虽然没有什么韵部之说，但类似的押韵限制也还是有的，在这种三韵体的诗中，如果出现像译文这样的韵式也是犯规的。

虽然中国新诗体对于押韵的要求已经不像平水韵那么严格了，但即便是按要求比较宽松的中华新韵，我们仍可以看到这首译诗中有个别出韵的现象，如第四章的第五、七、九行的韵脚："命—空—今"：

If I were a dead leaf thou mightest bear;	唉，假如我是一片枯叶被你浮起，
If I were a swift cloud to fly with thee;	假如我是能和你飞跑的云雾，
A wave to pant beneath thy power, and share	是一个波浪，和你的威力同喘息，
The impulse of thy strength, only less free	假如我分有你的脉搏，仅仅不如
Than thou, O uncontrollable! If even	你那么自由，哦，无法约束的**命**！
I were as in my boyhood, and could be	假如我能象在少年时，凌风而舞
The comrade of thy wanderings over Heaven,	便成了你的伴侣，悠游天**空**
As then, when to outstrip thy skiey speed	（因为呵，那时候，要想追你上云
Scarce seem'd a vision; I would ne'er have striven	霄，似乎并非梦幻），我就不致象如**今**
A heavy weight of hours has chain'd and bow'd	这被岁月的重轭所制伏的生命
One too like thee: tameless, and swift, and proud.	原是和你一样：骄傲、轻捷而不驯。

其中"命—空"与"今"因前后鼻音的不同，严格地说不能押韵，但方言中，"今"经常被读成有后鼻音，因此勉强算是押韵。不过，这里的"命—空"虽韵母不同，但按《中华新韵》以普通话为基础编出来的韵谱，这两个词都属于"庚"部韵，因此是押韵的。

就韵式而言，在该译诗之中，唯有第一章韵式与原文略有出入。这多少有点奇怪，对于查良铮这位诗歌大家来说，押韵并不是难事。卞之琳也注意到了查良铮在翻译时有类似的蹊跷，他评查良铮翻译的《唐璜》时说：

> 他［查良铮］在中译文里是存心不采用原诗的韵式。例如他把《唐璜》的原脚韵安排 ababbacc 一律改为 ×a×a×abb（× 为

无韵），自有一定规律，就此而言，当然也是格律体。

（卞之琳，1984：198）

　　如果是"一律"倒也好，只是在这首《西风颂》中，查良铮并没有采用前后"一律"的韵式。但无论如何，这首译诗，如同卞之琳评《唐璜》时所言，也是格律诗，那就得押韵。若不是为了押韵，他何必把第三章第九行末的 [Atlantic...] powers（威力）译成"浪波"？上面第四章第三行中的 power 就译成了"威力"。此外，第三章第十三行的 grow gray（发白或发灰）译成"发青"，目的正是为了建构韵脚。这是韵脚设置的首选方法，其要领就是当诗行的结尾处不押韵时，可将结尾处的词语用可押韵的同义词来替换。在这里，"（大西洋……的）威力"无非就是汹涌的波涛了，进一步调整就成了"浪波"，这属于抽象向具象的引申。不过，按古诗戒律，为押韵而把"波浪"写成"浪波"属于"倒韵"，属于犯忌的做法。相比之下，"发青"就显得很自然，在汉语里，（被吓得脸色）发白与发青，意思是一样的。再如第五章第四行结尾处的 autumnal tone，直译可译为"秋韵"，且非常有诗意，但为了与同组的其他两个韵脚"系"和"一"押韵，译者用"秋意"译之，虽本身的诗意有所减弱，但却完成了韵脚的设置，为实现总体的诗意做出了贡献。

　　韵脚设置的另一个常见的方法就是：如果结尾处有并列的成分，若前置成分中含有押韵的元素，可将原来的次序加以调整，将押韵的元素置于行末。如第四章最后一行的 "tameless, and swift, and proud"，译文的顺序则与此不同："骄傲、轻捷而不驯"，tameless 被译成了"不驯"，调到了最后，从而完成了韵脚的设置。再如第一章的第十二行，结尾处为 plain and hill，译者未按其顺序译成"平原和山峰"，而是把这个次序加以颠倒，译成了"山峰和平原"，目的也是为了押韵。

　　既然为了体现原文的韵式，词组内的顺序以及一行之内的语序可以变化，那么在不影响内容的体现的前提下，跨行的语序变化也就在情理之中了，更何况由于英汉语言表达习惯的不同，跨行调整语序以获得可接受的语言表达，本来就是诗歌翻译再常见不过的技术手段。在这首译诗之中，跨行调整语序以获得所需的韵脚，在最后两行有比较典型的体现：

> 　　　　　　　... O Wind,　　　　　　　　　　……要是冬天
> If Winter comes, can Spring be far behind?　　已经来了，西风呵，春日怎能遥远?

译文把前一行的 O Wind 与后一行的 If Winter comes 对调，从而将前一行的韵脚定为"天"，与最后一句的"远"押韵。在此我们可以明显看出译者的纠结，因为译文如此处理显然不如原文铿锵有力，但若按原文语序翻译：

> 　　　　　　……西风呵，
> 　　要是冬天已经来了，春日怎能遥远?

如此处理，气魄是有了，但这末尾两句就不能像原文那样押韵了。于是，为了押韵，译者只好放弃此铿锵的表达，而将语序重新调整，从而获得"天"与"远"的押韵，但如此一来，原文那铿锵而有气魄的语言表达就被大大削弱了，因为调整之后的诗行把原本一气呵成的最后一句人为地拆成了两行，而且还在条件句和主句之间硬塞进了一个"西风呵"，从而在一定程度上破坏了语气的连贯，在一定程度上削弱了原诗的气势。但有意思的是，在"百度百科"上所载的查良铮翻译的《西风颂》中，此处却是另一番风光：

......西风啊，

如果冬天来了，春天还会远吗？ ①

此译更好地体现了原诗的意境，韵式也很自然，语言表达铿锵而有力，只是这一版本的真伪暂时还无法辨认。但不管怎么说，就此句的翻译而言，有此一译，无论真假，对于我们正确地认识此句的翻译乃至诗歌的翻译，都是件好事。

二、节奏的营造

格律的另外一个重要的元素是节奏。闻一多认为，"节奏实诗与文之所以异，故其关系于诗，至重且大；苟一紊乱，便失诗之所以为诗"（闻一多，1993d：149）。

从查良铮翻译的《西风颂》来看，他大体上是采用以顿代步的方式来体现原文的节奏的。在翻译外国诗的时候采用以顿代步的方法是由闻一多、何其芳、孙大雨、卞之琳等诗人和翻译家逐渐发展起来的。早在二十年代，闻一多就探讨过用"音尺"做新诗的节奏单元问题，并在诗歌翻译中进行过尝试。

卞之琳在评价查良铮翻译的《唐璜》的时候指出，他的译作"只要稍一调整，也就和原诗行基本合拍了"（卞之琳，1984：198）。言下之意，大体是合拍的。若从以顿代步的角度看，实际情况也确实如此，查良铮的译诗其实有着明显的以顿代步的特征，至少在他所译的这首《西风颂》里表现得很突出。这有两种可能，可能之一：作为比闻一多、孙大雨和卞之琳稍晚的九叶诗派诗人，查良铮对新月派的这一影响极大的主张不会不知道；可能之二：查良铮毕竟是个著名的

① http://baike.baidu.com/view/964389.htm [2014-01-27]

诗人，诗人对于节奏和音韵自然有其敏感的把握，如果查良铮的以顿代步完全是跟着感觉走出来的话，那也正是难能可贵的一种诗意的再现，也是诗人与诗人之间的契合。难怪王佐良说，"只有诗人才能把诗译好。这是常理……"（王佐良，1989：54）杨德豫就发现，"他［查良铮］翻译拜伦长诗《唐璜》（原诗每行五音步），译文并未有意识地运用节奏单位来建行，各行顿数也并不整齐，但据卞先生考察，该译本的大多数诗行恰恰都是五顿。"（杨德豫，1996：280）这话本身似乎有点矛盾：既然"未有意识地运用节奏来建行"，又怎么会"大多数诗行恰恰是五顿"那么富有节奏呢？其实，说查良铮"未有意识地运用节奏单位来建行"，似乎多少有点冤枉这位译多于论的翻译家。这位著名的诗人兼翻译家曾说过：

> 译诗不仅是精确地传达原诗的形象的问题。它比译散文作品（如小说）多一道麻烦，就是还有形式的问题，这包括诗的韵脚，每行的字数或**拍数**，旋律、**节奏**和音乐性等等。……**当一首诗是在诗的形式上作了某种程度的努力时，他闭目不看这一事实是不对的，……**
>
> （穆旦，2007：113-114）

可见，查良铮在翻译中是非常重视原诗的"拍数"或"节奏"的。难怪卞之琳和杨德豫在他的译诗之中能感觉得到明显的节奏感，从查良铮自己对诗歌翻译的认识来看，那样的节奏感绝不是跟着感觉走的结果，而是一个诗人对节奏的独特敏感在诗歌翻译中的积极体现。

在当代中国诗歌翻译研究的语境之中提及节奏问题，就必然会涉及一个由中国学者提出来的诗歌翻译术语——以顿代步。所谓以顿代步，前面已经有过专门的讨论，即以句子中的意组或音组作为顿，这与近体诗中以双音节为主的节奏单位有很大的不同。近体诗中的节奏单位"逗"（或"句读"）一般是由两个同调的字组成，要么平平，要么仄仄，但破格的平仄或仄平也很常见，但有规则限定，如在近体诗中，一般是一三五不论，二四六分明。但在新诗运动中，新诗的节奏单位"顿"则没有这么严格的限制，既然以意组为单位，那么顿就是随"意"而生的了，每一顿中的字数不等，没有平仄的限制。《西风颂》原文是五音步结构，查良铮则多是以五顿来体现之：

把昏睡的‖大地‖唤醒吧‖！要是‖冬天‖

已经来了‖，西风呵‖，春日‖怎能‖遥远‖?

五顿为一行。理想的顿是自然的音组，如"就在‖巴亚海湾的‖一个‖浮石‖岛边"，但查良铮的译文的节奏并不是那么严谨，如果不是有意地按五顿去读，有些诗行未必会读出五顿的节奏，如上面这两行的第二行中的"已经来了"，按自然节奏，会读成两顿：已经‖来了。但如果有意要读成五顿，还是很容易读得出来的。这就像读谱唱歌，有些小节节奏很短，但容纳的歌词较多，挤一挤也能唱得出来，二者的道理是一样的。可见，顿就像是歌谱里的小节，里面的音节容量是可以适当伸缩的，只是伸缩的量不可太大而已。但正如本书所指出的那样，这种长短不一、时值不同的顿并不是格律诗所定义的节奏。

　　有关顿的问题，诗歌界和诗歌翻译界有不少争论。原因是从一开始，新诗的顿就没有严格的定义，对于顿长没有限定。也正因为没有限定，所以一般人很难读出译者所期望的节奏，而且，同样的诗行，以不同的标准看，会有不同的顿数。比如说，卞之琳就认为查良铮"没有理会在译文里照原诗相应以音组（顿、拍）为节奏建行的道理"（卞之琳，2009a：288），但却又发现他译的五顿的诗，"译本的大多数诗行恰恰是五顿"。王佐良在评价查良铮的译诗的时候甚至认为："中国的文学翻译界虽然能人迭出，这样的流畅，**这样的原作与译文**

的合拍，……过去是没有人做到了的。"（王佐良，1989：66）卞之琳对查良铮译诗的困惑很可能恰恰来自卞之琳本人对顿的定义的矛盾，他一方面说"不拘平仄的白话新体格律诗……以二、三音节成组成拍而一顿一逗"（卞之琳，2009a：274），另一方面又认为顿数可以"不拘字数"（同上：743）。杨德豫也是主张和运用以顿代步的方式译诗的代表人物之一，他在定义顿的时候就指出，"顿（拍、音组）则往往以'意组'为基础，**每顿的音节数并不是固定的**"（杨德豫，1996：280）。如此，评论家若把两三个字当作一顿，那么查良铮的译文真的就不合拍了，但如果以"不拘字数"为标准，那么查良铮的译本又"大多数"是"合拍"的了。

以顿代步似乎解决了外国诗音步在翻译中的一个瓶颈，但从音韵效果的角度上看，并不理想。新体诗的顿由于没有字数或音节数的限制，也没有声律的限制（平仄），因此其音韵效果和节奏感既不同于汉语近体诗中双音节节奏单位"逗"，也不同于外国格律诗中占主导地位的双音节音步，所形成的主旋律是二二式节奏，但查良铮的译文所形成的节奏是忽二忽三式，其中还夹杂着不少四音节和一音节节奏，两种节奏实际上是并不对应的。这也是为什么以顿代步的翻译方法在翻译界一直存在争议的一个重要原因。这一点本书前面已经深入讨论过了，在此就不再赘述。

三、诗行的建构

诗与散文的一个最明显的差异就是诗有明显的建行特征，而散文则无须建行，所以人们常用"诗行"来指诗。不同类型的格律诗有不同的行数规定，如中国的近体诗七律是八行、七绝是四行，西方的商籁体是十四行。

作诗需要建行，译诗自然也要建行，但译诗的建行远远不像作诗那样单纯。作诗可以随心所欲，选择什么样的体，就按体建行即可，甚至可以选择没有行数限制的诗体。但严格地说，译诗却不可如此放纵。诸多不可放纵的因素使得译诗的建行需考虑作诗时无须考虑的一系列因素。这些因素除了有语义的限制之外，形式上主要还有原文行数的限制、韵式的限制、节奏的限制，等等。当然，译者受不受这些限制性因素的制约，首先还得要看译者采用什么样的翻译策略，即归化还是异化，换句话说，是要把外国的诗译得像中国古诗，还是要把它译得像外国诗？对于采用归化翻译策略的译者来说，上面所说的这些形式上的限制性因素可以完全不用理睬。如果译者采用的是异化的策略，目的是要引进外国的诗歌形式，那么上述种种因素就会成为限制译者自由的"脚镣"，但对于真正的诗人来说，这样的限制和"脚镣"却正是他求之不得的挑战。正如前面所引的闻一多的那句话所言：

> ……恐怕越有魄力的作家，越是要戴着脚镣跳舞才跳得痛快，跳得好。只有不会跳舞的才怪脚镣碍事，只有不会做诗的才感觉得格律的缚束。对于不会作诗的，格律是表现的障碍物；对于一个作家，格律便成了表现的利器。

> （闻一多，1993a：139）

如前所述，《西风颂》融合了意大利的"三韵诗"的格律，其行律是一个 3+3+3+3+2 的结构。查良铮在建行的时候，就"存心"把这种结构体现了出来：每一章以四个三行加末尾一个对句建行，每三行之间空一行。

在翻译外国诗歌时，除了按原诗的行律建行的直接因素之外，韵式和节奏的限制则常常是迫使译者采取特定的建行手段的间接因素。

译者无论是采用归化还是异化的翻译策略，只要他决定采用某种韵式，那么这个韵脚设置的过程往往就会影响到诗行的建构，因为，原文的韵脚不可能恰好与译文最自然的语言对应所产生的韵脚相吻合。即便是无须像翻译这样戴着那么沉重的镣铐的诗人，他在写诗的时候也是经常要凑凑韵的，如该诗第一章的第二行：

Thou, from whose unseen presence the leaves *dead*

自然的语言表达，结尾处应该是 dead leaves。作者在此将形容词 + 名词的结构加以颠倒，孤立地看，是突出了 dead 的语义，但从韵脚设置的角度上看，则是为了与第四行的韵脚 red 押韵，可谓一举两得：既有语义上的突出，又有韵式上的一致。dead 因位置的变化而获得语义上的突出，在很大程度上掩盖了凑韵的痕迹，这正是诗艺高超的表现。

作诗尚且要依韵建行，译诗就更是如此了。查良铮将上面这一行译成"你无形，但枯死的落叶被你横扫"，不难看出，译者在此是将第三行的语义资源挪用到这一行的行末作为韵脚的，第三行的原文是：

Are driven, like ghosts from an enchanter fleeing,

译文第二行行末的"横扫"便来自第三行行首的 are driven。如此建行，方确立了第二行及其这一组韵脚的声音形象。与此行相押韵的第四行的原文和译文是：

Yellow, and black, and pale, and *hectic red*,
黄的，黑的，灰的，**红得像患肺痨**，

此行译文韵脚的设置颇似第二行原文的韵脚，在那里是将 dead leaves 的正常位置倒置，形成语序变异，并同时生成韵脚，而此处的译文则

是把原文的 hectic red 的语序倒置，形成"红得像患肺痨"的译文，从而使"痨"与第二行的"扫"押韵。从这里不难看出，如此建行的一个非常明显的目的就是为了押韵。

原文由 dead 开始的这一组韵共有三个韵脚，dead—red—bed，除了我们已经讨论过的 dead—red（译文相应的韵脚是：扫—痨）之外，还有一个 bed，这个韵脚所在的这一行的原文是：

Who chariotest to their dark wintry bed

此行的意思是"它用车把它们送到黑暗的冬床上"，但如此就无法完成与"扫—痨"的押韵。解决这一难题的常用办法之一就是在这一行的结构范围内搜寻潜在的韵脚，然后再做诗行的建构。搜寻的结果发现，此行的意思之中有一个"到"字，正是所需的韵脚，接下来只要把这个词设法置于行末即可。查良铮的调整非常简单而机智：

以车驾把有翼的种子催送到

他一方面将上一行的部分语义内容（有翼的种子）挪到此句之中，再把挡住"到"的部分（黑暗的冬床上）挪到下一行，便轻松地完成了韵脚和诗行的建构。

这种建行手段不仅韵脚的设置需要，节奏的营造也同样会利用到。查良铮既然在译诗中采用以顿代步的方式模拟原文五音步的节奏，在建行时就必须要控制每行的顿数不能超过五个。统计整个译诗，可见每行的字数大多是 13 个，其次是 12 个，再次是 11 个，14 个的有两行。若按卞之琳所说一顿一般为两三个字计，各行字数的绝对值均在五顿的范围之内。由于英汉语的词与字之间的语义容量存在一定的差异，节奏的营造往往需要对诗行的语义容量进行必要的调整，对诗行的顿数进行调控，这样的调整与调控最常见的手段是对过大或过小的语义单元进行压缩或扩展，以控制顿数和顿内的音节数，如第二章第六行：

Like the bright hair uplifted from the head

被译成了：

有如狂女的飘扬的头发在闪烁

可以看出，译者为了保证这一诗行的语义结构的完整，从下一行的内容中搬来了"狂女"，如此必然会造成这一行的结构空间内的语义拥挤，翻译时就需要做语义压缩处理，译者在这里巧妙地删掉了 from the head（从她的额际）的字面意义，因为"飘扬的头发"中已包含了此义（虽无其词，却有其意），从而保证了一行之中五顿的节奏。再如上面讨论过的第一章的第二行：

Thou, from whose unseen presence the leaves dead

译者将此行译成"你无形，但枯死的落叶被你横扫"，巧妙地化解了原文此处的两个翻译难点：一个是 "*Thou, from whose unseen presence*" 译成"你无形"，三个字囊括了原文这五个词的全部意义，体现了译者高超的语言驾驭能力；另一个是结构上的，原文这一行有八个词，没有动词，译者用三个字概括了这一行的前五个词后，只形成了一个顿，而原文这一行剩下的内容就只有 the leaves dead，只能形成一个或两个顿，即"枯叶"（一个顿），或者"枯死的落叶"（两个顿），无论如何也造不出所需的五个顿来。这时就需要采用语义扩展的手段来处理了，最常用的办法是挪用上下文的相关语义资源。查良铮把这句译为：

你无形，但枯死的落叶**被你横扫**

其中"被你横扫"就来自于下文的 are driven。这行的翻译中还包含着语义扩展的另一常见手段，即在顿数不够时，把本可以用较少的词体现的内容，用较多的词来体现，如把 the leaves dead 译成"枯死的落叶"，而不译成"枯叶"，而原文这层意思在第二章的第二行、第四章第一行和第五章的第八行分别又以 dead leaf、decaying leaves 和 wither'd leaves 多次出现。但译文均是用"枯叶"来体现的。

但有时碰到顿数不够，而上下文资源也帮不上忙的时候，凑顿数的做法就在所难免了。原则上，典型的凑顿数是指增加原文没有的内容，像把"枯叶"扩展成"枯死的树叶"，虽目的可能是为了凑顿数，但因为并没有增加原文的内容，而且字面流畅，所以"凑"的痕迹不是很明显。但像第四章的第六行：

假如我能像在少年时，**凌风而舞**

其中的"凌风而舞"，就明显有凑顿兼凑韵的痕迹。比较原文：

If even I were as in my boyhood, and could be

此行乃至此行所处的上下文中均无"凌风而舞"的意思，勉强从下文引申而来，唯有凑顿和凑韵方能解释得通。

凑顿与凑韵，译者一般都是尽量避免的，只是戴着脚镣跳舞，难免就有戴着脚镣才会做出的动作。

四、意象的重生

诗的魅力一来自于其音乐美，二来自于其意象美。以上三节所析多聚焦译者对音乐美的追求，此节的焦点将转向译文对原文意象美的再现。

查良铮的第一身份是诗人（1930s—1940s），第二身份才是诗歌翻译家（1950s—1970s）。作为诗人，他对诗的意象有着十分敏感的把握。雪莱这首《西风颂》的一大特色就是形象性极强，比喻十分丰富：天上、地下、大海、平原、山峰、风雨雷电、春夏秋冬，可谓西风浩荡，气象万千。对照原诗，我们不难发现，原诗之中几乎所有的意象，译者都采用直译的方式体现了出来，现以第五章为例，对原文的具象用词和译文的体现做一大致的对比：

lyre	竖琴
forest	树林
leaves	叶
harmonies	合奏
autumnal tone	秋意
sweet	甜蜜
universe	世界
wither'd leaves	枯叶
new birth	新的生命
incantation	符咒
verse	诗歌
unextinguish'd hearth	还未熄灭的炉火

ashes and sparks	灰烬和火星
lips	嘴唇
unawaken'd earth	昏睡的大地
trumpet	喇叭
Winter	冬天
wind	西风
Spring	春日

这些具象词中绝大部分都带有比喻的色彩。亚里士多德在他的《诗学》一书中说过，比喻是天才的标志（Aristotle，1902/2018：39），那么我们也可以说，能把原文天才的标志体现出来的译者，也必须得有天才的语感，因为英汉两种语言与文化之间有着巨大的差别，把原文的比喻都译出来，并不是一件容易的事。

　　除了利用比喻、拟物、拟人等手法造就诗学意象之外，雪莱还在这首诗中经常使用移就（transferred epithet）的修辞方式，将原本抽象的词语加以具象化，或在原本具象化的词语之基础上更增加一层意象。所谓移就，是英汉两种语言都有的一种修辞格，当原本修饰 A 类事物的修饰语用来修饰 B 类的名词时，就形成了移就，如汉语中的"不眠之夜"，就是一个经典的例子。这种修辞格也是翻译中的一个难点，因为英汉两种语言的修饰习惯存在着很大不同，但在《西风颂》的翻译中，译者还是见招拆招，把原文中的这类修辞方式基本上都原汁原味地体现了出来。仅举两例：dead thoughts 和 unawaken'd earth，就被分别译成了"枯死的思想"和"沉睡的大地"，后者在汉语中也有同样的表达方式，但"枯死的思想"则是一种大胆而又创意的表达，与不断在文中出现"枯死的树叶"和"枯叶"的意象遥相呼应，暗示摧枯拉朽的西风是一场革命，在这场革命中，"枯死的思想"就像是"枯死的树叶"一样被无情地荡涤。

这两个移就的案例体现的是两种结构的意象。"枯死的思想",是将抽象的"思想"具象化,让人联想到这首诗的语境中不断被强化的"(枯死的)树叶",因此这里是用修饰具象的修饰语,来修饰抽象词,从而赋予抽象的词语以具象的联想;而"沉睡的大地",则是一种双重的具象表达,"大地"原本是具象的,"沉睡"也是具象的,但属于两个不同的范畴,用"沉睡的"修饰"大地",大地便被赋予人的意象和有关人的联想。

作为诗人的译者查良铮对于原文的诗学意象有着诗人的敏感,细读全诗并与原文互勘,可以明白无误地感受到译者在这方面所做的不懈努力,但由于两种语言的差异,有的意象在一定程度上属于不可译现象,如诗一开头就给我们来了呜呜呼啸的西风那个吹:wild West Wind,一连三个带 w 的头韵(alliteration),造就了一种呜呜呼啸的视觉和听觉形象,但这样的效果,已超越汉语表达能力的极限,译者在此遭遇可译性限度的障碍,只好译其意("狂暴的西风"),弃其形。

五、美玉的微瑕

总体而言,查良铮译的《西风颂》,在诗学形式上,尽可能地贴近了原文,而内容上又基本体现了原文的思想。给人的感觉是清新自然,意象丰满,磅礴大气,语言上没有刻意的雕琢,一切尽可能以原文为归依,却又诗意盎然。对于译者来说,他已基本上完成了他诗人译诗的任务。雪莱这首诗的一切,能通过译文展现出来的,译者都以尽可能贴近的方式体现出来了:这就是西方的诗,雪莱的《西风颂》。

尽管该译诗在体现原诗的风格上下足了功夫,但就翻译本身而言,美中不足的微瑕也还有几处。

首先,采用以顿代步的方法来体现原文节奏,还是存在明显的节奏不同步的问题，这一问题在本书第二部分中已经做了深入的探讨，在此只是补充一点：以顿代步可以说是源自于新月派并逐渐成为西诗汉译主流的翻译方法，查良铮虽为九叶诗派诗人，但却不太可能摆脱这一翻译规范。

其次，原文中的一些重复现象未引起足够的重视。重复也是一种修辞格，被重复词语的词义被置于突出和强调的地位，有着明显的前景化效果，但原诗中多处重复在译文中没有被体现出来。

还有一处值得商榷的地方是第二章第三节第一行中的"它们飘落"，该语所处的上下文如下：

Thou on whose stream, mid the steep sky's commotion,	没入你的急流，当高空一片混乱，
Loose clouds like earth's decaying leaves are shed,	流云象大地的枯叶一样被撕扯
Shook from the tangled boughs of Heaven and Ocean,	脱离天空和海洋的纠缠的枝干，
Angels of rain and lightning: *there are spread*	成为雨和电的使者：**它们飘落**
On the blue surface of thine aery surge,	**在你的磅礴之气的蔚蓝的波面，**
Like the bright hair uplifted from the head	有如狂女的飘扬的头发在闪烁，
Of some fierce Maenad, even from the dim verge	从天穹的最遥远而模糊的边沿
Of the horizon to the zenith's height,	直抵九霄的中天，**到处都在摇**
The locks of the approaching storm.	**曳欲来雷雨的卷发。**

"它们"是代词，多作前指照应，照应前文出现过的具有复数性质的名词，但在译文中，"它们"代替谁呢？往前指，是"使者"？还是"枝干"？还是"枯叶"？还是"流云"呢？考虑到谓语动词"飘落"的选择限制，勉强可以排除"使者"，但"它们"的所指仍有三个可能的选项，因此意思比较含糊。对照原文，我们会发现，原文并

没有使用代词，而是 there，其后面的动词 are spread 的主语实际上是第九行的 The locks of the approaching storm，这一部分完整的句法主干是：there are spread... the locks of the approaching storm。句法解读是：there 为先行词，主语是 the locks...，所以原文此处的意思是"欲来雷雨的卷发……飘落（在……）"。可见，译文的意思显然与原文不同。虽然从语法上看，代词"它们"也可以后指，但在此语境之中，读者无论如何也无法把这里的"它们"与相隔数行并一节之后的"欲来雷雨的卷发"联系起来。

原译中其他还有几处考虑欠周的地方：

第一章第七行的 low 被译成"深藏、低贱"，原文是指种子被深埋地下，并无"低贱"之意，有凑韵之嫌。

第二章第十行中的 this closing night 被译成了"密集的黑夜"，令人费解。

若仔细推敲，译文中应该还有其他一些瑕疵，但就一首由五章七十行组成的长诗而言，上述些许不足，实在是瑕不掩瑜。

"只有诗人才能译诗"，这话说得虽然有点绝对，但也很有道理，也正因为如此，本章特地选择著名诗人查良铮的译文，可以毫不夸张地说，在《西风颂》众多的译者之中，唯有他在诗界的名气和成就最大，同时他的本科专业又是英语，还在美国芝加哥大学拿过文学的硕士学位，其英文和文学的功底也自不待言。可见，对于诗歌翻译而言，他有着常人所未及的素质，因此，他的这篇译文，无论其中的珠玑也好，瑕疵也罢，皆向我们展示了一个双语皆可写诗的诗人在翻译过程中的心路历程。

---

* 本章作为本项目的阶段性成果以"诗人译诗的诗学解读：兼评查良铮译《西风颂》"为题发表于《外语研究》2014 年第 3 期。成书时略有修改。

参考书目

[1] Aristotle. *Poetics* [M]. Tr. S. H. Butcher. London & New York: MacMillan, 1902/2018.

[2] Benjamin, W. The Task of The Translator: An Introduction to the Translation of Baudelaire's *Tableaux Parisiens* [C]. // L. Venuti. *The Translation Studies Reader* (2nd edition). New York & London: Routledge, 2004. 75–83.

[3] Brewer, R. F. *The Art of Versification and the Technicalities of Poetry* [M]. Edinburgh: John Grant Booksellers, 1950.

[4] Brooks, C. & R. Warren, *Understanding Poetry* [M]. Beijing: Foreign Language Teaching and Research Press, 2004.

[5] Catford, J. C. *A Linguistic Theory of Translation* [M]. Oxford: Oxford University Press, 1965.

[6] Chaucer, G. The Book of the Duchess [C]. // F. N. Robinson (ed.). *The Works of Geoffrey Chaucer* (2nd edition). London: Oxford University Press, 1957: 267.

[6] Coleridge, Samuel Taylor. *The Complete Poetical Works of Samuel Taylor Coleridge* [M]. Ed. Ernest Hartley Coleridge. Oxford : Oxford University Press, 1912.

[7] Delloye, H. L. *Chants et Chansons Populaires de la France* [M]. Paris: Librairie Garnier, 1843.

[8] Dryden, J. On Translation [C]. // R. Schulte & J. Beguenet. *Theories*

of Translation: An Anthology of Essays from Dryden to Derrida.
Chicago & London: The University of Chicago Press, 1992: 17–31.

[9] Fishelov, David. Poetry and Poeticity in Joyce's "The Dead,"
Baudelaire's *Le Spleen de Paris*, and Yehuda Amichai [J]. *Connotations*,
23 (2), 2013/2014: 261–282.

[10] Fontaine, David. *La Poétique: Introduction à la Théorie Générale des
Formes Littéraires*. [M] Paris: Éditions Nathan, 1993.

[11] Foucault, M. Nietzsche, Genealogy, History [C]. Trans. D. F.
Bouchard & S. Simon // D. F. Bouchard. *Language, Counter-
Memeory, Practice: Selected Essays and Interviews*. Ithaca: Cornell
University Press, 1977: 139–164.

[12] Fussel, P., Jr. *Poetic Meter and Poetic Form* [M]. New York: Random
House, 1965.

[13] Grice, H. P. Logic and Conversation [C]. // P. Cole & J. L. Morgan.
Syntax and Semantics 3: Speech Acts. New York and London:
Academic Press, 1975. 41–58.

[14] Halliday, M. A. K. *An Introduction to Functional Grammar* (3rd
edition) [M]. London: Hodder Arnold, 2004.

[15] Hardy, Thomas. *The Complete Poems of Thomas Hardy* (Variorum
Edition) [M]. // J. Gibson (Ed.). New York: Macmillan London Ltd,
1979.

[16] Hobsbaum, P. *Metre, Rhythm and Verse Form* [M]. London and New
York: Routledge, 1996.

[17] Hopkins, G. M. *The Journals and Papers of Gerard Manley Hopkins*
[M]. Ed. Humphry House. London: Oxford University Press, 1959.

[18] Iser, W. *The Implied Reader: Patterns of Communication in Prose
Fiction from Bunyan to Beckett* [M]. Baltimore & London: The Johns
Hopkins University Press, 1974.

[19] Jakobson, R. Linguistics and poetics [C]. // K. Pomorska & S. Rudy.

Roman Jakobson: Language in Literature. Cambridge & London: The Belknap Press of Harvard University Press, 1987a: 62–94.

[20] Jakobson, R. Modern Russian Poetry: Velimir Khlebnikov [C]. // E. J. Brown. *Major Soviet Writers: Essays in Criticism*. Oxford University Press, 1973. 58–82.

[21] Kant, I. *Critique of Pure Reason* [M]. Trans. P. Guyer & A. W. Wood. Cambridge: Cambridge University Press, 1998.

[22] Kuhn, T. S. *The Structure of Scientific Revolutions* [M]. Chicago & London: the University of Chicago Press, 1962.

[23] Lang, A. tr. *Theocritus, Bion and Moschus Rendered into English Prose* [M]. London: MACMILLAN AND CO., 1880.

[24] Leech, G. N. & M. H. Short. *Style in Fiction: A Linguistic Introduction to English Fictional Prose* [M]. London & New York: Longman, 1981.

[25] Leech, G. N. *Semantics: The Study of Meaning* (2nd edition) [M]. Harmondsworth: Penguin Books, 1981.

[26] Lord Byron. *Don Juan* (Cantos I–IV) [M]. London: Routledge, 1967/1973.

[27] Lowell, A. *Songs of Pueblo Indians* [M]. http://www.blackmask.com, 2001.

[28] McAuley, J. *Versification: A Short Introduction* [M]. Michigan State University Press, 1966.

[29] Miller, G. A. Closing Statement: From the Viewpoint of Psychology [C]. // T. A. Seboek. *Style in Language*. Cambridge & Mass.: M.I.T. Press, 1960: 386–395.

[30] Naidu, Sarojini. *The Bird of Time: Songs of Life, Death and the Spring* [M]. New York: John Lane Company. London: Heinemann. 1912.

[31] Nida, E. A. *Toward a Science of Translating* [M]. Shanghai:

Shanghai Foreign Language Education Press, 2004.

[32] Owen, S. What Is World Poetry [J]. *The New Republic*, 1990 (11): 28–32.

[33] Preminger, A. & T. V. Brogan. *The New Princeton Encyclopedia of Poetry and Poetics* [M]. Princeton: Princeton University Press, 1993.

[34] Reiss, K. *Translation Criticism: the Potentials & Limitations* [M]. // Tr. Erroll F. Rhodes. Shanghai: Shanghai Foreign Language Education Press, 2004.

[35] Rilke, Rainer Maria. *Duino Elegies and The Sonnets to Orpheus* [M]. // Tr. A. Poulin, Jr. Boston: Houghton Mifflin Company, 1977.

[36] Sándor, Petőfi. *Gedichte von Alexander Petofy* [C]. Ü. Kertbeny. *Nebst einem Anhang Lieder anderer ungarischer Dichter*. Literarische Anstalt: Frankfurt a. Main, 1849.

[37] Seboek, T. A. *Style in Language* [M]. Cambridge & Mass.: M.I.T. Press, 1965.

[38] Shakespeare, W. *Hamlet* [M]. New York · Toronto · Sydney · Aukland: Bantam Books, 1988.

[39] Shakespeare, W. *Shakepeare's Sonnets* [C]. Ed. William J. Rolfe. New York · Cincinnati · Chicago: American Book Company, 1905.

[40] Shklovsky, V. Art as Technique [C]. // Tr. Lee T. Lemon and Marion J. Reis. Robert Con Davis & Ronald Schleifer. *Contemporary Literary Criticism*. New York & London: Longman, 1994: 260–272.

[41] Schlegel, A. W. Metrical Translation [C]. 1802. // A. Lefevere. *Translating Literature: The German Tradition from Luther to Rosenzweig*. Assen/Amsterdam: Van Gorcum, 1977: 51–54.

[42] Snell-Hornby, M. *Translation Studies: An Integrated Approach* [M]. Amsterdam/Philadelphia: John Benjamins, 1988.

[43] Sutherland, R. *The Romaunt of the Rose and Le Roman de la Rose*

[M]. Berkely and Los Angeles: University of California Press, 1968.

[44]Tagore, R. *The Crescent Moon* [M]. London and New York: Macmillan and co., 1913.

[45]Todorov, T. *The Poetics of Prose* [M]. // Tr. R. Howard. Ithaca: Cornell University, 1977.

[46]Todorov, T. *Introduction to Poetics: Theory and History of Literature* [M]. Tr. R. Howard. Minneapolis: University of Minnesota Press, 1981.

[47]Tytler, A. F. *Essays on the Principle of Translation* [M]. London: T. Cadell and W. Davies, 1797.

[48]Verlaine, P. *Selected Poems*. Tr. Martin Sorrell. Oxford: Oxford University Press, 2009.

[49]卞之琳. 译诗艺术的成年 [C]. // 卞之琳. 人与诗：忆旧新说. 北京：三联书店，1984：194-199.

[50]卞之琳. 我承认你并不跟我的诗神有缘 [C] // 英国诗选：莎士比亚至奥顿（英汉对照）. 北京：商务印书馆，1996：16-19.

[51]卞之琳. 哀希腊 [C]. // 英国诗选：莎士比亚至奥顿（英汉对照）. 北京：商务印书馆，1996：136-145.

[52]卞之琳 编译. 英国诗选：莎士比亚至奥顿（英汉对照）[C]. 北京：商务印书馆，1996.

[53]卞之琳. 卞之琳文集（中卷）[C]. 合肥：安徽教育出版社，2002.

[54]卞之琳. 翻译对于中国现代诗的功过——五四运动 70 年的一个侧面 [C]. // 卞之琳集. 北京：中国社会科学出版社，2009a：281-297.

[55]卞之琳，叶水夫，袁可嘉 陈燊. 艺术性翻译问题和诗歌翻译问题 [C]. 罗新璋 编. 翻译论集（修订本）. 北京：商务印书馆，2009b：731-744.

[56]曹未风 译. 汉姆莱特 [M]. 上海：上海译文出版社，1979.

[57]陈春燕，王东风. 朱湘翻译的十四行诗：五四时期距英诗格律最接近的尝试 [J]. 外国语文，2017，（1）：119-124.

［58］陈春燕．我国英诗格律研究中的一个几乎被遗忘的角落：节奏变体［J］．西安外国语大学学报，2019，（1）：125-128.

［59］陈独秀．通信［J］．新青年，1916，2（2）：1-7.

［60］成仿吾．论译诗［N］．创造周报，1923-9-9：3-8.

［61］方平 译．新莎士比亚全集（第4卷 悲剧）·哈姆莱特［M］．石家庄：河北教育出版社，2000.

［62］冯梦龙．警世通言［M］．长沙：岳麓书社，2016.

［63］冯至．冯至全集（第九卷）［M］．石家庄：河北教育出版社，1999a.

［64］冯至．冯至全集（第一卷）［M］．石家庄：河北教育出版社，1999b.

［65］傅雷．《高老头》重译本序［C］．// 罗新璋 编．翻译论集．北京：商务印书馆，1984：558-559.

［66］高健．英诗揽胜［M］．太原：北岳文艺出版社，1992。

［67］郭沫若．致宗白华［N］．时事新报·学灯，1920-2-1.

［68］郭沫若．《歌德诗中所表现的思想》附白［J］．少年中国，1920，1（9）：142-162.

［69］郭沫若 译．雪莱的诗：西风歌［J］．创造季刊，1923，1（4）：20-23.

［70］郭沫若．古书今译的问题［J］．创造周报，1924，（37）：7-11.

［71］郭沫若．致闻一多（1923-4-15）［M］．// 黄淳浩 编，郭沫若书信集（上）．北京：中国社会科学出版社，1992：248.

［72］贺麟．严复的翻译［C］．// 罗新璋 编．翻译论集．北京：商务印书馆，1984：146-160.

［73］何其芳．关于写诗和读诗［C］．// 关于写诗和读诗．北京：作家出版社，1956：25-50.

［74］胡适．文学改良刍议［J］．新青年，1917a，2（5）：1-11.

［75］胡适．白话诗八首［J］．新青年，1917b，2（6）：1-2.

［76］胡适．建设的文学革命论［J］．新青年，1918a，4（4）：289-306.

［77］胡适．老洛伯［J］．新青年，1918b，4（4）：323-327.

［78］胡适．易卜生主义［J］．新青年，1918c，4（6）：489-507.

［79］胡适．诗［J］．新青年，1918d，4（1）：43.

［80］胡适. 关不住了［J］. 新青年，1919，6（3）：280.

［81］胡适. 谈新诗［C］. // 姜义华. 学术文集：新文学运动. 北京：中华
　　　书局，1993：384-400.

［82］胡适. 谈十四行诗的写作［C］. // 吴奔星，李兴华 编. 胡适诗话. 成
　　　都：四川文艺出版社，1991a：23-25.

［83］胡适. 文学革命须从八事入手［C］. // 吴奔星，李兴华 编. 胡适诗
　　　话. 成都：四川文艺出版社，1991b：137-138.

［84］胡适. 文学改良须从八事入手［C］. // 吴奔星，李兴华 编. 胡适诗
　　　话. 成都：四川文艺出版社，1991c：145.

［85］胡适. 胡适口述自传［M］. 唐德刚 译. 上海：华东师范大学出版社，
　　　1993.

［86］胡适. 林琴南先生的白话诗［C］. // 胡适文集（第7卷）. 北京：北
　　　京大学出版社，1998：559-563.

［87］胡适. 国语文学史［C］. // 胡适文集（第8卷）. 北京：北京大学出
　　　版社，1998.

［88］胡适. 印象派诗人的六条原理［C］. // 胡适留学日记（下）. 合肥：
　　　安徽教育出版社，1999：443-446.

［89］胡适. 希望［C］. // 尝试集. 北京：人民文学出版社，2000a：44.

［90］胡适. 应该［C］. // 尝试集. 北京：人民文学出版社，2000b：45.

［91］胡适. 我们的双生日［C］. // 尝试集. 北京：人民文学出版社，2000c：
　　　72.

［92］胡适 译. 哀希腊歌［C］. // 尝试集. 北京：人民文学出版社，2000d：
　　　93-108.

［93］胡适.《尝试集》再版自序［C］. // 尝试集. 北京：人民文学出版社，
　　　2000e：181-188.

［94］胡适. 尝试集［M］. 北京：人民文学出版社，2000f.

［95］胡适. 胡适日记全编（第1卷）［M］. 合肥：安徽教育出版社，
　　　2001a.

［96］胡适. 胡适日记全编（第2卷）［M］. 合肥：安徽教育出版社，

2001b.

［97］黄杲炘. 英语格律诗汉译标准的量化及其应用［J］. 中国翻译，
1999，（6）：14-18.

［98］黄杲炘. 英诗汉译学［M］. 上海：上海外语教育出版社，2007a.

［99］黄杲炘. 柔巴依集［M］. 武汉：湖北教育出版社，2007b.

［100］李金发. 里昂车中［C］. // 李金发 编. 微雨. 北京：北新书局，1925：
18.

［101］李金发 译. XXIV（amour）［C］. // 李金发 编. 微雨. 北京：北新书
局，1925.

［102］梁启超. 新中国未来记［C］. // 柳无忌 编. 从磨剑室到燕子龛——
纪念南社两大诗人苏曼殊与柳亚子. 台北：时报出版社.

［103］梁启超. 佛学研究十八篇［M］. 上海：上海古籍出版社，2001.

［104］梁实秋 译. 莎士比亚全集32·哈姆雷特（英汉对照）［M］. 北京：
中国广播电视出版社，2001.

［105］林同济 译. 丹麦王子哈姆雷的悲剧［M］. 北京：中国戏剧出版社，
1982.

［106］林纾. 闽中新乐府［J］. 知新报，1898（46）：2; 1898（47）：3.

［107］柳无忌. 希腊的群岛［C］// 柳无忌. 从磨剑室到燕子龛——纪念南
社两大诗人苏曼殊与柳亚子. 台北：时报出版社，1986：245-251.

［108］刘半农. 灵霞馆笔记——爱尔兰爱国诗人［J］. 新青年，1916，2
（2）：1-8.

［109］刘半农. 灵霞馆笔记——阿尔萨斯之重光 马赛曲［J］. 新青年，
1917a，2（6）：1-16.

［110］刘半农. 我之文学改良观［J］. 新青年，1917b，3（3）：1-13.

［111］刘半农. 我行雪中［J］. 新青年，1918a，4（5）：433-436.

［112］刘半农. 译诗十九首［J］. 新青年，1918b，5（3）：229-235.

［113］刘半农. 扬鞭集［M］. 北京：北新书局，1926.

［114］刘半农. 国外民歌译（第一集）［M］. 北京：北新书局，1927a.

［115］刘半农. 关于译诗的一点意见［J］. 语丝. 1927b，（139）：363-365.

［116］鲁迅."题未定"草［C］.// 罗新璋 编.翻译论集.北京：商务印书馆，1984：299-303.

［117］鲁迅.关于翻译的通信［C］// 鲁迅全集·二心集（第四卷）.北京：人民文学出版社，2005：379-398.

［118］罗良功.英诗概论［M］.武汉：武汉大学出版社，2005.

［119］罗念生.序［M］.// 朱湘.朱湘译诗集.长沙：湖南人民出版社，1985.

［120］罗新璋 编.翻译论集［M］.北京：商务印书馆，1984.

［121］马君武 译.哀希腊歌［C］.// 柳无忌.从磨剑室到燕子龛——纪念南社两大诗人苏曼殊与柳亚子.台北：时报出版社，1986：229-232.

［122］茅盾.译诗的一些意见［J］.文学旬刊，1922，（52）：10.

［123］穆旦.穆旦诗文集（二）［M］.北京：人民文学出版社，2007.

［124］钱玄同.《尝试集》序［C］.// 胡适.尝试集.北京：人民文学出版社，2000：125-134.

［125］钱锺书.汉译第一首英语诗《人生颂》及有关二三事［J］.国外文学，1982（1）：1-24.

［126］沈钰毅，天风译.The child-musician［J］.新青年，1919，6（6）：594-595.

［127］沈弘，郭晖.最早的汉译英诗应是弥尔顿的《论失明》［J］.国外文学，2005，（2）：44-53.

［128］沈伊默.月夜［J］.新青年，1918，4（1）：42.

［129］释慧皎（梁）.高僧传［M］.北京：中华书局，1992.

［130］释僧佑（梁）.出三藏记集［M］.北京：中华书局，1995.

［131］孙大雨.诗歌底格律［J］.复旦学报，1956，（2）：1-30.

［132］孙大雨 译.莎士比亚四大悲剧［M］.上海：上海译文出版社，2006.

［133］苏曼殊 译.哀希腊［C］.// 柳无忌.从磨剑室到燕子龛——纪念南社两大诗人苏曼殊与柳亚子.台北：时报出版社，1986：233-235.

［134］唐德刚.论五四后文学转型中新诗的尝试、流变、僵化和再出发［C］.// 欧阳哲生，郝斌 编.五四运动与二十世纪的中国——北京大学纪念五四运动 80 周年国际学术研讨会论文集（上）.北京：社

会科学文献出版社，2001：545-587.

［135］汤用彤.魏晋南北朝佛教史［M］.北京：北京大学出版社，2011.

［136］田汉 译.田汉全集（第19卷）·哈孟雷特［M］.石家庄：花山出版社，2000.

［137］熊辉.五四译诗与早期新诗［D］.成都：四川大学，2007.

［138］王东风.以逗代步 找回丢失的节奏：从 The Isles of Greece 重译看英诗格律的可译性理据［J］，外语教学与研究，2014a，（6）：927-938.

［139］王东风.《希腊群岛》重译记［J］.译林.2014b，（5）：21-23.

［140］王东风.《西风颂》译后记［J］.译林.2015，（3）：17-18.

［141］王东风.被操纵的西诗 被误导的新诗——从诗学和文化角度反思五四初期西诗汉译对新诗运动的影响［J］.中国翻译，2016，（1）：25-33，124.

［142］王东风.以平仄代抑扬 找回遗落的音美：英诗汉译声律对策研究［J］.外国语，2019，42（1）：72-82.

［143］王力.诗词格律［M］.北京：中华书局，2001.

［144］王佐良.翻译：思考与试笔［M］.北京：外语教学与研究出版社，1989.

［145］王佐良，何其莘.英国文艺复兴时期文学史［M］.北京：外语教学与研究出版社，1996.

［146］闻一多.莪默伽亚漠之绝句［J］.创造季刊，1923，2（1）：10-24.

［147］闻一多.诗的格律［C］.// 孙党伯，袁謇正 主编.闻一多全集（第二卷）.武汉：湖北人民出版社，1993a：137-144。

［148］闻一多.希腊之群岛［C］.// 孙党伯，袁謇正 主编.闻一多全集（第一卷）.武汉：湖北人民出版社，1993b：300-305.

［149］闻一多.樱花［C］// 孙党伯，袁謇正 主编.闻一多全集（第一卷）.武汉：湖北人民出版社，1993c：298.

［150］闻一多.律诗底研究［A］.// 孙党伯，袁謇正 主编.闻一多全集（第十卷）.武汉：湖北人民出版社，1993d.131-169.

［151］闻一多. 闻一多全集［M］. 武汉：湖北人民出版社，1993.

［152］乌尔沁. 刘半农与中国现代的民歌研究［J］. 民族文学研究，2002（4）：70-73.

［153］谢榛. 四溟诗话［M］. // 谢榛，王夫之.《四溟诗话 董斋诗话》. 北京：人民文学出版社，1961. 1-135.

［154］徐志摩. 爱情［C］. 韩石山 编. 徐志摩全集（第七卷）·翻译作品（1）. 天津：天津人民出版社，2005：178.

［155］徐志摩. 她的名字［C］. 韩石山 编. 徐志摩全集（第七卷）·翻译作品（1）. 天津：天津人民出版，2005：202.

［156］徐志摩. 再会康桥罢［C］. 韩石山 编. 徐志摩全集（第四卷）·诗歌. 天津：天津人民出版，2005：61-62.

［157］杨德豫 译. 拜伦抒情诗选（英汉对照）［C］. 长沙：湖南文艺出版社，1996.

［158］约翰·德莱顿. 论翻译［C］. // 陈德鸿，张南峰 编. 西方翻译理论精选. 张宜君 译. 香港：香港城市大学出版社，2000：3-7.

［159］张广奎，邓婕.“以逗代步”：王东风翻译诗学研究［J］. 外语研究，2018（1）：65-69.

［160］张旭. 视界的融合：朱湘译诗新探［M］. 北京：清华大学出版社，2008.

［161］张旭. 中国英诗汉译史论（1937 年以前部分）［M］. 长沙：湖南人民出版社，2011.

［162］朱光潜.《诗论》抗战版序［M］. // 诗论. 北京：生活·读书·新知 三联书店，2012a：1-3.

［163］朱光潜. 诗论［M］. 北京：生活·读书·新知 三联书店，2012b.

［164］朱生豪 译. 莎士比亚全集（第 9 卷）［M］. 北京：人民文学出版社，1978.

［165］朱湘. 说译诗［J］. 文学周报（合订本），1928：454-457.

［166］朱湘. 朱湘译诗集［C］. 长沙：湖南人民出版社，1985.

［167］朱湘. 十四行诗四首［C］. // 朱湘译诗集. 长沙：湖南人民出版社，

　　　1986：71-74.

[168]朱湘.朱湘文集［M］.北京：线装书局，2009.

[169]朱湘.评闻君一多的诗［C］.// 朱湘文集.北京：线装书局，2009a：
　　　119-130.

[170]朱湘..诗的产生［C］.// 朱湘文集·附录.北京：线装书局，
　　　2009b：297-301.

[171]朱湘.寄赵景深［C］.//朱湘文集.北京：线装书局，2009c：185-204.

[172]朱湘.说译诗［C］.// 方铭 主编.朱湘全集（散文卷）.合肥：安徽
　　　文艺出版社，2017：196-197.

[173]朱自清.中国新文学大系·诗集 导言［C］.// 赵家璧 主编.中国新
　　　文学大系（第八集）.上海：上海文艺出版社，1935：1-8.

[174]周作人.古诗今译［J］.新青年，1918，4（2）：124-127.